괴테, 청춘의 열정을 그리다

젊은 베르테르의 슬픔

괴테, 청춘의 열정을 그리다

젊은 베르테르의 슬픔

초판 1쇄 인쇄 2006년 5월 18일
초판 1쇄 발행 2006년 5월 25일

지은이 요한 볼프강 폰 괴테
옮긴이 송소민

펴낸곳 도서출판 서해문집
펴낸이 이영선
출판등록 1989년 3월 16일 (제20-5호)
주소 경기도 파주시 교하읍 문발리 파주출판도시 498-7
연락처 (031) 955-7470(대) | 팩스 (031) 955-7465
홈페이지 www.booksea.co.kr
편집 강영선 · 우정은
디자인 이우정 · 김민정
일러스트 김수자
마케팅 김일신 · 박성욱

ISBN 89-7483-282-8 03850

잘못 만들어진 책은 바꾸어 드립니다. 값은 뒤표지에 있습니다.

국립중앙도서관 출판시도서목록(CIP)

젊은 베르테르의 슬픔 : 괴테, 청춘의 열정을 그리다
요한 볼프강 폰 괴테 지음 ; 송소민 옮김. --파주 : 서해문집, 2006

p. ; cm. -- (서해클래식 ; 008)

원저자명: Goethe, Johann Wolfgang von

ISBN 89-7483-282-8 03850

853-KDC4
833.6-DDC21 CIP2006001040

서해클래식 008

괴테, 청춘의 열정을 그리다

젊은 베르테르의 슬픔

요한 볼프강 폰 괴테 지음 | 송소민 옮김

서해문집

괴테의 생애와 작품

괴테하우스
괴테가 태어나 유년 시절을 보낸 집으로 프랑크푸르트에 있다.

단테, 밀러, 셰익스피어와 함께 세계문학의 거장으로 꼽히는 괴테는 자연, 사랑, 사회, 종교 등 폭넓은 주제를 아우르면서 그 사상과 예술의 위대함을 펼쳤다. 여든셋의 긴 일생 동안 시, 소설, 희곡 등 문학의 각 분야에서 많은 명작을 남긴 그는 작가로서만이 아니라 조형예술과 정치, 교육, 나아가 자연과학 분야에서도 큰 업적을 이루며 다양하고 역동적인 삶을 살았다.

천재의 탄생과 격동의 시대

괴테는 1749년 8월 28일 독일 중부 마인 강변의 프랑크푸르트에서 유서 깊은 명문 집안의 장남으로 태어났다. 18세기 후반 유럽사회는 귀족 중심 사회에서 시민계층 중심의 사회로 변화하는 과도기적 격변기

이탈리아 여행에서의 괴테
티슈바인, 〈캄파냐에서의 괴테〉, 1787년.

에 처해 있었다. 정치적으로는 시민계층이 자유와 권리를 확보하기 위해 투쟁을 강화하였고 귀족세력은 상대적으로 그 세력이 약화되었다. 경제적으로는 신흥 시민계층이 급격히 부상하며 부를 축적함으로써 그들의 경제관과 생활방식이 널리 확산되었다. 윤리적으로도 성윤리 문란, 귀족들의 지나친 사치 생활 등이 사회 기반을 파괴시키면서 과도기적 혼란 상태는 극에 달했다. 당시 독립된 국가 형태를 갖추지 못하고 크고 작은 봉건 영주국가가 분쟁을 일삼던 독일은 파리를 중심으로 전개되는 정치적·사회적 대변동에 순응 또는 반발하면서 차츰 봉건사회의 틀을 벗고 시민사회로 옮겨 가고 있었다.

괴테가 태어난 프랑크푸르트는 오랜 역사를 지닌 자유도시이자 상업도시로, 영주국에 소속된 것이 아니라 영주국과 같은 자격으로 제국에 직속되어 있었으며 몇몇 명문가가 실제적인 세력을 행사하고 있었다. 괴테의 아버지는 여관 경영자였던 아버지의 재력을 바탕으로

괴테의 부모님

법률을 공부해 정치에 참여하려 했으나, 출신성분이 시민계층인 탓에 뜻을 이루지 못했다. 그는 자신의 꿈을 자식에게서 이루기 위해 명문가인 텍스톨 집안의 장녀를 아내로 맞아 괴테를 낳았다. 괴테의 아버지가 경제적 실력자였으면서도 상류사회로의 진출이 가로막힌, 울분에 찬 시민계층의 대표였다면, 괴테의 어머니는 프랑크푸르트 시의 최고 관직인 시장을 아버지로 둔 상층시민의 표본이었다. 풍부한 상상력과 예민한 감수성, 경건한 종교관을 가지고 있던 어머니는 괴테에게 많은 영향을 끼쳤다.

괴테는 이러한 환경 속에서 많은 것을 누리면서도 시대의 불합리성에 대해 민감하고 비판적으로 반응하면서 성장했다. 그의 자서전 《시와 진실Dichtung und Wahrheit》(1811~31)에서 볼 수 있듯이, 소년 괴테는 당시 독일에서 경험할 수 있는 온갖 가능성과 모순이 뒤엉킨 삶을 온몸으로 체험하며 성장해 나갔다. 괴테는 삶의 다양한 요소를 조화롭게 체화시키면서 청춘의 격렬한 열정을 넘어섰다. 그는 진지하고 책임 있는 장년기를 보내고, 만년에는 높은 예지의 경지에 다다르게 되었다.

질풍노도시대와 《젊은 베르테르의 슬픔》

1770년대에 이르러 봉건사회의 갖가지 폐단이 불거지기 시작했고, 이러한 사회에 대항해 새로운 시민계층이 부상하면서 문학 분야에서도 시민계층 출신의 젊은 작가들이 대거 등장했다. 이들은 합리주의를 강조하는 계몽주의를 비판하고 자연 · 감정 · 개인의 중요성을 말하면서 무미건조한 형식을 파괴하고 진정한 독일적 생명과 인간 감정의 본질을 회복하자고 주장했다.

이러한 질풍노도운동Sturm und Drang은 헤르더Herder를 중심으로 절정에 이르러 민중문학이 발생하게 되었고, 이전에는 그다지 관심을 끌지 못했던 새로운 소재들, 즉 독일민족의 고유한 영역에서 생성된 민족정신, 소박한 민중의 신앙과 생활을 다룬 문학작품들이 등장하기 시작했다. 이처럼 질풍노도운동과 민중문학운동이 결실을 맺을 수 있었던 것은 슈트라스부르크에서 이루어진 괴테와 헤르더의 운명적 만남 덕택이었다.

질풍노도운동 작가들
슈트라스부르크 대성당 뾰족탑에서의 작별파티. 왼쪽부터 헤르더, 렌츠, 융 슈틸링, 괴테, 잘츠만.

괴테는 헤르더의 독창적이고 해박한 지식과 자유분방한 정신을 받아들이며 성숙한 작가로 변모해 갔다. 헤르더를 통해 호메로스Homeros, 오시안Ossian, 셰익스피어Shakespeare와 민요의 세계에 관심을 갖게 되었으며, 프랑스풍 형식의 세련미보다는 근원적이고 소박한 아름다움에 관심을 갖게 되었다. 괴테에게 잠재되어 있던 문학적 천재성을 불러일으킨 헤르더와의 교우, 슈트라스부르크의 목가적이고 아름다운 자연, 제젠하임에서 만난 프리데리케 브리온과의 연애를 계기로 비로소 괴테는 자신의 시대를 여는 시와 희곡작품을 쓰게 되었다.

1773년 발표한 희곡 《괴츠 폰 베를리힝겐Götz von Berlichingen》은 사회적 · 예술적 전통에 대한 대담한 반항, 자연을 향한 뜨거운 정열, 문학의 형식과 법칙을 벗어나는 분방한 태도를 담고 있어 질풍노도운동에 기폭제 역할을 했다. 그리고 일 년 후 발표한 《젊은 베르테르의 슬픔Die Leiden des jungen Werthers》은 수많은 젊은이들을 술렁이게 하면서 괴테의 명성을 전 세계로 넓혔다. 괴테가 스물다섯에 쓴 이 작품은 질풍노도시대의 격렬한 특징을 담고 있으면서도 만년에 그의 작품에서 꽃피운 범신론적인 감정과 선의가 흐르고 있다.

바이마르에서의 괴테

고전주의로의 여행과 이상화된 예술

1775년 작센 바이마르 공국의 영주 칼 아우구스트 공의 초청으로 바이마르에 간 괴테는 정치에 참여하게 되었고, 훗날 재상의 자리에까지 올랐다. 그는 독일문화의 황금시대가 그곳에서 꽃필 거라는 기운을 직감했는데, 실제로 바이마르는 괴테를 중심으로 독일 역사상 유례없는 문화를 번성시켰다. 괴테는 바이마르에 머물면서 자신이 하나의 개체로서 사회 속에 놓여 있음을 깨닫고 규범을 알게 되었으며, 자연에 존재하는 법칙성을 발견하게 되었다. 이렇듯 새로운 사회에서 내면의 변화를 겪으면서 그의 문학관에도 변화가 일어났는데, 그 중심에는 자연과 인간을 두루 사랑하고 스스로 자연스런 인간이 되고자 하는 순수한 서정성이 놓이기 시작했다.

바이마르 체류 중 괴테와 깊은 우정을 나누며 가장 큰 영향을 끼친 사람은 슈타인 부인이었다. 세 아들의 어머니였던 그녀는 괴테의 불타오르는 정열을 진정시켜 주면서 그가 타고난 재질을 유감없이 발휘하게끔 도와주었다. 슈타인 부인의 여성적이고 품위 있는 정신은 괴테가 질풍노도의 격정을 극복하고 이성과 감성이 조화를 이룬 고전주의로 거듭나는 데 결정적 역할을 했으며, 《타쏘Tasso》(1789)와 《이피게니Iphigenie》(1786)에는 이러한 그녀의 모습이 담겨 있다.

실질적인 괴테의 고전주의는 1786년, 1차 이탈리아 여행부터 시작된다. 바이마르에 머물던 10년 동안은 작품활동을 거의 하지 못해 이 기간을 창작활동의 공백기라고 부른다. 괴테는 이탈리아 여행을 통해 '감성의 인간'에서 '이성의 인간'으로 재탄생했다. 자연과 예술이 결합된 수준 높은 고전문화를 누릴 수 있었던 여행은 자신과 대상 전체를 받아들이려는 끊임없는 노력을 통해 많은 결실을 가져다주었다. 오시안과 셰익스피어를 대신해 고대 로마와 빙켈만Winckelmann이 그의 정신을 지배하게 되었으며, 한동안 정체되었던 문학활동은 새로운 고전주의적 정신 아래 다시 꽃피기 시작했다. 이때 완성된 고전주의 문학의 대표작이 《이피게니》다.

1788년 6월 바이마르로 돌아온 괴테는 공직을 떠나 관능적인 여인 크리스티아네와 동거를 시작, 1806년 정식으로 결혼한다. 그는 일생동안 아홉 명의 여성과 관계를 가졌으나 결혼한 여인은 크리스티네 한 사람뿐이었다. 1789년 프랑스 혁명이 일어나고 연이어 전쟁이 일어났으나 괴테는 혁명이라는 수단에 의한 사회 변혁에 찬성하지 않았으며 편협한 내셔널리즘에도 등을 돌렸다. 그러나 혁명의 혼란은 전 유럽으로 퍼져 괴테도 두 번이나 종군할 수밖에 없었는데, 그는 이런 시대적 고뇌를 담아 대혁명의 현실을 다룬 고전주의의 대표적 서사시 《헤르만과 도로테아Hermann und Dorothea》(1797)를 썼다.

괴테와 슈타인 부인

삶의 긍정을 향한 괴테의 고전주의 문학세계는 그보다 십 년 아래인

포겔슈타인이 그린 《파우스트》의 한 장면

실러Schiller와 교류하면서 더욱 깊어졌다. 그는 실러의 격려로 《파우스트Faust》(1806)도 다시 쓰게 되었으며 소설 《빌헬름 마이스터의 수업시대Wilhelm Meisters Lehrjahre》(1796)도 썼다. 이 두 사람이 가꾸어 나간 고전주의 문학의 황금기는 1805년 실러의 죽음으로 막을 내렸다.

노작가의 정열과 인생 탐구

실러가 죽자 괴테는 깊은 고독과 허무에 빠졌지만, 인생의 의미와 삶의 방법을 끊임없이 찾는 탐구의 끈을 결코 놓지 않았다. 1809년 완성한 《친화력Die Wahlverwandtschaften》에서는 노시인의 높은 경지와 통찰력을 엿볼 수 있다. 한편 《서동시집Der Westöstlicher Divan》(1814~16)은 동양적 색채를 담고 있는 작품으로 괴테의 관심이 멀리 동양에까지 미쳤음을 보여 준다.

1816년에 아내 크리스티아네와 사별한 괴테는 몇 해가 지난 후 열아홉 소녀 울리케와 새로운 사랑을 경험하게 되었다. 당시 괴테의 정열은 어느 젊은이 못지않게 열렬했고, 가슴속 사랑과 열정을 작품으로 승화시킬 줄 알았던 그는 또 하나의 정열의 시, 〈마리엔비트의 비가Marienbader Elegie〉(1823)를 낳았다. 이처럼 끝없이 창작활동을 계속한 괴테는 고령의 나이에도 아랑곳없이 최고의 대작으로 꼽히는 《빌헬름 마이스터의 편력시대Wilhelm Meisters Wanderjahre》(1829)와 《파우스트》 2부(1831)를 완성했다. 이 두 작품은 청년시절에 구상해 쓰기 시작해 세상을 등지기 몇 해 전 비로소 완성된 역작이다.

1832년 3월 16일 가벼운 감기로 자리에 누웠던 괴테는 3월 22일 여든둘의 나이로 생을 마감했다. 그의 일생은 인간의 존재와 사색의 다양한 영역을 섭렵하여 총체적인 자기실현에 이른 위대한 도정이었다.

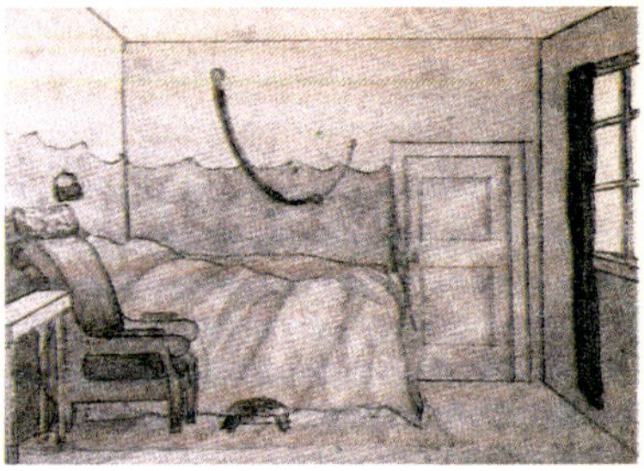
괴테가 임종한 방

1부

차례

2부

•• 일러두기

1. 이 책은 Johann Wolfgang Goethe, *Die Leiden des jungen Werthers* (Universal-Bibliothek Nr. 67[2], Philipp Reclam jun., Stuttgart 1985)를 원서로 번역했다.
2. 지명, 인명 등의 고유명사는 원칙적으로 그 나라의 원어 발음에 따라 표기하되, 관용적으로 쓰이는 경우에만 그 표기를 따랐다.
3. ✣표기한 주는 원주이며, 작은 글씨로 본문 안에 넣은 주는 본문의 이해를 돕기 위해 옮긴이가 달았다.
4. 각 부의 제목은 편집자가 달았다.
5. 이 책에 사용한 도판 중 일부는 미술사가 노성두 선생님의 도움을 받았다.

나는 불쌍한 베르테르의 이야기에 관해 내가 찾을 수 있는 것이라면

무엇이든 애써 모아서 여기 여러분 앞에 내놓습니다.

여러분은 이런 나에게 고마워할 것입니다.

여러분은 베르테르의 영혼과 성품에 찬탄과 애정을 느끼고,

그의 운명에 눈물을 흘릴 것입니다.

그리고 선한 영혼을 지닌 당신이 베르테르와 똑같은 충동을 느끼고 있다면,

그의 고통을 통해 위안을 얻게 될 것입니다.

그리고 만일 운명에서이든 자신의 잘못에서이든 곁에 가까이할 친구가 없다면,

이 조그만 책을 당신의 친구로 삼으십시오.

1부

그녀와의 만남, 온 세상이 빛으로 물들다

제1부

그녀와의 만남, 온 세상이 빛으로 물들다

1771년 5월 4일

떠나오니 정말 좋다! 친구야, 사람의 마음이란 참 알 수가 없어! 내가 그토록 사랑하고 결코 떨어질 수 없는 너를 떠나왔으면서도 기쁠 수 있다니! 하지만 넌 날 용서해 주리라 믿는다. 어쨌든 너 이외의 사람들과 맺은 관계는 나 같은 사람의 마음을 괴롭히기 위해 운명이 일부러 골라 놓은 것은 아닐까? 가엾은 레오노레! 하지만 내 잘못은 없어. 레오노레의 여동생이 보인 집요한 유혹에 나는 그저 즐겁게 얘기를 나누었을 뿐인데, 그러는 사이에 가엾게도 그녀의 마음에 열정이 생겨난 거야! 그렇긴 하지만－정말 난 아무 잘못도 없는 건가? 내가 그녀의 감정을 자극하지는 않았던가? 실은 별로 우습지도 않은 걸 가지고 종종 우리를 웃게 만들던, 그녀의 본성에서 나온 진실한 표현을 나 또한 즐긴 것은 아닐까?－아, 이처럼 처지를 호소하는 인간이란 대체 무엇일까! 친구야, 내가 약속한다. 내 자신을 고칠게. 지금껏 해 왔지만, 운명이 우리에게 던진 자잘한 불행을 되씹는 나쁜 버릇을 이제는 되풀이하지 않으련다. 현재를 즐기고 과거는 지나간 것으로 덮어 두겠어. 친구야, 네가 옳았어.-신이 왜 인간을 그렇게 만들었는지는 모르겠지만-사람들이 온갖 상상력을 발휘해 과거의 불행한 기억 속으로 빠져들지 않고 냉정한 현실을 그대로 받아들인다면 고통에 훨씬 덜 시달릴 거야.

청년 괴테

열정적 목소리로 자신의 세계를 토해 내는 청년 베르테르의 모습은 청년 괴테를 떠올리게 한다. 괴테 자신의 이루지 못한 사랑이 작품의 토대가 되었다는 점에서 그러하고, 이성과 합리가 아닌 인간 본성과 자연을 중시한다는 점에서도 그러하다. 《젊은 베르테르의 슬픔》 곳곳에서 우리는 괴테의 사랑과 사상을 만날 수 있다.

수고스럽겠지만 우리 어머니께 전해 줘. 당신이 맡긴 일은 잘 처리했고, 될 수 있는 대로 빨리 결과를 알려 드리겠다고 말이야. 내가 숙모를 만나 봤는데, 남들이 말하는 것처럼 그렇게 고약한 분은 아니었어. 숙모는 마음씨도 좋고 성격이 쾌활한 여자야. 숙모한테 어머니가 유산 분배에 불만이 있다고 말했더니, 그렇게 된 까닭과 원인을 설명해 주면서 조건만 갖춰지면 우리가 요구하는 것 이상으로 돌려주겠다고 하더군.-어쨌든 지금은 이 문제에 대해서 더 얘기하고 싶지 않아. 어머니께 모든 게 다 잘 될 거라고 전해만 줘. 그리고 친구야, 나는 이번에 이처럼 사소한 일에서도 세상에 갈등이 생기는 까닭은 술수나 악의보다는 오해와 게으름에서 비롯된다는 사실을 새삼 깨달았다. 적어도 술수나 악의 때문에 갈등이 생기는 일이 드문 건 확실해.

아무튼 난 여기서 아주 잘 지내고 있다. 이 천국과 같은 마을에서 느끼는 외로움이 내게는 귀한 진정제가 되어 주고, 충만한 이 젊음의 계절이 가끔 몸서리치는 내 마음을 따스하게 해 주고 있어. 나무 한 그루, 덤불 하나가 전부 꽃다발이다. 그래서 난 한 마리 풍뎅이가 되어 아름다운 향기의 바다를 떠다니며 양분을 찾아다녔으면 싶다.

도시 자체는 마음에 들지 않지만, 주변은 말할 수 없이 아름다운 자연이 에워싸고 있어. 이미 세상을 떠난 M백작이 언덕 위에 정원을 짓겠다고 결심하게 된 것도 그 때문이지. 그 언덕은 형용하기 어려울 정도로 아름다운 다채로움이 엇갈리면서 아주 멋있는 계곡을 이루고 있어. 정원은 소박한데, 그곳에 들어서면 이내 정원을 만든 사람은 기술적인 정원사가 아니라 감동을 느낄 줄 아는 사람으로서 그가 스스로 이곳을 즐기려고 설계했구나 하는 인상을 받게 돼. 이미 몇 번이나 다 쓰러져 가는 정자에 앉아 고인을 생각하며 얼마나 많은 눈물을 흘렸는지 몰라. 정자는 고인이 가장 좋아하던 곳이었고 이제는 내가 가장 좋아하는 장소가 되었어. 곧 내가 이 정원의 주인이 될 거야. 정원사도 며칠 전부터 나에게 호의를 보이고 있는데, 그러는 것이 그에게도 나쁘진 않을 테지.

5월 10일

내 영혼은 속속들이 말할 수 없는 유쾌함으로 가득 차 있다. 내 온 마음으로 만끽하고 있는 이 감미로운 봄날의 아침처럼 말이야. 나와 같은 영혼을 위해 창조된 이런 곳에 홀로 살고 있는 생활이 말할 수 없이 좋다. 친구야, 나는 요즘 행복에 겨워 평온한 삶의 정취 속에 푹 잠겨 있다 보니 예술활동이 엉망이 돼 버렸어. 지금 같아서는 아무것도 그릴 수 없을 것 같다. 선 하나 긋는 것조차도 말이야. 그런데도 지금 이 순간보다 더 내가 위대한 화가가 된 적은 없었던 것 같아. 나를 에워싼 아름다운 계곡에선 안개가 피어오르고, 높이 솟은 태양은 햇빛이라고는 뚫고 들어올 수 없는 어두운 숲 바깥에 머물러, 오직 엷은 빛줄기만이 이 성전 속으로 스며든다. 이럴 때 흐르는 시냇가에 무성하게 자란

봄, 사랑의 시작

《젊은 베르테르의 슬픔》의 시간은 만물이 생동하는 봄에 시작되어 쓸쓸한 겨울로 끝을 맺는데, 이는 가슴 뛰는 설렘으로 시작되어 차가운 죽음으로 끝나 버리는 베르테르의 사랑과 그 궤를 같이 한다. 풍요로운 봄의 풍경 속에서 '전능하신 창조주의 현존을 느끼게 된다'는 베르테르의 고백은 하늘을 날며 에덴동산을 굽어보는 신, 다채로운 봄의 풍경, 아름다운 연인 아담과 하와를 담은 17세기 프랑스 화가 푸생의 〈봄〉과 닮아 있다.

잔디 위에 누워 땅에 얼굴을 가까이 대 보면 수천 가지 각양각색 풀이 마냥 신비롭기만 하다. 풀줄기 사이에서 바글거리는 작은 세계, 이름 모를 숱한 자잘한 벌레며 곤충들의 모습이 마음에 가까이 다가올 때면, 전능하신 창조주의 현존을 느끼게 된다. 그리고 자신의 형상에 따라 우리를 창조하고 영원한 환희 속에 떠다니도록 하는 자비로운 그분의 숨결이 느껴진다. 친구야, 마침내 시야가 어두움에 잠기면 나를 에워싼 온 세계와 하늘이 마치 다정한 연인처럼 내 영혼을 가득 울리고 그럴 때마다 나는 동경에 빠져 생각해. '아, 다시 표현할 수 있다면 얼마나 좋을까? 내 마음속에 살아 있는 이 따스한 충만함을 종이 위에 옮겨 숨결을 불어넣을 수 있을까? 그러면 내 영혼이 영원한 창조주의 거울인 것처럼 그림도 내 영혼의 거울이 될 텐데!' 친구야! 하지만 나는 그만 무너지고 만다. 이 자연의 장엄한 위력 앞에 무릎을 꿇고 마는 거지.

5월 12일

이곳에 사람을 홀리는 정령이 떠도는 건지, 훈훈한 천상의 환상이 내 마음속에 깃들어 주위를 온통 낙원으로 만드는 건지 잘 모르겠다. 바로 요 앞에 샘이 하나 있는데, 난 마치 샘의 요정 멜루지네프랑스 전설에 나오는 물의 요정. 인간의 모습을 하고 어떤 백작과 결혼했으나 물을 잊지 못해 본래의 모습으로 돌아와 자매들과 함께 살았다고 한다와 자매들처럼 이 샘에 완전히 사로잡혀 있어. 작은 언덕을 내려가면 아치가 하나 나오는데 거기서 스무 계단 정도 더 내려가면 대리석 바위틈에서 너무나 맑은 샘물이 솟아 나오고 있다. 그 위로는 나지막한 돌담이 둘러져 있고, 키 큰 나무들이 울창하게 사방을 덮고 있어 서늘한 기운 속에 뭔가 기이한 매력이 스며 나온다. 요즘 나는 샘가에 앉아 한 시간이라도 보내지 않는 날이 하루도 없어. 마을에서 소녀들이 물을 길러 오는데, 예전에는 왕의 딸들조차도 손수 물을 길었다고 할 만큼 이 일은 세상에서 가장 순수하고 꼭 필요한 일이지. 이처럼 샘가에 앉아 있노라면 샘가에서 사람을 사귀며 구혼을 하기도 했던 옛날 족장 시대의 정경이 생생하게 떠오르고, 샘의 원천에 선량한 정령이 떠돌고 있는 것 같기도 하다. 아, 이런 느낌을 모르는 사람은 한여름 날 지친 유랑 끝에 서늘한 샘가에서 새롭게 기운을 되찾아 본 적이 없는 사람임에 틀림없다.

5월 13일

나에게 책을 보내 주겠다는 건가? 어휴, 이 친구야, 제발 그만둬! 이제는 충고나 격려, 부추김을 받는 일 따위는 사양하겠어. 내 가슴이 끓어오르는 것만으로도 벅차다. 필요한 게 있다면 오히려 자장가인데, 그건 내가 가지고 있는 호메로스 책으로도 충분해. 끓어오르는 이 피를 얼마나 자주 호메로스로 잠재우는지 모른다. 너도 내 마음처럼 변덕이 죽 끓듯 심하고 마구 요동치는 것은 미처 보지 못했을 거다. 친구야, 너에게 굳이 이런 말을 할 필요가 있을까? 근심걱정에 싸여 있는가 하면 어느새 방탕에 빠지고, 달콤한 우수에 잠겨 있다가 갑자기 격정에 휩싸이는 내 꼴을 보는 너의 마음이 너무 무거우리라는 것을 말이다. 나 또한 내 마음을 병든 아이처럼 다루고 있어. 그 애가 하고 싶은 대로 뭐든지 하도록 내버려 두지. 다른 사람에게는 이런 말 하지 마라. 나를 나쁘게 생각할 사람도 있을 테니.

호메로스
고대 그리스 문화와 서양 윤리와 사상에 커다란 영향을 끼친 〈일리아스〉와 〈오디세이아〉를 지은 시인. 《젊은 베르테르의 슬픔》에서 평화로운 시골 마을, 목가적 자연을 상징하는 '호메로스의 세계'는 베르테르에게 평안을 가져다주는 안식처며, 그의 사랑이 행복한 빛을 발하는 세계다. 베르테르는 호메로스의 시를 '자장가'라고 표현하고 있다.

5월 15일

이곳에 사는 신분이 낮은 사람들과 어느새 친해져서 사람들이 나를 좋아한다. 특히 아이들이 그래. 처음에 그 사람들에게 다가가 나를 먼저 소개하며 친근하게 이런저런 일을 물었을 때 몇몇은 자기들을 조롱하는 줄 알고 나를 거칠게 대하기조차 했다. 하지만 난 나쁘게 생각하지 않았어. 다만 종종 느껴 왔던 사실이 이번에는 아주 뼈저리게 다가왔을 뿐이야. 지위가 조금 있다 하는 자들은 아랫사람들에게 늘 냉랭하게 거리를 두는 게 마치 낮은 사람들을 가까이하면 뭔가 손해라도 보는 것처럼 굴지. 그런가 하면 불쌍한 민중들에게 자기들의 우월성을 한층 더 과시하기 위해 일부러 저자세를 가장하는 질 나쁜 허풍쟁이와 경박한 자들도 있어.

나는 우리의 신분이 다 다르고, 같을 수도 없다는 것을 잘 알고 있다. 그러나 존경받기 위해 소위 천민들과 거리를 두어야 한다고 믿는 자들은, 패배가 두려워 적을 보고 숨어 버리는 비겁자들과 마찬가지로 비난받아 마땅하다고 생각한다.

얼마 전 샘가에 갔을 때 나이 어린 한 하녀를 봤어. 하녀아이는 물동이를 계단 맨 아래에 놓아두고 머리에 이는 걸 도와줄 다른 하녀를 찾아 둘러보고 있더군. 그래서 내가 내려가 "아가씨, 도와줄까요?" 하고 물었지. 그러자 소녀는 얼굴이 새빨개지면서 이러는 거야. "아니에요, 나리!" 내가 "사양하지 말아요." 하자 소녀는 똬리를 머리에 바로 올려놓았고, 그제야 내가 도와주었지. 소녀는 고맙다는 인사를 하며 계단 위로 올라갔어.

5월 17일

여러 사람들을 알게 되었는데도 아직 친해질 만한 사람을 발견하지는 못했다. 내가 사람들에게 어떤 매력을 주는지는 모르겠지만 하여튼 많은 사람들이 나를 좋아하고 따르고 있어. 그런데 막상 그런 사람들하고는 그다지 통하는 부분이 없다는 게 서글플 따름이야. 여기 사람들이 어떻기에 그러냐고 물으면 "다 그렇지 뭐!"라는 대답밖에는 할 말이 없어. 사람들이란 다 거기서 거기잖나. 많은 사람들이 먹고살자고 시간을 대부분 일하는 데 쓰고, 조금이라도 남으면 불안해하며 온갖 수단을 다 써서 거기서 벗어나려고 애쓰지. 아, 인간의 운명이여!

하지만 이 마을 사람들은 정말 좋은 사람들이야! 나는 때때로 내 자신을 잊어버린 채 그들과 더불어 아직도 인간에게 허용된 즐거움을 누리곤 해. 정성껏 차린 식탁에 모여 앉아 거리낌 없고 진실한 태도로 이런저런 잡담을 나누거나, 마차를 타고 산보를 가거나, 때맞춰 열린 무도회에서 춤을 추는 일들이 아주 즐거워. 단지 씁쓸한 생각이 하나 있다면, 내 안에서 쓰지 못하게 죽여 버린 여러 능력들을 철저히 숨겨야 한다는 거야. 아, 이 생각만 들면 가슴이 답답하게 죄어든다.—하지만 오해를 받는다는 것이 우리와 같은 사람들의 숙명이기도 하겠지.

아, 소년 시절 친구였던 그녀가 세상을 떠났다니! 아, 차라리 내가 그녀를 몰랐다면 좋았을 걸!—내 자신에게 이렇게 말하고 싶다. '너는 바보다. 현세에서는 찾을 수 없는 것을 찾고 있다.' 그러나 나는 그녀를 가졌고, 그녀의 마음을 느꼈어. 그녀의 위대한 영혼, 그 영혼을 나눌 때 나는 내 자신이 가능한 모든 것이 될 수 있었기에 실제의 나보다 더 위대한 존재가 된 것 같았지. 신이시어! 그때 내 영혼의 힘을 사용하지 않고 남겨 둔 것이 하나라도 있습니까? 그녀 앞에서는 놀라운 감정이 펼쳐져, 마음은 온 자연을 남김없이 포용하지 않았던가? 우리 관계는 아주 섬세한 감정과 예리한 재치로 짜여진 영원한 직물이 아니었던가? 그 재치의 꾸밈은 짓궂다 할 만큼 하나하나가 천재의 낙인이 찍힌 것이 아니었던가? 그런데 이제! 연상인 그녀의 나이가 그녀를 먼저 무덤으로 이끌고 말았지. 나는 그녀를 결코 잊을 수 없을 거야. 그녀의 굳은 의지와 성스러운 관대함을 절대로 잊을 수 없어.

며칠 전에 V라는 청년을 만났는데 잘생긴 얼굴에 솔직한 성격의 청년이었지. 갓 대학을 졸업한 그는 썩 똑똑해 보이지는 않았는데도 자신이 남보다 더 많이 안다고 여기고 있더군. 어쨌든 그 자신이 열심히 하기도 했고, 내가 보기에 한 마디로 꽤 지식이 있더라고. 그는 내가 그림을 많이 그리고 그리스 어를 할 줄 안다는 소리를 듣더니(여기 시골에서야 혜성이 동시에 두 개나 나타난 것과 마찬가지지), 나를 찾아와서는 갖가지 잡다한 지식을 다 쏟아내지 뭔가. 바토Watteau프랑스의 미학자에서 시작해 우드Wood영국의 평론가까지, 드 필de Filet프랑스의 화가이자 미술평론가에서 빙켈만Winckelmann독일의 미술사가이자 미학자까지, 그리고 자신이 줄처sulzer독일의 철학자이자 미학자의 이론 1부를 샅샅이 다 읽었으며 고대 연구에 관한 하이네Heine독일의 언어학자이며 작가의 원고도 한 권 갖고 있다고 자랑하더군. 나는 그저 가만히 듣고만 있었어.

또 훌륭한 분을 알게 됐는데, 그분은 공국의 법무관으로서 성품이 개방적이고 신뢰가 가는 어른이야. 사람들 말로는 아홉이나 되는 자식들한테 둘러싸여 있는 그분을 보고 있으면 마음이 절로 즐거워진다는군. 특히 큰딸에 대해서 소문이 자자해. 그분이 나를 초대했는데, 가까운 시일에 한번 가 보려고 해. 법무관은 여기서 한 시간 반쯤 걸리는 군주의 사냥별장에 살고 있는데, 부인이 세상을 떠나자 시내에 있는 관사에서 사는 게 괴로워 허가를 받아 지금 사는 곳으로 옮겼다는군.

그 밖에 괴상한 괴짜들도 한둘 알게 됐는데, 그 행태가 하나같이 못 봐 주겠는 데다 특히 견디기 힘든 건 공연히 나한테 친한 척하는 거야.

잘 지내! 이 편지는 네 마음에 쏙 들 거야. 모든 사실을 차근차근 체계적으로 썼으니 말이다.

작업실에서의 괴테

베르테르의 편지를 읽고 있노라면, 내가 곧 빌헬름이 되어 그의 얘기를 듣는 듯한 기분에 사로잡힌다. 괴테는 자유로운 서간체 형식을 빌려 자신의 생각과 사랑을 고백했는데, 이는 작품의 서정적 · 극적 요소를 한층 빛나게 한다. 《젊은 베르테르의 슬픔》을 쓸 무렵 프랑크푸르트 작업실에서의 괴테 모습을 통해, 주체할 수 없는 감정에 휩싸여 편지를 써 내려가는 베르테르의 모습을 떠올려 본다.

5월 22일

인간의 삶이란 한낱 꿈에 지나지 않는다고 이미 많은 사람들이 생각했지만 나 역시도 그런 기분이 든다. 인간의 행위나 연구능력이 결국 좁은 한계에 머문다는 것을 볼 때 말이다. 모든 행동이 욕구를 충족시키기 위해서 달려가는데, 그것은 그저 불쌍한 우리의 생존을 연장시키려는 목적 이외에 아무것도 없고, 어떤 연구가 일정한 수준에 이르렀다고 만족하는 일도 한갓 꿈속의 체념에 지나지 않는다는 것을 나는 잘 알고 있다. 왜냐하면 그것은 감옥에 갇힌 사람이 벽에다 여러 형상과 경치를 화려하고 밝게 그리고 앉아 있는 것과 마찬가지니까. – 빌헬름, 이런 모든 것들이 내 말문을 막는다. 나는 내 자신의 내부로 돌아와 하나의 세계를 발견하곤 해! 하지만 명확한 표현과 생동하는 활력의 세계가 아니라 어두운 욕망과 파악할 수 없는 희미한 예감의 세계야.

박식한 학자들이나 선생들은, 아이들은 자기들이 원하는 바를 모른다는 견해에 한결같이 일치를 보이지. 그러나 어른들 역시 아이들과 다름없이 이 땅 위를 헤매고 돌아다니며, 어디서 와서 어디로 가는지 모르기는 마찬가지고, 참된 목적에 따른다는 행위도 사실은 아이들이 과자나 빵, 회초리에 반응하는 것과 별반 다를 게 없어. 비록 이런 사실을 아무도 인정하고 싶지 않다 하더라도 나로서는 너무나 뻔한 사실로 보인다.

이 말에 네가 무슨 이야기를 할지 잘 아니까 솔직히 고백하마. 아이들 같은 사람들이 가장 행복한 사람들이야. 아이들은 하루 종일 인형이나 질질 끌고 다니면서 인형 옷을 입혔다 벗겼다 하다가 엄마가 과자를 넣어 둔 서랍에 콩당거리는 가슴을 안고 살금살금 기어가서는 원하던 것을 마침내 움켜쥐고 과자를 두 볼 가득 터지도록 쑤셔 넣고 외치지. "더 줘!" – 아이들이야말로 가장 행복한 피조물들이다. 그리고 고작 빈둥거리는 일이나 자기들의 욕정에까지 야단스러운 이름을 붙여 놓고 마치 인류를 위한 구원과 안녕을 위한 위대한 사업인 양 떠들어 대는 작자들도 행복하다고 하겠지.—그럴 수 있는 자들에게 복이 있으라! 그러나 겸손한 마음으로 모든 일이 흘러가는 의미를 그대로 인식하는 사람들도 있다. 소시민들이 작은 정원을 낙원으로 가꾸고 있고, 무거운 짐을 지고 있는 불행한 사람들이 허덕거리면서도 묵묵히 자기 길을 가고 있으며, 모든 사람들이 이 세상의 햇빛을 조금이라도 더 보기를 한결같이 원한다는 사실을 깨달은 사람은—그래, 말없이 내면에서 자기 세계를 형성하는 사람이지. 그들 또한 인간이기에 행복한 것이다. 그리고 그런 사람들은 아무리 구속이 많다 해도 항상 마음속에 여유로운 행복감을 품고 있는데, 그건 자기가 원할 때면 언제라도 이 감옥을 떠날 수 있다는 자유의 감정이다.

5월 26일

넌 오래전부터 내가 어떤 생활방식을 좋아하는지 알고 있지. 어디든 마음에 드는 곳에 작은 오두막집을 짓고 소박하게 살고 싶어 한다는 것 말이다. 여기서도 내 마음이 끌리는 장소를 발견했다.

시내에서 약 한 시간쯤 떨어진 곳에 발하임✣이라는 곳이 있어. 언덕 위에 있는 이 장소는 위치가 참 흥미로운데, 마을로 가는 좁은 길을 벗어나 위로 올라가면 계곡 전체를 한눈에 내려다볼 수 있어. 나이에 비해 쾌활하고 마음씨 좋은 여관집 여주인이 포도주, 맥주, 커피를 팔고 있지. 하지만 무엇보다도 내 관심을 끄는 것은 교회 앞 작은 광장을 온통 뒤덮고 있는 무성한 보리수나무 두 그루야. 광장 주변은 농가와 창고와 마당으로 둘러싸여 있어. 고향에 온 것처럼 이렇게 정답고 아늑한 광장을 발견하기는 절대 쉽지 않아. 나는 여관집에서 작은 탁자와 의자를 가지고 나와 커피를 마시면서 호메로스 책을 읽었어. 어느

✣ 독자는 이 장소를 찾으려고 쓸데없이 애쓸 필요 없다. 불가피하게 원본에 나오는 지명을 바꾸지 않을 수 없었다.

농가의 아이들
1777년 출간된 《젊은 베르테르의 슬픔》 2판 표지에 실린 삽화. 보리수나무 아래서 꼬마 형제의 다정한 모습을 그리는 베르테르가 매우 평화로워 보인다.

화창한 오후에 처음으로 우연히 이 보리수나무 밑을 찾아왔을 때, 이 작은 광장은 무척 한적했지. 모두들 들에 나가고 없었고, 한 네 살쯤 된 사내아이 하나가 땅바닥에 앉아 태어난 지 여섯 달쯤 되는 아기를 다리 사이에 끼고 두 팔로 꼭 껴안아 가슴에 기대놓아 의자 같은 자세를 하고는 까만 눈동자로 분주히 사방을 둘러보면서도 얌전하게 앉아 있더군. 그 모습이 무척 마음에 들었어. 그래서 나는 맞은편에 있는 쟁기 위에 걸터앉아 아주 즐거운 마음으로 그 형제의 모습을 그렸지. 그리고 바로 옆에 있는 울타리, 창고 문짝, 부서진 마차 바퀴와 더불어 주변에 놓여 있는 물건들을 있는 대로 모두 그렸는데, 한 시간쯤 지났을까, 내가 일부러 구도를 잡은 것은 하나도 없었는데도 제법 구도가 잘 잡힌 근사한 그림이 완성되었더군. 그래서 앞으로는 오직 자연에만 의지해 그려야겠다는 마음을 굳히게 되었어. 자연 자체만으로도 한없이 풍부하고, 자연만이 위대한 예술가를 창조해 내는 거다. 사람들은 법칙이 주는 장점에 대해 말을 많이 하지. 그건 대략 시민사회를 찬양하는 말을 할 때와 비슷해. 법칙에 따라 교양을 쌓은 사람은 결코 저속하거나 몰취미한 일을 행하지 않으며, 법과 복지 속에서 자란 사람은 절대로 남에게 견딜 수 없는 이웃이 된다거나 괴팍한 악한은 될 수 없다는 얘기와 마찬가지야. 하지만 사실 모든 법칙이란 그 반대로, 사람들이 뭐라 하든지 간에 자연의 참된 감정과 진정한 표현을 파괴해 버리고 마는 거야! 넌 이렇게 말하겠지. "그 말은 너무 심하잖아! 법칙은 어느 정도 제한하는 것뿐이야. 너무 웃자란 덩굴을 잘라내는 정도지." – 친구야, 그럼 내가 똑같은 비유를 하나 들어 볼까? 사랑하는 것도 마찬가지라 할 수 있어. 어떤 청년이 소녀에게 마음을 빼앗겼다고 하자. 그가 하루 종일 그녀 곁에서 보내면서 순간순간을 그녀에게 완전히 바친다는 걸 보여 주기 위해 가진 능력과 재산을 다 써 버렸어. 그런데 그때 공직에 있는 속물이 하나 찾아와서 이렇게 말하는 거다.

"이봐, 젊은 친구! 사랑은 인간적인 것이야. 그러니 인간적으로 사랑해야지! 시간을 나눠서 한 부분은 일하는 데 쓰고, 거기서 남는 시간을 자네가 사랑하는 소녀를 위해 바치도록 해. 재산도 계산을 잘 해서 절박한 순간을 위해 남겨 두라는 걸세. 남는 재산으로 선물하는 것은 말리지 않겠지만 그것도 너무 자주 하지는 말아야지. 생일이나 세례축일 때 가끔 하라고." — 청년이 이자의 말을 따른다면 쓸모 있는 청년이 될 것이고, 나라도 군주에게 청년을 기용해 쓰라고 추천하겠어. 하지만 청년의 사랑은 그걸로 끝장이야. 그가 예술가라면 그의 예술이 끝장난 것이고. 아아, 친구들이여! 어째서 천재의 격류가 터져 나오는 일이 그다지도 드물며, 거센 홍수로 분출하여 그대들의 어리둥절한 영혼을 뒤흔들어 깨우는 일이 이렇게도 드물까? — 사랑하는 친구들이여, 그 이유는 격류가 흐르는 물가 양쪽에 침착한 신사양반들이 살면서, 자기들의 조그만 정원에 튤립 화단과 정자를 지어 놓고 자칫 망가질까 두려워 둑을 쌓아 닥쳐올 위험을 막기 때문이야.

5월 27일

나 혼자 도취와 비유와 열변에 빠진 바람에 아이들하고 어떻게 지내는지 얘기한다는 걸 깜박 잊어버렸다. 어제 편지에도 잠깐 얘기했지만, 난 화가의 감각에 완전히 몰두해 쟁기 위에 한두 시간쯤 앉아 있었지. 저녁 무렵이 되자 그때까지 꼼짝도 않고 있던 아이들에게 팔에 바구니를 낀 젊은 여자가 뛰어오면서 외치는 거야. "필립스, 정말 착하구나." — 그녀가 내게도 인사를 하기에 답례를 하고 다가가 아이들 어머니냐고 물었어. 그녀는 그렇다고 하면서 아기를 안고 있던 아이에게 빵 반쪽을 주고는 아기를 안아 올리더니 자애로운 어머니의 사랑을 듬뿍 담아 입을 맞추더군. 그녀가 말했어. "필립스에게 아기를 좀 보라고 맡기고는 큰애를 데리고 흰 빵과 설탕과 죽 끓이는 냄비를 사러 시내에 다녀오는 길이에요." 덮개가 벗겨진 바구니 속에 들어 있는 물건이 죄다 보였어. "저녁에 한스(막내아들 이름이야)에게 스프를 좀 끓여 주려고요. 어제 남은 죽을 서로 먹겠다고 다투다가 천방지축인 큰애가 그만 냄비를 깨뜨리고 말았지 뭐예요." 그래서 나는 큰애는 어디에 있냐고 물었어. 저기 풀밭에서 거위들을 쫓아다니고 있다는 그녀의 대답이 채 끝나기도 전에 큰애가 뛰어오더니 둘째에게 개암나무 가지를 가져다주더군. 나는 계속 얘기를 나누면서 그녀가 교사의 딸이라는 것과 남편이 사촌의 유산을 받기 위해 스위스로 갔다는 사실을 알게 되었

평화로운 농가

《젊은 베르테르의 슬픔》에서는 마치 그림을 그리듯 풍부하고 구체적인 자연 묘사가 두드러지는데, 자연은 곧 베르테르의 심리상태를 드러낸다. 그림은 1780년경 괴테가 그린 튀링엔의 농가 풍경. 베르테르에게 더없는 행복을 안겨 주었던 발하임의 평화로운 농가도 이런 모습이지 않을까?

어. "사람들이 남편을 속이려고 했어요. 남편의 편지에 아무도 답장을 안 하는 거예요. 그래서 직접 간 거죠. 별일 없어야 할 텐데, 그이의 소식을 통 듣지 못했어요." 나는 그냥 자리를 뜨기가 뭐해서 아이들마다 한 푼씩 쥐어 주고, 그녀에게도 시내에 가는 일이 있으면 빵이라도 사서 막내아이 죽에 넣어 먹이라고 돈을 조금 주었어. 그리고 우리는 헤어졌지.

내 친구야, 굳이 말하자면, 마음을 진정할 수 없을 때 이런 사람들을 보면 산란하던 온갖 마음이 침착하게 가라앉는다. 그들은 좁은 존재의 테두리 속에서 행복하고 태연하게 살아가고, 그날그날 생계를 근근이 꾸려 가면서도 나뭇잎이 떨어지면 그저 이제 겨울이 오려나 보다 하고 생각할 따름이야.

그 뒤로 나는 자주 그곳을 찾아갔어. 아이들과 아주 친해져서 커피를 마실 때면 내게 설탕을 받아먹고, 저녁에는 같이 버터 바른 빵과 우유를 나눠 먹는단다. 아이들은 일요일마다 한 푼씩 받는데, 내가 혹시 예배시간에 맞춰 못 가면 여관 여주인더러 대신 주라고 말해 놓았지.

아이들이 나를 무척 따라서 뭐든지 조잘조잘 얘기해. 특히 마을아이들이 우르르 몰려 있을 때, 자기들의 열정과 욕구를 마냥 순진하게 표현하는 모양을 보는 게 퍽 즐겁다.

아이들이 나를 귀찮게 하지나 않나 전전긍긍하는 어머니를 안심시키느라 꽤나 고생했어.

5월 30일

며칠 전 내가 그림에 대해 말한 것은 문학에도 그대로 들어맞는다고 생각한다. 우리가 훌륭한 것을 인식하고 그것을 표현하려는 점에서 말이야. 물론 적은 표현으로 많은 내용을 얘기하는 거지. 오늘 본 장면은 그대로 옮겨 놓기만 해도 세상에서 가장 아름다운 전원시가 될 거야. 하지만 장면과 전원시라? 우리는 자연 현상마다 이렇게 꼭 구분을 하고 기교를 부려야만 하는 것일까?

이 서두를 읽으며 무슨 고상하고 대단히 훌륭한 것을 기대하고 있다면 넌 또 나한테 깜박 속은 기분이 들 거다. 이렇게 내 관심을 생생하게 불러일으킨 것이 다름 아닌 시골총각 녀석에 지나지 않으니까. 늘 그렇듯이 내가 얘기를 조리 있게 하지 못하니, 너 역시 익숙한 대로 내가 또 지금 과장하고 있다고 생각하겠지. 또 발하임에서 있었던 일이다. 그런데 희한한 일이 일어나는 곳은 언제나 발하임이기도 해.

야외에 나가 보리수 아래서 커피를 마시고 있었다. 모인 사람들이 별로 마음에 들지 않아서 핑계를 대고 멀찍이 물러나 있었어.

그런데 이웃집에서 시골총각이 나오더니 요전에 내가 그리던 쟁기를 만지며 어딘가 손질을 하더군. 그 모습이 마음에 들어 나는 말을 걸어 그의 신상에 대해 이런저런 얘기를 물었지. 우리는 곧 친해졌고, 소박한 사람들이 늘 그렇듯이 곧 허물없이 얘기를 터놓게 되었어. 그는 과부 집에서 일하는 머슴인데 대우가 좋다고 하더군. 과부에 대한 얘길 굉장히 많이 하며 칭찬하기에 여념이 없어서 그가 과부에게 몸과 마음을 다 바치고 있다는 것을 곧 알아차렸지. 그녀는 그렇게 젊지는 않고, 첫 남편에게 몹시 심한 대우를 받아 이젠 재혼을 하지 않으려 한다는 거야. 그런 얘기를 하는 그에게서 그녀가 얼마나 아름답고 매력적인지, 전남편에 대한 나쁜 기억을 잊어버리기 위해서라도 그녀가 자신을 택해 주기를 그가 얼마나 애타게 바라고 있는지 분명히 드러났어. 내가 너에게 그의 순수한 관심, 사랑과 충실성을 제대로 전하기 위해서는 말 한 마디라도 빼놓지 않고 다 되풀이해야 할 것 같다. 그래, 그의 몸짓과 조화로운 목소리와 눈빛에 깃든 비밀스런 불꽃을 생생하게 표현하려면 내가 위대한 시인의 재능을 가지고 있어야만 할 거다.

아니, 어떤 말로도 그의 온 존재에 깃들어 드러나는 애정을 표현할 수 없어. 그러니 내가 얘기로 옮기려는 것이 모두 어설픈 짓일 수밖에 없다. 특히 내가 혹시라도 그녀에 대한 그의 마음을 오해라도 하고 그녀의 행실을 좋지 않게 생각할까 걱정하는 태도가 심금을 울렸어. 젊음이 발산하는 매력은 아니지만 자신을 사로잡고 있는 그녀의 육체와 모습이 얼마나 매력적인지 말할 때, 그가 얼마나 흥분으로 달아올랐는지는 내 깊은 내면의 영혼 속에서만 되풀이할 수 있을 거야. 내 생전에 인간의 절박한 갈망과 뜨거운 열정이 이처럼 순수한 것은 처음 봐. 아니, 이런 순수함은 생각해 보지도, 꿈도 꾸어 보지 못했다고 말해야겠다. 내가 이렇게 말한다고 꾸짖지 마라. 이 순수함과 진실성을 생각할 때 내 깊은 영혼이 작열하기 시작하고, 그의 충실성과 애틋한 모습이 어디서든 떠올라 저절로 불이 붙은 것처럼 나 또한 갈망하며 허덕이고 있다.

가까운 시일 내에 나도 그녀를 한번 만나 볼 생각이야. 아니, 곰곰이 생각해 보면 차라리 보지 않는 게 더 나을지도 몰라. 오히려 그녀 애인의 눈을 통해 그녀를 보는 것이 더 낫겠지. 내 눈으로 직접 보면 지금 내가 떠올리고 있는 상상의 모습과는 다를 수도 있을 테니. 그러니 내가 왜 이 아름다운 이미지를 망쳐 버리겠나?

6월 16일

왜 편지를 쓰지 않느냐고?—그런 질문을 하면서도 네가 지식인이라는 거냐? 내가 잘 지내고 있다는 것쯤이야 알 것이고, 게다가—좋아, 한마디로 말해 마음이 끌리는 사람을 알게 되었어. 내가—아, 난 잘 모르겠다.

어떻게 그렇게 사랑스러운 사람을 알게 되었는지 조리 있게 차근차근 얘기하기란 불가능해. 너무너무 기쁘고 행복한 데다가, 어차피 난 역사서술가가 아니니까 말이야.

천사야, 천사! — 아니지! 자기 애인한테는 다 천사라고 하지. 그러지 않나? 하지만 그녀가 얼마나 완벽한지, 왜 완벽한지 지금 설명할 상황이 되질 못하는군. 그냥 그녀가 나를 완전히 사로잡았다는 말밖에는.

그녀는 더할 바 없이 이해심이 많으면서도 순진하고, 견실하면서도 지극히 착하고, 진실한 생활과 행동을 하며 영혼의 안정감을 지니고 있어.

하지만 내가 그녀에 대해 얘기하는 건 죄다 허접스러운 수다에 지나지 않으며, 진정한 그녀의 모습을 표현할 수 없는 불쾌한 추상에 지나지 않아. 다음에 얘기할게. — 아니, 다음에 말고 당장 해야겠다. 지금 하지 않으면 영원히 하지 못할 것 같다. 왜냐하면 사실 우리끼리 얘기지만, 내가 이 편지를 쓰기 시작하면서도 벌써 세 번이나 펜을 놓고 말에 안장을 얹고 밖으로 뛰쳐나갈까 했거든. 오늘 아침에만 해도 가지 않으려고 결심했는데, 자꾸 창가로 달려가 해가 얼마나 떴나 보고 또 보았어 — .

난 더는 참을 수가 없었고, 결국 그녀에게 달려가고 말았다. 빌헬름, 그리고 지금 막 돌아와 버터 바른 빵을 저녁으로 먹고 너에게 편지를 쓰고 있다. 그 사랑스럽고 명랑한 아이들, 여덟이나 되는 형제자매들에게 둘러싸인 그녀를 바라보는 것이 얼마나 기쁜지!

이런 식으로 계속 써 내려가면 너는 무슨 소린지 도대체 앞뒤를 모르겠지. 자, 이제 들어 봐. 내가 자세하게 쓰려고 애써 볼 테니까.

얼마 전에 법무관 S씨를 알게 됐다고 썼잖아. 그리고 곧 그분의 은거지랄까, 작은 왕국을 방문해 달라고 했다고 말이다. 내가 약속을 미루고 지키지 않았더라면 그 조용한 곳에 숨겨져 있는 보물을 찾게 된 우연과는 결코 마주치지 않았을 테고, 그곳에 갈 일도 영영 없었겠지.

젊은이들이 야외무도회를 연다고 해서 나는 기꺼이 가겠다고 했어. 그래서 착하고 예쁘기는 하지만 그것 말고는 별 특징이 없는 이곳 소녀에게 같이 가자고 청한 다음, 마차를 빌려 내 파트너와 그녀의 여사촌들과 같이 무도회가 열리는 곳으로 떠나는 길이었어. 가는 도중에 샤로테 S라는 여자를 데리고 가야 한다는 거야.–"당신은 아름다운 여성을 만나게 될 거예요." 베어 낸 나무 사이로 넓은 숲길을 지나 사냥 별장 쪽으로 가고 있을 때 파트너 아가씨가 말했어. "조심하세요. 사랑에 빠지지 않도록 말이에요!" 그녀의 사촌이 덧붙이더군. 그래서 내가 물었지. "왜요?" 내 파트너가 대답했어. "그녀는 이미 약혼한 몸이거든요. 아주 훌륭한 약혼자는 부친이 돌아가시는 바람에 여러 가지 일을 정리하고 유망한 일자리를 얻기 위해 지금은 여행을 떠나고 없지만요."–난 그런 얘기에는 아무런 관심이 없었어.

우리가 별장 정문에 도착했을 때는 해가 서산에 닿기 십오 분 전쯤이었어. 날씨가 몹시 후텁지근해서 여자들이 소나기가 올려나 걱정을 하는데, 역시 저 멀리 지평선에 먹구름이 잔뜩 몰려오더군. 나는 여자들의 걱정을 덜어 주려고 주제넘은 기상학을 읊었지만 속으로는 은근히 날씨가 즐거운 무도회를 망치겠다는 불길한 예감이 들었지.

내가 마차에서 내리자 하녀가 나오더니 로테 아가씨가 곧 나오실 테니 조금만 기다려 달라고 했어. 나는 뜰을 가로질러 견고하게 지어진 집 쪽으로 걸어 들어갔지. 그리고 계단을 올라 문 앞에 섰는데, 이제까지 세상에서 본 것 중 가장 매력적인 광경이 눈앞에 펼쳐져 있는 거야. 홀 안에 열한두 살가량 되는 아이들 여섯이 아담한 키에 아름다운 자태를 한 아가씨를 둘러싸고 있지 뭔가. 그녀는 연분홍 리본이 팔과 가슴에 달린 소박한 하얀 옷을 입고 있었어. 검은 빵을 손에 들고 자기를 둘러싸고 있는 아이들에게 나이와 식성에 맞게 빵을 잘라 상냥하게 나눠 주고 있었어. 아이들은 자그마한 손을 높이 쳐들고 미처 빵을 자르

사랑스런 여인, 로테

로테의 모델이 된 샤로테 부프. 법과대학을 졸업한 괴테는 1772년 스물다섯 살 때 베츨러의 고등법원에서 법무 실습을 한다. 그때 법관의 딸인 샤로테 부프를 만나 사랑에 빠지는데, 열여섯의 아름다운 소녀 샤로테에게는 이미 약혼자가 있었다. 이룰 수 없는 사랑의 고통을 겪은 청년 괴테가 바로 사랑의 열정에 사로잡힌 '청년 베르테르'를 낳은 것이다.

첫 만남

베르테르가 로테를 처음 본 순간, 그의 마음 문이 환하게 열린 순간! 아이들에게 빵을 나눠 주느라 여념이 없는 로테와 달리 문 앞에 선 베르테르는 무엇에 홀린 듯하다. 작품에서 로테는 모성애가 가득한 여인으로 그려져 있는데, 실제로 샤로테는 일찍 세상을 떠난 어머니를 대신해 어린 동생들을 사랑으로 돌봤고 괴테는 이런 그녀의 모습에 더욱 매료되었다고 한다. 1859년 출간된 《젊은 베르테르의 슬픔》의 삽화.

기도 전에 천진스럽게 "고마워요!"를 외쳐 댔지. 어떤 아이는 저녁 빵을 받아 들고 흐뭇해서 저쪽으로 뛰어 달아나는가 하면, 차분한 아이는 조용히 문 쪽으로 발걸음을 옮겨 로테가 낯선 사람들과 타고 갈 마차를 가만히 살펴보더군. 그녀가 말했어. "죄송해요. 여기까지 들어오시게 하고 여자 분들을 기다리게 해서 말이에요. 옷을 차려입고 제가 집을 비운 사이에 할 집안일을 일러 놓고 나니 아이들한테 빵을 나눠 주는 걸 잊어버렸지 뭐예요. 아이들이 저 말고는 다른 사람에게 빵을 받아먹으려 하지 않거든요." 나는 인사치레로 대충 대꾸를 했지만 그녀의 모습과 목소리와 태도에 완전히 넋이 나가 있다가, 그녀가 장갑과 부채를 가지러 방으로 뛰어간 사이에 비로소 놀라움에서 벗어나 겨우 정신을 차리게 되었어. 아이들이 한쪽에 물러나서 나를 쳐다보고 있기에 가장 귀엽게 생긴 막내아이에게 다가갔지. 아이가 주춤 뒤로 물러서는데 마침 로테가 문으로 들어오면서 말했어. "루이스, 사촌 형님과 악수해야지." 아이가 서슴없이 시키는 대로 하자 조그만 코에서 콧물이 흘러나와 좀 지저분해 보였는데도 그 애를 꼭 껴안고 뽀뽀를 해 주지 않고는 못 견디겠더라고. "사촌이라고요?" 내가 그녀에게 손을 내밀면서 말했어. "제가 당신과 친척이 되는 행운아가 될 자격이 있습니까?" 그러자 그녀는 장난스러운 미소를 띠며 대답했어. "우린 친척관계가 아주 넓거든요. 그런데 당신이 그 중에 가장 최악의 친척분이라면 몹시 유감이겠죠." 그녀는 가면서 자기 다음으로 가장 나이가 많은, 열한 살쯤 돼 보이는 소피에게 아이들을 잘 보살피고 아빠가 산책에서 돌아오시면 대신 인사를 전해 달라고 부탁했어. 아이들한테는 소피 언니를 자기처럼 여기고 말을 잘 들어야 한다고 했는데, 그 중 몇몇은 씩씩하게 그러겠다고 대답하더군. 그런데 한 여섯 살쯤 된 버릇없는 금발머리 아이가 이렇게 말했어. "소피 언닌 로테 언니가 아니잖아. 우린 로테 언니가 훨씬 더 좋아." 큰 사내아이 두 녀석이 어느새 마차 위에 기어 올라 타고 있었어. 내가 그냥 놔 두라고 하자 로테는 아이들더러 장난치지 않고 마차를 꽉 붙잡고 있겠다면 숲 앞까지 태워 주겠다고 했어.

우리가 자리를 잡고 앉자 여자들은 인사를 나누며 서로 옷치레와 특히 모자에 대해 한 마디씩 칭찬하고, 무도회에서 만날 사람들 이야기로 한바탕 수다를 떨었어. 그때 로테가 마차를 세우게 하고 아이들을 내리도록 하니까 아이들은 다시 한 번 그녀의 손에 입을 맞추고 싶어 했지. 큰아이는 열다섯 살짜리답게 부드럽게 입을 맞췄는데 둘째는 성급하고 건성이었어. 그녀는 아이들에게 다시 인사를 시키고 나서 마차를 달리게 했어.

내 파트너의 사촌 여동생이 그녀에게 물었어. "요전에 보내 준 책을 다 읽었나요?" 로테가 대답했어. "아뇨, 그 책은 별로 마음에 들지 않았어요. 도로 돌려 드릴게요. 저번 것도 썩 좋진 않았어요." 내가 무슨 책이기에 그러냐고 묻는 질문에 그녀가 한 대답을 듣고 깜짝 놀랐어.✣ 그녀의 말속에는 독특한 개성이 담겨 있었어. 말할 때마다 그녀의 표정에는 참신한 매력과 정신의 광채가 떠올랐는데, 그녀는 내가 자기를 이해한다는 것을 알아차리면서 점점 더 즐거워하는 듯이 보였어.

"제가 어렸을 때는요." 그녀가 말했어. "소설 읽는 것만큼 더 좋은 일이 없었어요. 일요일이면 한구석에 앉아 미스 제니당시 널리 읽힌 프랑스의 여류작가 마리 장느리꼬보니의 장편소설 《미스 제니 와일크스의 이야기》에 나오는 여주인공 같은 인물의 행복과 불행을 깊이 공감할 때 얼마나 행복하던지, 신께서만 아실 거예요. 지금도 그런 책에 조금은 매력을 느낀다는 건 부인하지 않겠어요. 하지만 요즘은 책을 읽을 짬이 거의 없어서 제 취향에 맞는 것만을 골라 읽을 수밖에 없어요. 제가 가장 좋아하는 작가는 책에서 제 세계를 발견할 수 있고 저와 비슷한 주변의 일이 벌어지며, 마치 제 가정생활과 같은 이야기를 다룬 작가인데, 저는 그런 이야기가 아주 흥미

✣ 한 소녀의 비평이나 변덕스러운 젊은이의 비판에 난처해할 작가는 없겠지만, 조금이라도 폐를 끼칠 소지를 없애기 위해 이 편지에 언급된 책 이름을 알 필요는 없다고 보고 삭제했다.

사랑의 생기

무도회장으로 향하는 마차 안, 베르테르와 로테는 대화를 통해 정서적 교감을 나누고 서로를 알아본다. 베르테르의 삶은 '사랑'으로 생동하기 시작한다. 사랑에 매진하는 베르테르는 사랑을 왕성한 창작활동으로 연결시킨 괴테와 닮아 있다. 1824년 어느 봄날, 사랑의 생기를 불어넣은 열아홉 소녀 울리케와 바이마르 근교로 산책을 나선 괴테의 모습.

롭고 마음에 와 닿아요. 물론 우리 집이 천국이라고 할 순 없지만 무한한 행복의 원천인 것 같아요."

나는 그녀의 말에 감동 받은 티를 내지 않으려고 무척 애썼어. 물론 오래 감출 수는 없었지. 그녀가 정곡을 찌르며 《웨이크필드의 시골목사》영국의 소설가 골드 스미스의 전원소설에 대해,✣ OO에 대해 지나가는 투로 얘기하는 것을 들었을 때, 나는 완전히 정신이 나가 버려 내가 알고 있는 것을 죄다 털어놓고 말았어. 그리고 한참 후에, 로테가 다른 사람에게 관심을 돌렸을 때에야 비로소 정신을 차릴 수 있었어. 그동안 자리에 같이 있지 않기라도 한 것 같은 취급을 당하던 사람들은 눈을 휘둥그레 뜬 채 어이없다는 얼굴을 하고 있더군. 사촌자매는 조롱하는 표정으로 몇 번 나를 쳐다봤지만 나는 조금도 개의치 않았어.

대화는 이제 춤의 즐거움으로 옮겨 갔지. "이런 열정이 잘못된 것일 테지만," 로테가 입을 뗐어. "여러분들에게 고백하자면 전 춤보다 더 즐거운 일이 없어요. 머릿속이 복잡할 때 조율도 잘 되어 있지 않은 제

✣ 여기서는 몇몇 독일 작가의 이름을 삭제했다. 로테와 취향이 같은 사람이라면 이 대목을 읽고 공감할 테지만 그렇지 않으면 알 필요가 없는 것이기 때문이다.

피아노에라도 앉아 춤곡을 두들기고 나면 기분이 다시 개운해진답니다."

나는 그런 대화가 오가는 동안 줄곧 그녀의 검은 눈동자를 황홀하게 바라보았고, 그녀의 생기로운 입술과 상큼한 뺨에 내 영혼은 흠뻑 취해 버렸어! 그녀가 말하는 훌륭한 내용에 완전히 감동해서 때로는 로테가 하는 말이 헛들리기조차 하더라니까!—넌 날 잘 알고 있으니 이런 내 상태를 어련히 짐작하겠지. 한 마디로 말해, 마차가 무도회장에 도착했을 때 나는 백일몽에 빠진 사람처럼 휘청거리며 내렸고, 꿈에 취한 듯 넋을 잃고 노을이 어스름한 세상 속으로 걸어 들어가 불이 밝은 홀에서 울려 퍼지는 음악소리도 듣는 둥 마는 둥 하고 있었지.

아우드란이라는 남자와 이름이 N. N. 뭐라고 하는 또 다른 남자—누가 일일이 사람들 이름을 외우고 있겠나!—사촌자매와 로테의 파트너인 그들이 마차 앞에서 우리를 맞이하고 각자 파트너를 동반하기에 나도 내 파트너와 홀로 올라갔어.

우리는 미뉴에트를 추며 서로 뒤섞였어. 나는 차례로 파트너를 바꾸면서 마음에 안 드는 여자들의 손을 다른 남자들에게 넘겨주고 끝마치려 했으나, 그게 뜻대로 쉽지는 않았지. 로테와 그녀의 파트너는 영국 춤곡에 맞춰 춤을 추기 시작했는데, 그들이 우리 줄에 끼어들었을 때 내가 얼마나 행복했는지 넌 잘 알 거다. 넌 꼭 그녀가 춤추는 걸 봐야 해! 그거 알아? 그녀는 온 마음과 영혼을 다해 춤을 추었고, 온몸이 조화를 이루어 아무 거칠 것 없이 자유로웠어. 춤 이외에는 아무런 생각도 아무런 느낌도 없이, 진실로 춤이 그녀의 전부인 것같이 보였어. 그 순간에는 그녀의 눈앞에 모든 것이 사라져 버린 듯했어.

내가 그녀에게 두 번째 춤을 청했지. 그런데 그녀는 세 번째 춤을 같이 추자고 하면서 자기가 독일식 왈츠를 정말로 좋아한다고 한없이 사랑스럽고 솔직한 태도로 말하는 거야. "여기서는 그게 유행이에요." 그녀가 이어서 말했지. "왈츠를 출 때는 한 쌍이 계속 끝까지 추는 거죠. 제 파트너는 왈츠를 잘 못 추니까 제가 그의 수고를 덜어 주는 게 좋겠죠. 당신 파트너도 왈츠를 못 추고 좋아하지도 않아요. 아까 영국식 춤을 출 때 보니까 당신은 왈츠를 잘 추시더군요. 당신이 저의 왈츠 상대가 되려면 지금 제 파트너에게 가서 허락을 받아 주세요. 저는 당신 파트너에게 허락을 얻어 낼 게요." 나는 얼른 좋다고 했고, 로테의 파트너는 우리가 춤출 동안 내 파트너와 이야기를 나누겠다고 합의를 보았어.

이제 춤이 시작되었어! 한동안 우리는 다양한 방식으로 팔을 끼고서 즐겼어. 그녀는 얼마나 매력적으로, 얼마나 유연하게 움직이던지! 막 왈츠가 시작되고 우리가 하늘의 별들처럼 빙글빙글 돌기 시작했을 때는 이 춤을 출 수 있는 사람이 별로 없었기 때문에 얼마간 좀 뒤죽박죽이었지. 우리 둘은 현명하게 사람들이 껑충거리도록 내버려 두었다가 서투른 쌍들이 자리를 비워 준 다음에 들어가 춤을 추기 시작했어. 우린 아우드란의 쌍과 같이 춤을 추었어. 내 몸이 그렇게 가볍게 움직인 적은 한 번도 없었어. 나는 더 이상 인간이 아니었지. 세상에서 가장 사랑스러운 여인을 팔에 안고 번개처럼 날아다니듯 빙글빙글 돌았더니, 눈앞에서 모든 것이 사라지더군. 빌헬름, 솔직하게 고백하면 그때 나는 맹세했어. 내가 사랑하는 여인이 나 말고 다른 남자와 왈츠를 추게 해서는 안 되겠다고. 비록 그러다가 끝장이 나더라도 말이야. 넌 내 마음을 이해하겠지!

우리는 숨을 돌리기 위해 홀 안을 몇 바퀴 돈 다음 자리에 앉았어. 그 사이 이제 하나밖에 남지 않은 오렌지를 내가 가져왔는데, 효과가 아주 만점이었어. 그렇지만 로테가 옆에 앉은 뻔뻔스러운 여자에게 예의로 오렌지를 나누어 주는 순간, 그 조각들이 내 가슴을 쿡쿡 찌르는 것 같았지.

세 번째 영국 춤을 출 때 우리는 다시 파트너가 되었어. 우리 둘은

춤추는 연인
춤을 청하는 듯한 베르테르의 손짓이 인상적이다. 익명의 화가가 그린 베르테르와 로테의 삽화.

사이사이를 지나며 춤을 추었는데, 티 없이 순수한 즐거움을 가득 담고 있는 그녀의 눈동자와 팔을 바라보며 내가 얼마나 희열을 느꼈는지 몰라. 우리는 춤을 추면서 젊지는 않지만 사랑스러운 표정을 띠고 있기에 아까부터 눈에 띄던 여성 곁으로 다가가게 되었지. 그녀는 로테에게 미소를 지어 보이고 주의를 주듯 손가락을 쳐들고 지나가면서 알베르트라는 이름을 의미심장하게 두 번이나 불렀어.

"알베르트가 누구입니까? 실례되는 질문이 아니라면." 내가 그녀에게 물었어. 그녀가 대답하려는 순간, 우리는 커다랗게 8자를 그리기 위해 떨어져야만 했고 다시 교차해서 지나칠 때 그녀의 이마에는 뭔가 생각하는 듯한 표정이 떠올랐어. "제가 숨길 게 뭐 있겠어요." 그녀가 스텝을 밟기 위해 손을 내밀며 말을 꺼냈어. "알베르트는 좋은 사람이에요. 저와 약혼한 거나 다름없는 사이에요." 그건 나에게 전혀 새로운 사실이 아니었는데(왜냐하면 오는 길에 소녀들이 말해 주었으니까) 지금은 뜻밖에 새로웠어. 그렇게 짧은 순간에 내게 너무나 중요한 존재가 된 로테를 미처 그런 관계 속에서 생각해 보지 못했기 때문이었지. 갑자기 나는 혼란스러워져 그만 다른 한 쌍 사이로 끼어 들어가 뒤죽박죽이 되었는데, 로테가 침착하게 이끌어 줘 다시 제자리로 돌아올 수 있었어.

아까부터 저 멀리 지평선에서 번쩍거리는 번개가 보였지만 춤은 아직 끝나지 않았어. 그저 마른번개가 치는 것이려니 했더니만, 점점 더 세지더니 곧 천둥소리가 음악을 완전히 덮어 버렸어. 세 여성이 춤추던 대열에서 빠져나가자 파트너들도 같이 따라가 버리더군. 순식간에 홀이 술렁이면서 음악도 그쳐 버렸지. 즐거운 순간에 불행이나 끔찍한 일을 당하게 되면 더 강한 인상을 받기 마련이야. 대조적인 일이 더 생생하게 느껴지는 탓도 있고, 한편으로는 우리의 감각이 민감하게 완전히 열려 있기 때문에 더 빨리 인상을 받아들이기 때문이기도

해. 몇몇 여자들이 얼굴을 이상하게 찡그린 것도 그런 이유 때문이겠지. 현명한 어떤 여자는 구석으로 가서 창을 등지고 귀를 꼭 틀어막더군. 다른 여자 하나는 그녀 앞에 무릎을 꿇고 앉아 머리를 무릎에 파묻었어. 또 다른 여자는 그 둘 사이를 비집고 들어가 눈물을 줄줄 흘리며 자매에게 하듯 끌어안더군. 몇몇은 당장 집에 가고 싶어 했고, 어쩔 줄 모르는 여자들은 완전히 정신이 나가 버려 그 틈에 불안에 떨며 하늘을 향해 기도를 올리고 있는 그녀들의 아름다운 입술을 훔치려고 분주한 몰염치한 젊은 녀석들을 물리칠 분별력도 잃은 채였어. 우리 신사들 중 몇은 조용히 담배 파이프를 피우려고 아래층으로 내려갔지. 나머지 사람들은 커튼과 덧문이 있는 방을 가리키며 그리로 가자는 안주인의 좋은 제안을 마다하지 않았고. 우리가 그 방으로 가자마자 로테가 의자를 둥글게 세우고 사람들한테 앉으라고 하더니 게임을 하자고 제안했어.

사내들 중에는 달콤한 벌칙이라도 받으리라는 기대를 품고 벌써부터 입을 쫑긋하게 내밀고 다리를 쭉 뻗고 앉아 있는 자도 보였어. “지금부터 숫자 게임을 할 거예요.” 로테가 말했어. “잘 들으세요! 내가 오른쪽에서 왼쪽으로 원을 도는 동안 여러분들은 돌아가면서 자기 차례가 되는 숫자를 세야 해요. 도화선처럼 빨리빨리 말이죠. 그러다 누군가 틀리거나 막히면 한 대씩 따귀를 맞는 거예요. 그러면서 천까지 세는 겁니다.” 그러자 참으로 재미난 일이 벌어졌어. 그녀는 한쪽 팔을 쭉 뻗고 원을 그리며 돌기 시작했지. 첫째 사람이 ‘하나’ 하자 이어 둘째 사람이 ‘둘’, 그 다음 사람이 ‘셋’ 하는 식으로 계속되는 놀이였어. 속도가 조금씩 빨라지는데 갈수록 점점 더 빨라지는 거야. 그러다가 한 사람이 숫자를 틀렸고 ‘찰싹!’ 하고 따귀를 맞았지. 웃음바다가 터진 가운데 다음 사람도 또 ‘찰싹!’ 그러면서 점점 빨라졌어. 나도 뺨을 두 대나 얻어맞았는데, 내가 다른 사람보다 더 세게 맞은 것 같아 속으로 은근히 좋더라고. 게임은 천을 세기도 전에 다들 웃고 시끌시끌해진 바람에 그만 끝나고 말았어. 그러자 친한 사람들끼리 모여 앉게 되었고 그 사이 천둥번개도 그쳐 버렸어. 나는 로테를 따라 홀로 갔어. 그리로 가면서 그녀가 이렇게 말했어. "따귀를 맞느라 천둥이고 뭐고 다들 잊어버렸지요!"–그런데 나는 그녀에게 아무 대답도 못했어.–그러자 그녀가 계속 말하더군. "저야말로 정말로 겁이 많은데, 다른 사람들에게 용기를 주려고 하다 보니 오히려 제가 용감하게 되었어요." 우리는 창가로 걸어갔지. 천둥소리가 아득히 멀어지고 시원한 빗줄기가 쏴쏴 땅 위에 내리자 따스한 공기 속에 향기로운 풀냄새가 가득 퍼졌어. 그녀는 팔꿈치를 괸 채 먼 곳을 내다보았어. 하늘을 한 번 우러르고 나서 나를 보았는데 그녀의 눈동자에 눈물이 가득 고여 있더군. 그녀가 내 손 위에 자기 손을 얹더니 이러는 거야. "클롭슈토크Klopstock!" 나는 즉시 로테가 떠올렸을 장엄한 송가를 기억했고, 그녀가 이 한 마디 암호로 쏟아 부은 감정의 홍수에 그만 빠져 버리고 말았어. 나는 더 참을 수가 없어 몸을 숙여 그녀의 손에 환희에 넘치는 눈물을 흘리며 입을 맞추고 말았지. 그러고는 그녀의 눈동자를 다시 바라보았어. "아, 고귀한 시인이시어! 이 눈동자 속에 깃든 당신에 대한 신적인 숭배를 볼 수 있다면 얼마나 좋겠습니까. 이제 나는 다른 사람들이 너무나 세속적으로 타락시킨 이름으로 너무나 자주 당신을 부르는 소리를 더는 듣고 싶지 않습니다."

클롭슈토크

괴테와 같이 18세기에 활동한 독일의 대표적 시인. 근대문학의 선구자이며 공덕을 기리는 노래인 '송가頌歌'의 작시자로 유명하다. 베르테르와 로테가 함께 떠올린 '장엄한 송가'는 클롭슈토크의 〈봄의 축제〉로 이 작품에는 천둥을 아름답게 묘사한 부분이 나온다고 한다.

6월 19일

지난번 편지에 내 얘기를 어디까지 했는지 모르겠다. 자러 간 시간이 새벽 2시였다는 것밖에는 기억이 나질 않아. 내가 네 옆에 있다면 편지를 쓰는 대신 너를 붙들고 밤새도록 얘기했을 텐데.

무도회에서 돌아오는 길에 있었던 일을 아직 얘기하지 않았는데, 오늘도 그 얘길 하기에는 때가 좋지 않은 것 같다.

정말로 황홀한 일출 광경이었어! 이슬이 똑똑 떨어지는 숲을 지나 신선한 기운을 뿜어내는 들판이 펼쳐졌지! 같이 있던 여인들은 꾸벅꾸벅 졸고 있었어. 로테는 나더러 잠깐 눈을 붙이지 않겠냐고 물으며 자기 때문에 신경 쓸 필요는 없다는 거야. "당신이 눈을 뜨고 있는 한," 내가 그녀를 뚫어지게 바라보며 말했지. "잠들 일은 절대로 없습니다." 이렇게 우리는 뜬눈으로 그녀의 집 앞까지 왔어. 하녀가 살며시 문을 열자 로테는 아버지와 아이들이 모두 잘 자고 있느냐고 물었고 하녀는 그렇다고 대답했지. 그녀와 헤어지며 나는 오늘 다시 찾아와도 되냐고 청했어. 그녀가 괜찮다고 해서 집으로 돌아왔지. 그 시간 이후로 해와 달과 별들이 말없이 운행을 계속하고 있겠지만, 나는 밤인지 낮인지 도무지 모르겠다. 이렇게 나를 둘러싼 온 세상이 사라져 버리네.

6월 21일

나는 요즘 하느님이 성자에게나 베풀어 주었을 것 같은 행복한 나날을 보내고 있다. 앞으로 어떻게 될지 모른다 해도 지금은 인생에서 가장 순수한 기쁨을 누리고 있다고 말해도 되지 않을까 싶다. 너도 내가 살고 있는 발하임을 잘 알고 있지. 나는 이곳에 완전히 자리 잡았고, 이곳에서 로테 집에 가는 데는 반 시간도 안 걸려. 발하임에서 나는 내 자신을 비롯해 인간에게 주어진 모든 행복을 느끼고 있다.

내가 발하임을 산책지로 정했을 때만 해도 이곳이 이토록 천국과 가까우리라고 생각이나 했던가! 지금은 내 모든 소망이 깃들어 있는 사냥별장을 먼 산책길에서 바라보고, 다시 산 위에서, 다시 강 건너에서 바라보기를 얼마나 자주 하고 있는지 모른다!

여름, 충만한 사랑

생동하는 봄의 풍경 속에서 설레던 베르테르의 가슴은 로테를 만난 후 사랑의 열정에 사로잡혀 요동치기 시작한다. 이러한 감정의 흐름은 우렁찬 천둥소리와 함께 쏟아지는 소나기를 동반하며 '여름'으로 이어진다. 격정의 계절 여름, 베르테르와 로테의 사랑은 깊어만 간다. 여름날의 전원 풍경을 담은 부셰의 그림, 1749년.

빌헬름, 나는 모든 걸 다 생각해 보았어. 자신을 확장하고자 하며 새로운 발견을 하고 이리저리 방랑하고픈 인간의 내면에 있는 욕망에 대해서 말이야. 또 한편으로는 스스로 테두리를 제한하여 좌우도 돌아보지 않고 그저 습관의 궤도에 따라 살고자 하는 내면의 충동에 대해서도 생각해 보았지.

내가 어떻게 이곳으로 와서 언덕에서 아름다운 계곡을 내려다보게 되었는지, 주위의 경치가 얼마나 나를 사로잡는지 참으로 놀라운 일이야. 저편에 있는 작은 숲! 아, 내가 그 숲의 그늘 속에 몸을 숨길 수 있다면! 저기 저 산봉우리! 아아, 그 위에 올라서면 드넓은 경치를 한눈에 바라볼 수 있을 텐데! 사슬처럼 엮인 언덕과 저 정다운 골짜기! 오, 그 속에 잠겨 버릴 수만 있다면 얼마나 좋을까! 나는 그곳으로 황급히 내달렸다가 다시 돌아오고 말았다. 내가 원하던 것을 찾지 못한 채. 오, 저 멀리에 있는 것은 마치 미래와도 같아! 어렴풋하고 거대한 전체적인 그 무엇이 우리의 영혼 앞에 나타나 있고, 우리의 감성은 눈동자처럼 그 안에서 녹아들고. 아아! 우리는 온 존재를 다 바쳐 단 하나의 위대하고 훌륭한 감정으로 넘쳐나는 온갖 환희로 우리를 가득 채우기를 동경해 마지않는다. 아! 그런데 우리가 급히 그곳으로 달려가 저기가 곧 여기가 되면 모든 것은 예전과 똑같기만 하다. 결국 우리는 여전히 존재의 빈곤과 제한성 속에 서 있게 되고, 우리의 영혼은 다시금 놓쳐 버린 청량제를 찾아 허덕인다.

그래서 이 불안한 방랑자는 마침내 고향을 다시 그리워하기 마련이다. 아내의 품과 아이들에게서, 자신의 조그만 오두막 속에서 그리고 가족들을 먹여 살리는 일에서 온 세상을 두루 돌아다녀도 찾지 못하던 기쁨을 발견하게 되는 것이다.

나는 아침마다 동 틀 무렵 발하임으로 나가 채소밭에서 직접 완두콩을 따고, 그 자리에 앉아 콩줄기를 떼어 내면서 호메로스 책을 읽어.

그런 다음 자그마한 부엌에서 냄비를 골라 버터를 떠낸 뒤 완두콩을 불 위에 올려놓고 뚜껑을 덮은 다음 가끔 콩을 휘저어 주려고 그 앞에 앉아 있지. 그럴 때면 페넬로페Penelope의 건방진 구혼자들이 소와 돼지를 잡아 찢고 굽던 장면을 생생하게 보고 있는 것 같아. 이처럼 가부장제도 아래 족장 모습과도 같은 고요하고 참된 느낌이 드는 생활도 없을 거다. 그걸 그대로 지금 내 생활 속에 옮겨 놓을 수 있다는 것이 참으로 고마운 일이지.

자기가 직접 기른 양배추를 식탁에 올려놓는 사람들의 소박하고 순결한 기쁨을 내가 느낄 수 있다는 것이 얼마나 좋은지 모른다. 아니, 양배추뿐만 아니라 어느 아름다운 아침 날에 양배추를 심고, 포근한 저녁마다 물을 주면서 무럭무럭 자라는 모양을 흐뭇하게 지켜보던 나날의 모든 기쁨을 그 한순간에 다시금 즐기게 되는 거지.

오디세우스와 페넬로페
베르테르가 읽는 호메로스의 시 〈오디세이아〉는 트로이 전쟁이 끝난 후 오디세우스가 아내 페넬로페를 찾아가는 과정을 그리고 있다. 베르테르는 〈오디세이아〉에 묘사된 목가적 삶, '고요하고 참된 느낌이 드는 생활'을 발하임에서의 삶에 비유하고 있는데, 사랑하는 아내를 향해 나아가는 오디세우스와 로테에게 다가가는 베르테르는 이 지점에서 동일화된다. 그림은 구혼자들의 청을 물리치기 위해 시아버지의 수의를 다 짤 때까지 남편을 기다려야 한다며, 매일 밤 낮에 짰던 천을 다시 풀어 버렸던 페넬로페의 모습을 나타낸 것이다.

6월 29일

엊그제 시내에서 의사가 법무관을 찾아왔는데, 그때 나는 로테네 아이들하고 땅바닥에서 뒹굴며 놀고 있었어. 어떤 놈은 내 등에 올라타기도 하고, 다른 놈은 나를 약 올리기에 간지럼을 태웠더니 아이들이 소리를 지르며 한바탕 법석을 떨었지. 몹시 독단적이고 꼭두각시 같은 의사님께서는 말하는 도중에 옷깃에 주름을 세우고 계속 잔주름을 잡아 빼는 폼이 마치 분별 있는 인간의 품위란 이런 거라며 젠체하는 것 같았어. 그 작자의 높은 코끝을 보고 알아챘지. 하지만 나는 모른 체하고, 아주 이성적인 용무를 그 작자 혼자 다 하도록 내버려 두고 아이들이 망가뜨려 놓은 카드로 만든 집을 다시 지어 주기 시작했지. 그 뒤 의사양반은 시내를 돌아다니며 법무관 집 아이들이 안 그래도 버릇이 없는데 베르테르가 완전히 망쳐 놓았다고 불평을 했다더군.

베르테르와 아이들
천진난만한 어린아이처럼 아이들과 하나 되어 노는 모습에서 형식에 얽매이기를 거부하고 한 사람 한 사람의 내면을 소중히 여기는 베르테르의 생각을 엿볼 수 있다. 1831년에 출간된 《젊은 베르테르의 슬픔》의 삽화.

그래, 빌헬름. 내게 이 세상에서 아이들보다 더 가깝게 느껴지는 존재는 없어. 아이들을 가만히 들여다보고 있으면, 사소한 일에서도 언젠가는 꼭 필요하게 될 아이들의 모든 능력과 덕성의 싹을 엿보게 돼. 아이들이 부리는 고집 속에서는 장차 지니게 될 성격의 확고함과 요지부동이 보이고, 개구쟁이 장난질 속에서도 앞으로 세상의 위험을 헤치고 나가기에 쓸모가 있을 경쾌함과 유머가 엿보여. 게다가 전혀 왜곡되지 않고 온전히 말이야!–나는 항상, 항상 인류의 스승 그리스도가 남긴 금언을 반복한다. '너희들이 이 아이들처럼 되지 않는다면!' 친구야, 그런데 우리와 동등한 존재이자 우리의 스승으로 삼아야 할 이 아이들을 우리는 마치 부하처럼 다루고 있어. 마치 아이들은 아무런 의지도 없다는 듯이 말이야!–그럼 우리에게도 의지가 없단 말인가? 그런 특권이 어디에 있지?–나이가 더 많다는 이유 하나만으로 우리가 더 이성적이라는 건가?–하늘에 계신 아버지! 당신에겐 나이 많은 아이들과 나이 어린 아이들만 있을 뿐 그 외에는 아무것도 없습니다. 게다가 당신이 더 기뻐하시는 쪽이 어느 쪽이라는 것을 오래전에 이미 당신의 아들이 알려 주셨습니다. 하지만 사람들은 그분을 믿는다 하면서도 말씀을 새겨들으려 하지는 않아.–하기야 예전부터 그래 왔지만–그러면서 아이들을 자기 기준대로만 키우려 하지.–빌헬름, 잘 지내! 허튼소리를 더 늘어놓고 싶지는 않네.

7월 1일

로테가 병든 사람에게 어떤 존재인지를, 나는 병상에서 여위어 가는 많은 사람들보다 더욱 가련한 내 마음으로 절실히 느낀다. 로테는 당분간 시내에 있는 어느 착실한 부인 옆에서 지낼 거다. 의사 말로는 그 부인이 죽음이 가까워지자, 자신의 마지막 순간에 로테를 옆에 두고 싶다고 했다는 거야. 나는 지난주에 로테와 함께 마을목사를 찾아갔어. 산속을 한 시간쯤 들어가면 작은 산골마을이 나와. 우리가 그곳에 도착했을 때는 오후 4시쯤 되었지. 로테는 둘째 여동생을 데리고 갔어. 우리가 커다란 호두나무 두 그루가 그늘을 드리운 목사관 뜰에 들어서자 선량한 노인이 현관 앞에 놓인 벤치에 앉아 있더군. 노인은 로테를 보더니 당장 생기가 돌며 지팡이를 짚는 것도 잊어버리고 벌떡 일어나 맞이했어. 그러자 로테는 노인에게 얼른 달려가 억지로 다시 앉히며 아버지의 안부를 전하고는, 노인의 늦둥이라는 더럽고 지저분한 사내아이를 품에 안더군. 그토록 상냥하게 노인을 대하는 그녀의 태도를 네가 봤어야 하는데! 튼튼한 청년들의 갑작스러운 죽음 소식을 전할 때 가는귀가 먹은 노인에게 들리라고 목소릴 높이는 모양이며, 카를스바트Karlsbad 온천 효과에 대해 말하는 것이며, 오는 여름에 그곳에 가겠다는 노인의 결심을 칭찬하는 양이며, 지난번보다 훨씬 혈색이 좋아 보인다고 기운을 북돋워 주는 모습을 말이야. 그러는 사이 나는 목사 부인에게 인사를 했지. 노인은 아주 신이 났고, 내가 시원한 그늘을 드리워 주는 아름다운 호두나무를 칭찬하지 않을 수 없다고 했더니 힘들어하면서도 호두나무의 유래를 이야기하기 시작했어. "저 오래된 호두나무를 누가 심었는지는 알 수 없다오. 누구는 이 목사가 심었다고 하고 누구는 저 목사가 심었다고 하니까. 하지만 저쪽 뒤에 있는 젊은 나무는 집사람과 나이가 같아서 오는 10월이면 쉰 살이 돼. 장인어른이 어느 날 아침에 심었는데 그날 저녁 무렵에 집사람이 태어났다는 거야. 장인은 선임목사였는데 저 나무를 얼마나 아꼈는지, 말로 다 못해. 물론 나도 덜하진 않지만 말이야. 이십칠 년 전 가난한 대학생인 내가 이 뜰에 처음 발을 들였을 때 집사람이 저 나무 아래 의자에 앉아 뜨개질을 하고 있었지." 노인은 로테가 딸의 안부를 묻자 슈미트와 들에 일하러 갔다고 하고는 이야기를 계속했어. 선임목사가 자기를 총애했고 딸도 자기를 사랑해서 처음에는 부목사가 되었다가 그의 후임자가 되었다는 거야. 이야기가 끝난 지 얼마 지나지 않아 목사의 딸이 슈미트라는 남자와 같이 나타났어. 딸은 아주 다정하게 로테를 맞이했는데, 솔직히 그녀의 인상이 그리 나쁘지는 않았어. 성숙하고 탄탄한 몸매를 가진 갈색머리 여자인데 시골에서 한동안 얘기할 상대로는 안성맞춤이었어. 그녀의 애인(슈미트라는 사람의 태도로 봐서 곧 알 수 있었으니까)은 점잖고 조용한 남자였는데 로테가 아무리 대화에 끌어들이려 해도 끼려 하지 않더군. 그의 인상으로 봐서 그가 남과 대화를 하지 않으려는 건 지식이 모자라거나 유머가 없어서가 아니라 고집스러운 성격 탓으로 보여 실망스럽더군. 그건 유감스럽게도 곧 분명한 사실로 드러났지. 산책을 하면서 목사의 딸 프리데리케가 로테와 같이 걷다가 가끔 나와 같이 걷기도 했는데, 그때 그렇지 않아도 갈색인 슈미트의 얼굴색이 눈에 띄게 더 어두워져서, 그럴 때면 로테는 내 팔을 잡아끌면서 프리데리케에게 너무 친근하게 굴지 말라고 주의를 줄 정도였네. 사람들이 서로 괴롭히는 것보다 더 불쾌한 일은 없어. 더구나 인생에서 한창 꽃피는 시절의 청년들이 세상에서 가장 행복한 얼마 안 되는 나날들을 얼굴을 찡그리고 망쳐 버린 다음, 돌이킬 수 없이 좋은 시절을 낭비했다는 사실을 뒤늦게 깨닫는 것보다 더 한심한 일도 없지. 나는 기분이 상한 채 저녁 무렵에 목사관으로 다시 돌아왔는데, 마침 식탁에서 우유를 마시면서 인생의 기쁨과 고통에 대한 대화가 시작되기에 이때다 싶어 언짢은 기분에 대해 할 말을 다 쏟아 버렸어. "우리 인간들은 곧잘 불평을 합니다." 내가 말문을 열었지. "행복한 날이 너무 적고 불행한 날이 너무 많다고 하는데, 난 그 말이 옳지 않다고 생각합니다. 우리가 늘 열린 마음을 가지고 있으면 신께서

괴테와 프리데리케
실제로 괴테는 1770년 어느 봄날 제젠하임으로 소풍을 갔다가 마을목사의 딸 '프리데리케'를 보고 사랑에 빠졌다고 한다. 당시 괴테는 그녀에 대한 사랑을 노래한 시를 여러 편 지었는데, 훗날 《제젠하임의 노래》라는 시가집으로 출간되었다. 그림은 괴테와 프리데리케의 모습을 담은 엽서.

매일 우리에게 베풀어 주시는 행복을 마음껏 누릴 수 있고, 그러면 비록 불행이 닥치더라도 그걸 감당할 힘 또한 충분히 가질 수 있겠죠." "하지만 우리의 기분이 의지대로 되는 건 아니죠." 목사부인이 말했어. "마음이 얼마나 몸에 많이 의존되어 있나 보세요. 건강이 좋지 않으면 무슨 일에나 기분이 좋질 않죠." – 나는 그녀의 말에 수긍했어. – "그렇다면 그걸 질병이라고 보고," 내가 말을 이었어. "잘 듣는 약이 없을까 물어볼 수 있지 않겠습니까?" – "그럴듯하네요." 우리의 대화를 듣고 있던 로테가 말했지. "모든 건 우리 자신에게 달려 있는 것 같아요. 저는 뭔가 심란하거나 화나는 일이 있으면 벌떡 일어나 정원을 거닐며 춤곡을 흥얼거리는데 그러다 보면 우울한 기분이 싹 가신답니다." "제 말이 바로 그겁니다." 내가 대답했어. "침울한 기분은 일종의 게으름과도 비슷한 겁니다. 아니, 게으름의 일종이죠. 우리는 천성적으로 아주 게을러지기 쉽습니다. 하지만 마음을 다잡고 힘을 내면 일은 새로이 술술 풀리고, 활동에서 참된 기쁨을 누릴 수 있습니다." 프리데리케는 신경을 집중해 귀를 기울였지만, 그 남자는 내 말을 반박하며 인간은 스스로 통제할 수 없으며 적어도 자신의 감정을 제어하기란 더욱 불가능하다고 대꾸하더군. "여기서 문제는 불쾌한 감정이지요." 내가 대답했어. "누구나 불쾌한 감정에서 벗어나고 싶어 하는데 자신의 능력이 어디까지인지 해 보지 않고서는 아무도 모릅니다. 아픈 사람이라면 물론 의사란 의사에게 두루 진찰을 받으며 건강해지기 위해 포기하지 않고, 어떤 쓴 약도 마다하지 않을 겁니다." 나는 그 진지한 노인도 우리 대화에 끼어들고 싶어 애쓰는 것을 알아채고 노인에게 말을 돌리면서 목소리를 높였어. "수많은 악덕에 대한 설교는 들어 봤어도 전 아직 우울한 기분을 비난하는 설교는 한 번도 들어 보지 못했습니다." "그런 설교는 도회지 목사나 해야겠지." 노인이 말했어. "시골 농부들에게는 우울한 기분이라는 게 없어. 그래도 최소한 목사부인이나 로테네 법무관 양반에게는 해 줘야 할지도 모르지." 그 말에 모두들 와 하고 한바탕 웃음보가 터졌고 노인도 기침이 나올 정도로 통쾌하게 웃어젖히는 바람에 토론이 끊겼어. 이윽고 슈미트가 다시 말을 꺼내더군. "당신이 우울한 기분을 악덕이라고 했는데, 그건 지나친 과장이라고 생각합니다." "천만에요." 내가 대답했어. "자신에게는 물론 이웃에게도 해를 끼치는 것은 악덕이라 할 만하죠. 서로 행복하게 해 주지 못하는 것도 모자라서, 각자 마음속에 가끔 간직할 수 있는 즐거움마저 꼭 그렇게 빼앗아야만 합니까? 우울한 기분을 가지고 있으면서 그 기분을 완전히 숨겨 혼자 감당하면서 주변의 기쁨을 망쳐 놓지 않는, 그런 훌륭한 사람이 있다면 한번 대 보십시오! 혹은 우울증은 자신의 무가치함에 대한 내면적 불만, 어리석은 허영심으로 유발된 질투심과 결부된 자신에 대한 불쾌감이 아닙니까? 우리는 행복한 사람들을 볼 때 우리가 그들을 행복하게 해 준 것도 아니면서 그들을 못 견뎌하죠." 내가 흥분해서 이야기하는 걸 본 로테는 미소를 지어 보였고, 프리데리케의 눈에는 눈물마저 고여, 나로 하여금 더욱 열변을 토하게 했어. "어떤 사람의 마음을 휘어잡을 수 있다고 믿고 그 사람의 마음속에 싹트는 기쁨을 무력으로 빼앗는 사람들에게 재앙이 있을 겁니다. 폭군의 질투 섞인 불쾌감으로 자기에게 주어진 기쁨의 한순간이라도 짓밟힌다면 세상의 어떤 선물이나 어떤 친절로도 보상받을 수 없는 것입니다."

그 순간 내 가슴이 무척 뻐근해졌어. 지나간 과거의 일들이 한꺼번에 영혼 속으로 밀려들어와 갑자기 눈물이 솟구쳤어. "누구나 날마다 입버릇처럼 말합니다!" 나는 큰 소리로 외쳤어. "너는 친구의 기쁨을 그대로 받아들여 그와 같이 기쁨을 누림으로써 친구의 행복을 더해 주는 일 외엔 아무것도 해 줄 수 없다고 말입니다. 만일 친구의 영혼이 몹시 두려운 격정으로 시달리고 괴로움으로 가슴이 찢어질 때, 너는 그에게 한 방울의 진정제를 줄 수 있는가? 네게 꽃피는 시절을 짓밟힌 소녀가 마침내 무서운 최후의 병에 걸려 침상에 누워 딱할 정도로 수척해져 멍한 눈으로 허공을 바라보며 창백한 이마에 죽음의 땀을 흘릴 때 너는 침대 앞에 마치 저주받은 사람처럼 서서 모든 것을 다 바쳐도 아무것도 할 수 없다는 사실을 뼈저리게 통감하면서, 이 꺼져 가는 생명에게 단 한 방울의 강장제나 한 가닥의 용기라도 불어넣어 줄 수 있다면 가진 것 모두 다 내주고 싶다는 불안한 마음으로 내심 잔뜩 떨게 될 것이라고요."

이 말을 하는 순간, 내가 그런 자리에 있던 기억이 물밀듯 덮쳐 왔어. 손수건으로 눈가를 누르며 그 자리에서 일어났는데, "우리 이제 그만 가요"라며 나를 부르는 로테의 목소리에 겨우 정신을 차리게 되었지. 돌아오는 길에 로테는 너무 불같은 내 성질을 나무랐는데 그러다가 내가 끝장이라도 나면 어쩌냐는 거야! 내 자신을 더 돌봐야 한대! 아, 천사여! 당신 때문이라도 난 살아야 해!

7월 6일

로테는 죽어 가는 부인 옆에 여전히 있다. 로테는 언제나 변함없이 그녀의 눈길이 닿는 곳이면 고통이 사라지게 하고 행복하게 만드는 마음씨 고운, 살아 있는 존재야. 그녀는 어제저녁 마리안네와 어린 말헨을 데리고 산책을 갔는데, 내가 미리 알고 나가서 그녀를 만났고 같이 산책을 했어. 한 시간 반쯤 걸리는 곳까지 갔다가 다시 시내로 돌아와 그 샘가에 들렀어. 샘터는 전부터 내가 좋아하는 곳이었지만 이제는 천 배도 더 소중해졌지. 로테는 나지막한 돌담에 걸터앉고, 나는 그녀 앞에 서 있었지. 주위를 둘러보자 내 마음이 무척 외로웠던 시절이 문득 생생하게 떠올랐어. "사랑스러운 샘아!" 내가 말했어. "그 이후로 내가 너의 서늘함 속에서 쉬지 못하고 서둘러 네 앞을 지나치며 때로는 눈

샘가의 베르테르
비스듬히 몸을 뉘인 채 샘가에서 책을 읽는 베르테르의 모습에서 사랑이 가져다주는 평안이 전해진다. 1863년 그려진 삽화로 하노버 역사박물관에 소장되어 있다.

길조차 한 번 보내지 않았구나."

아래를 내려다보니 말헨이 물 한 컵을 들고 부지런히 올라오고 있더군. 나는 로테를 바라보며 그녀가 내게 얼마나 소중한 존재인지 다시금 절절히 느꼈어. 그 사이에 말헨이 물 컵을 들고 다가왔고 마리안네가 달라고 했어. "안 돼!" 어린아이가 너무나 귀여운 표정으로 외쳤어. "안 돼, 로테 언니, 언니가 먼저 마셔야 돼!" 나는 그렇게 외치는 아이의 천진함과 착한 심성에 반해 그만 아이를 번쩍 안아 올려 뽀뽀를 마구 해 대지 않고는 배길 수 없었지. 그런데 아이가 당장 소리를 지르며 울음을 터트리기 시작하는 거야. "당신이 잘못했어요." 로테가 말했어. 난 순간 당황했어."이리 온, 말헨." 그녀가 아이의 손을 잡고 계단을 내려가면서 말했어. "내가 깨끗한 샘물로 씻어 줄게, 그러면 괜찮아." 나는 그 자리에 서서 지켜보았어. 아이는 자그마한 손으로 물을 묻혀 열심히 뺨을 문질러 댔는데, 마치 신비스러운 샘물이 온갖 더러움을 깨끗이 씻어 주고 끔찍한 수염이 나는 수치젊은 남자가 어린 소녀에게 키스를 하면 수염이 난다는 미신이 있다를 없애 준다고 믿는 것 같았어. "이제 그만하면 충분하단다." 로테가 말을 해도 아이는 모자라느니 많은 게 낫다는 듯이 막무가내로 계속 씻어 대는 거야. 빌헬름, 솔직히 말하면 난 이보다 더 경건한 마음으로 세례식에 참석해 본 적이 없었다. 로테가 다시 올라왔을 때 나는 마치 그녀가 한 민족의 죄를 모두 사해 준 것처럼 그녀의 발 앞에 엎드리고 싶은 마음이 간절했어.

그날 저녁, 벅찬 기쁨을 참을 수가 없었어. 그래서 난 이성적이라서 됨됨이를 신뢰하고 있던 한 남자에게 오늘 있었던 일을 얘기했지. 그런데 정말 의외였어! 그가 말하기를, 로테가 아주 잘못했다는 거야. 어린아이에게 거짓을 믿게 해서는 안 되는데, 그런 일은 크나큰 오류와 미신을 믿게 되는 동기가 되기 때문에 어릴 때부터 보호해 주어야 한다더군. 그때 그가 겨우 일주일 전에 세례를 받았다는 기억이 떠올라 그냥 지나가는 소리로 듣고 내 마음속에 담긴 진리를 새겼어. '신은 우리가 다정스런 환상 속에 비틀거리게 하심으로써 우리를 가장 행복하게 만드신다. 이처럼 신이 우리를 대하듯이 우리도 아이들을 대해야 한다.'

7월 8일

어쩌면 이다지도 어린아이 같을까! 단 한 번의 눈길을 이렇게 애타게 원하다니! 얼마나 어린아이 같은 짓이냐! 우리는 발하임에 갔어. 여인들은 마차를 타고 갔지. 우리가 산책하는 동안에 나는 로테의 눈동자에－난 정말 바보야, 어떻게 됐나 보다. 용서해 줘! 넌 그녀의 눈동자를 꼭 한 번 봐야 해.－간단히 쓸게(졸려서 눈이 자꾸 감기기 때문에). 여자들이 마차에 올라타고 있을 때 젤슈타트와 아우드란과 나 이렇게 셋이서 젊은 W의 마차 주위에 서 있었어. 다들 자유분방하고 호탕한 사람들이라 마차 문 너머로 여자들과 수다를 떨고 있었지.－나는 로테의 눈길을 구하고 있었어. 아, 그런데 그녀의 눈길이 이 사람 저 사람 옮겨 다니고 있는 거야! 나를 좀 봐! 나를! 나를! 나는 완전히 절망했어, 그녀는 날 보지 않았어!－나는 천 번도 더 마음속으로 그녀에게 작별인사를 했어! 그녀가 나를 쳐다보지 않았다! 마차가 떠나자 눈물이 핑 돌았어. 그녀의 뒷모습을 보고 있는데 마차 문 밖으로 그녀의 머리장식이 비스듬히 나오는 거야. 그리고 그녀는 뒤를 돌아보았어. 아! 나를 보는 거였나?－친구야! 나는 불확실에 갈피를 못 잡고 있고, 오직 위안이라고는 그녀가 나를 보려고 뒤를 돌아보았을 거라는 짐작뿐이다! 아마도 그랬겠지!－잘 자! 아, 난 정말 어린애야!

7월 10일

사람들이 모인 자리에서 로테 이야기가 나오면 내가 얼마나 얼간이 짓을 하는지 네가 봐야 하는데! 누군가 나에게 그녀가 마음에 드냐고 묻기라도 하면 어떻게 되는 줄 알아? 마음에 든다니! 나는 이 말이 죽도록 싫다. 로테를 마음에 두면서 자신의 온 정신과 감각이 그녀로 가득 차지 않는 사람이 있다면 그자는 도대체 어떤 종류의 인간일까! 마음에 든다니! 얼마 전엔 오시안이 마음에 드냐고 묻는 작자도 있더군!

오시안

3세기 켈트 족의 전설적 시인으로 아버지 핀과 핀의 전투부대의 영웅담인 페니언 전설을 시로 읊었다. 1762년 스코틀랜드의 시인 제임스 맥퍼슨이 그의 시를 발견해 〈핑갈〉이라는 제목의 서사시로 출판하면서 유럽 전역에 알려지게 되었다. 괴테는 로테와 오시안을 비교할 만큼 그의 시를 숭배했으며, 오시안의 시는 작품 전체에서 베르테르의 심리를 나타내는 요소로 작용한다. 앵그르, 〈오시안의 꿈〉, 1813년.

7월 11일

부인의 병세가 아주 나빠졌다. 나는 그녀의 생명을 위해 기도하고 있어. 그건 내가 로테와 같이 괴로움을 참고 있기 때문이야. 다른 여자친구네 집에서 로테를 보는 일은 아주 드문데, 오늘 그녀가 아주 놀라운 얘기를 해 주었어. 그러니까 M부인의 남편은 아주 인색하고 괴팍한 무지렁이인데, 평생 자기 아내를 몹시 괴롭히고 궁색하게 했다지 뭔가. 아내는 살림을 어렵사리 근근이 꾸려 갔고 말이야. 며칠 전 의사한테 더 이상 살 가망이 없다는 선고를 받더니 부인은 남편을 불러 (로테가 그때 같이 있었어) 다음과 같은 말을 했다는군. "내가 당신에게 한 가지 고백할 게 있는데, 내가 죽고 난 뒤에 여러 가지 혼란과 다툼이 생길 것 같아 그래요. 전 여태껏 가능한 한 아주 절약하고 바르게 살림을 꾸려 왔어요. 하지만 당신을 삼십 년 동안 속여 온 것을 용서해 주세요. 우리가 결혼한 초기에 당신이 식비며 살림에 드는 생활비를 너무 적게 정해 놓았어요. 나중에 살림이 늘고 가게가 커졌는데도, 매주 주던 생활비는 조금도 늘려 주지 않았어요. 간단히 말해서, 당신도 기억하겠지만 살림 규모가 가장 커졌을 때도 당신은 7굴덴14~19세기 독일 금화와 은화으로 일주일을 지내라고 했지요. 난 아무 말 없이 그 돈을 받았고, 모자라는 돈을 매주 우리 가게의 매상고에서 꺼내 썼어요. 설마 안주인이 자기 집 금고에서 돈을 훔칠 것이라곤 아무도 상상하지 못할 테니까요. 하지만 한 푼도 낭비하지는 않았어요. 그리고 이 사실을 고백하지 않고 영원히 무덤 속으로 가지고 가더라도 죄책감을 느끼지 않았을 테지만, 제가 죽은 다음에 살림을 맡아 볼 사람이 난처해질까 봐 얘기해 두는 거예요. 당신은 틀림없이 죽은 아내는 그 돈으로 너끈히 살림을 꾸렸다고 우길 게 뻔하니까요."

로테와 나는 인간의 분별력이 얼마나 어두워질 수 있는지 믿기 어려울 정도라는 얘기를 나누었어. 생활비가 두 배는 더 들 것이라 쉽게 짐

엘리야의 예언

'예언자의 영원히 마르지 않는 기름단지'는 엘리야가 한 과부의 집에 머물 때 그 집의 기름단지의 기름이 마르지 않게 했다는 열왕기상 17장 10절~16절 내용을 나타낸다. 그림은 1630년 스트로치가 이 이야기를 그림으로 표현한 것이다.

작할 수 있는데도, 7굴덴으로 살림을 꾸려 나간 것에 대해 그 배후에 뭔가 숨겨져 있으리라고 전혀 의심을 품지 않은 것을 보면 말이야. 어쨌거나 나도 자기 집에 예언자의 영원히 마르지 않는 기름단지가 있다고 믿는 그런 사람들을 직접 알고 있으니.

7월 13일

아니, 절대로 내가 잘못 생각했을 리 없어! 로테의 까만 눈동자 속에서 나와 내 운명에 대한 진실한 관심을 읽어 낼 수 있다. 그래, 나는 느끼고 있어. 하지만 내 마음을 믿어도 될까? 그녀가 나를－아, 하늘을 운운하며 이 말을 입 밖에 내놓을 수 있을까, 그래도 될까?－그녀가 나를 사랑하고 있다는 말을!

나를 사랑해!－그녀가 날 사랑하게 된 이후로 내 자신이 얼마나 가치가 높아졌는지 모른다. 내가 얼마나－너에게는 말해도 될 거야, 너는 충분히 이해해 줄 테니까－내 자신을 숭배하게 되었는지 몰라!

혹시 주제넘은 생각일까, 아니면 솔직한 감정일까?－내가 로테의 마음에 담겨 있는 한 난 아무도 두렵지 않아. 그러면서도－그녀가 자기 약혼자에 대해 다정하고 애정 어린 태도로 얘기할 때면－그럴 때면 나는 내 모든 명예와 품위를 훼손당하고 칼마저 빼앗긴 사람과 같은 비참한 심정이 되어 버리고 만다.

7월 16일

아, 어쩌다 무심코 내 손가락이 그녀의 손가락에 닿거나, 탁자 밑에서 우리 발이 서로 부딪치기라도 하면 내 모든 혈관에서 순간 피가 솟구치는 것 같다! 뜨거운 불에 덴 것처럼 화들짝 놀라 몸을 움츠리지만, 어떤 비밀스러운 힘에 이끌려 나는 다시 몸을 앞으로 내밀고 만다.—그 순간 모든 감각에 현기증이 일어.—아, 그런데 그녀의 천진난만하고 자유로운 영혼은 이 사소한 친밀감이 내게 얼마나 고통을 주는지 전혀 느끼지도 못해. 대화를 하는 중에 그녀가 내게 손을 얹거나, 대화에 열중한 나머지 바짝 다가와 그녀의 입에서 흐르는 천상의 숨결이 내 입술에 와 닿기라도 하면, 벼락이라도 맞은 것처럼 찌릿하게 감전된다.—빌헬름! 그런데 내가 어떻게 감히 이 하늘을, 이 신뢰를—! 너는 무슨 말인지 알지. 아니야, 내 마음이 그렇게 타락하지는 않았어! 나약할 뿐이야! 너무 나약해!—그런데 이것이 타락이 아닐까?—

로테는 내게 성스러운 존재야. 그녀 앞에선 모든 욕정이 가라앉고 말아. 그녀 곁에 있을 때면 내가 어떤 기분인지 잘 모르겠어. 마치 내 모든 신경 속에서 영혼이 마구 뒤집히는 듯한 기분이야.—그녀가 천사의 힘으로 그녀만의 멜로디를 피아노로 칠 때면, 얼마나 소박하고 즐겁게 치는지! 그녀가 제일 좋아하는 곡이 있는데, 그녀가 첫 음을 두드리기만 해도 벌써 나는 온갖 아픔과 방황과 우울한 상념을 깨끗이 잊어버리게 돼.

예부터 전해 내려오는 음악의 마법적 힘에 대한 이야기가 거짓말 같지가 않다. 그 단순한 노래 하나도 나를 얼마나 사로잡고 있는지! 게다가 그녀는 알기라도 하는 것처럼 내가 머리에 총알을 박고 싶을 때를 맞춰 노래를 연주하곤 해! 그러면 내 영혼의 방황과 암흑은 금세 흩어지고, 나는 다시 자유롭게 숨을 쉬게 된단다.

7월 18일

빌헬름, 사랑이 없다면 이 세상은 대체 우리에게 무엇이겠나! 빛이 없는 마술램프가 무슨 소용이 있겠나! 하얀 스크린에 오색찬란한 그림들이 나타나는 작은 램프를 들여다본들, 빛이 없는데 보이는 게 있어야지! 그저 언뜻 스치는 환영에 지나지 않는다 하더라도 우리가 풋풋한 사내아이들처럼 그 앞에 서서 놀라운 마법의 환영에 황홀해진다면, 그것이 큰 행복이 아닐까. 오늘은 로테에게 가지 못했다. 피치 못할 모임 때문에 할 수 없었어. 그래서 뭘 했는지 알아? 오늘 그녀 곁에 가까이 다가갔던 사람을 곁에 두고 싶어 하인을 로테에게 보냈어. 내가 얼마나 초조하게 하인을 기다렸는지, 그 녀석이 돌아오는 걸 보고 또 얼마나 기뻐했는지! 부끄럽지만 않았으면 하인 녀석의 머리를 꽉 껴안고 마구 입이라도 맞추고 싶었어.

야광석이라는 게 있잖아. 낮에 태양 아래 놓아두면 햇빛을 끌어 모아 밤에 환하게 빛을 낸다는 돌 말이야. 내겐 그 하인이 바로 야광석 같은 존재였어. 로테의 눈길이 그 녀석의 얼굴, 두 뺨, 망토와 외투 옷깃에 닿았으리라는 생각만으로도 그 모든 것이 말할 수 없이 성스럽고 소중하게 느껴졌어! 그 순간만은 누가 억만금을 주면서 하인을 팔라고 해도 절대로 넘겨주지 않았을 거야. 내 하인 녀석이 있는 것만으로도 그토록 행복할 수가 없었다.—빌헬름, 제발 웃지 마. 행복이란 정녕 하나의 환상일까?

7월 19일

"그녀를 만나야지!" 잠에서 깨어나 눈부신 태양이 찬란하게 비치는 아침이면 이렇게 외친다. "오늘 그녀를 본다!" 그 외에는 하루 종일 다른 소원은 아무것도 없어. 이 기대감 속에서 모든 것, 모든 일이 짜 맞추어진다.

아침, 설레는 가슴

《젊은 베르테르의 슬픔》에서는 계절의 변화와 같이 하루의 시간 변화 또한 베르테르의 사랑, 심리와 궤를 같이 한다. 눈부신 태양이 돋는 '아침'은 사랑으로 충만한 시간, 행복을 상징한다. 로테와 처음 만나고 돌아오는 길에 베르테르는 황홀한 일출 광경에 감탄하고, 태양이 찬란하게 비치는 아침이면 부푼 가슴으로 외친다. "그녀를 만나야지!" 프리드리히, 〈아침〉, 1821년.

7월 20일

내가 공사와 함께 OOO 도시로 가야 한다는 당신네들 의견에 난 찬성할 수 없다. 내가 남의 밑에서 일하는 것을 좋아하지도 않고, 게다가 그 공사가 몹시 거슬리는 자라는 건 모두 다 알고 있지 않냐 말이다. 어머니도 내가 무슨 활동을 하길 바라신다는 네 글을 읽고, 난 한참 웃었다. 그럼 지금 난 활동하고 있지 않다는 말이냐? 내가 완두콩을 세든 강낭콩을 세든 근본적으로 다를 게 뭐가 있냐? 세상일이란 게 따지고 보면 모두 쓰레기 더미 위로 굴러가는 하찮은 일이고, 자신의 열정이나 고유한 욕구도 없이 다른 사람이 하는 대로 그저 돈이나 명예 따위 일에 자기를 혹사시키는 인간은 죄다 어리석은 바보천치에 지나지 않는 거다.

7월 24일

그림 그리는 일을 소홀히 하지 말라고 네가 그렇게 충고를 하니, 사실 그동안 그림을 거의 그리지 않았다는 얘기를 안 하고 슬쩍 지나가고 싶기는 하다.

하지만 난 지금처럼 행복한 적도, 자연에 대한 내 감성이 지금처럼 섬세한 적도 평생 한 번도 없었다. 작은 돌 하나, 작은 풀포기 하나까지 이다지도 깊고 풍요롭게 느낀 적이 없었어. 그런데 내 표현력이 너무 미약해 어떻게 표현해야 할지 모르겠다. 모든 것이 내 영혼 앞에서 어지럽게 요동 쳐서 도무지 윤곽을 잡을 수 없다. 그런데도 점토나 밀랍만 있으면 뭐든 다 만들어 낼 수 있을 것 같은 기분이 든다. 이런 상태가 지속되면 정말로 점토를 손에 잡게 될 거야. 비록 그걸 주무르다 과자 부스러기나 빚고 말지도 모르지만!

로테의 초상화를 세 번이나 손대 보았는데, 세 번 다 망치고 말았다.

바로 얼마 전까지만 해도 잘되고 있어서 흡족했기 때문에 더 화가 치민다. 그녀의 실루엣을 그리는 것으로 우선 만족해야 할 것 같다.

샤로테 부프의 실루엣
그녀를 향한 사랑이 너무 큰 나머지 구체적인 형상으로 표현해 내지 못하고 실루엣으로 만족하는 베르테르의 조심스러움이 애틋하다. 실제로 괴테는 샤로테 부프의 실루엣을 직접 그려 자신의 방에 걸어 두었다고 한다.

7월 25일 로테에게

그래요, 사랑하는 로테! 내가 무슨 일이든 기꺼이 살피고 도와 드리겠습니다. 모쪼록 당신은 더 자주 더 많이 맡겨 주시기만 하십시오. 그런데 한 가지 부탁이 있습니다. 저에게 보내는 편지에는 부디 잉크가 번지지 않도록 모래를 뿌리는 일은 하지 말아 주십시오. 오늘도 너무 성급하게 당신의 편지에 입술을 갖다 대다가 그만 와작 모래를 씹고 말았답니다.

7월 26일

그녀를 너무 자주 만나지는 말아야겠다고 벌써 몇 번이나 다짐했는지 모른다. 하지만 그걸 어떻게 지킬 수 있단 말인가! 날마다 유혹에 굴복하고 다시 맹세를 한다. '넌 내일은 가만히 있어야 해.' 그런데 아침이 밝아 오면 뭔가 구실을 만들어 나도 모르는 사이에 그녀 곁에 와 있고 만다. 저녁때 그녀가 "내일 또 오실 거죠?" 한다든지-누가 이 말에 오지 않을 수 있겠는가?-어떤 부탁이라도 하면 내가 직접 결과를 알려 주는 게 좋겠다는 생각이 들어 찾아가는 거다. 또는 날씨가 하도 화창해서 발하임으로 가게 되면, 이왕 여기까지 왔으니 삼십 분이면 그녀의 집에 갈 수 있으리라는 생각이 든다!-그녀의 분위기 속에 너무 가까이 와 있는 것이다.-순식간이지! 그러면 어느새 난 그곳에 가는 거야. 언젠가 할머니께서 자석산에 대한 이야기를 들려주신 적이 있지. 배가 자석산에 너무 가까이 가게 되면 순식간에 못이며 뭐며 할 것 없이 쇠붙이란 쇠붙이는 몽땅 산에 가서 척 달라붙어 불쌍한 선원들은 차례로 무너져 내리는 선체의 판자에 깔려 물에 빠져 죽는다는 거야.

7월 30일

알베르트가 돌아왔고, 나는 이제 떠나야겠지. 비록 그가 매우 훌륭하고 고귀한 인물이며 모든 점에서 나보다 낫다고 인정은 하지만, 그토록 완벽하게 소유한 그를 내 눈앞에 두고 보는 건 도저히 참을 수 없을 것 같다.—완벽한 소유라!—그만하자, 빌헬름. 약혼자가 왔어! 누구나 호감을 보이는, 훌륭하고 좋은 사람이지. 다행스럽게도 그가 올 때 난 자리에 없었어. 그 자리에 있었으면 가슴이 찢어졌을 거다. 그는 점잖은 사람이라 내가 있는 자리에서는 로테에게 한 번도 키스를 하지 않았어. 신의 은총이 있기를! 로테에 대한 존중심 때문이라면 나도 그를 좋아하지 않을 수 없다. 그는 나에게도 잘 대해 주는데, 이유를 짐작하자면 자신의 감정이 스스로 우러나서라기보다는 로테의 작품인 것 같다. 그런 일은 여자들이 더 섬세하고 잘 처리하니까. 두 숭배자가 서로 잘 지낸다면 그건 바로 여자에게 좋은 일이 되는 거지. 물론 아주 드문 경우이긴 하지만 말이야.

하여튼 알베르트에 대해 경의를 표하지 않을 수 없다. 그의 침착한 태도는 내 불안정한 성격과 매우 대조적으로 두드러진다. 그는 감정도 풍부하고 로테에 대해서도 잘 알고 있어. 그는 우울한 기분에 사로잡히는 일도 거의 없어 보여. 내가 무엇보다도 싫어하며 죄악으로 여기는 감정이 우울함이라는 것을 너도 잘 알잖아.

알베르트는 나를 꽤 분별 있는 사람으로 여기고 있는 것 같다. 내가 로테에게 보이는 애착과 그녀의 행동 하나하나에서 느끼는 열렬한 기뻡은 그의 승리감을 고조시켜 주고, 그럴수록 그는 로테를 더욱 사랑하는 거다. 혹시 사소한 질투심으로 인해 때로 그녀를 괴롭히는지는 몰라도, 내버려 둬야지 어쩌겠나. 어쨌든 만일 내가 그의 입장이라면 악마 같은 질투심을 품지 않으리라는 보장도 없지.

될 대로 되라지! 친구야, 로테 옆에 있을 수 있다는 기쁨은 이제 끝이 났다. 어리석다 해야 할까, 눈이 멀었다고 해야 할까?―뭐라 한들 도대체 무슨 소용이 있나! 사실이 그러한데!―지금 현재의 사실을, 난 알베르트가 오기 전부터 다 알고 있었어. 로테에 대해 아무런 요구도 할 수 없다는 걸 알고 있었고, 또한 아무것도 요구하지 않았어.―그토록 사랑스러운 여자에게서 욕구가 없다는 게 가능하다는 한에서 말이다.―그런데 이제 막상 다른 남자가 정말로 나타났고, 그자에게 여자를 빼앗기고 나자, 이 어리석은 인간은 놀라서 눈이 휘둥그레진 낯짝이 되어 버리고 말았다.

나는 이를 악물고 내 비참함을 실컷 비웃고 있다. 하지만 별도리가 없으니 깨끗이 단념하라고 말하는 작자가 있다면 그 사람들에게 두 배 세 배 더 비웃어 줄 테다.―그런 허수아비는 꺼지라고 해!―나는 숲 속을 이리저리 배회하다가 로테가 있는 곳으로 가는데, 정원 정자에 알베르트가 그녀와 함께 앉아 있곤 한다. 그러면 나는 어찌할 바를 몰라 괜스레 바보짓에다 되지도 않는 익살을 떨고 온갖 미친 짓을 혼자 다 하는 거야. "부탁이에요." 오늘 저녁에 로테가 말하더군. "제발 좀 어제저녁에 한 행동 같은 짓은 삼가해 주세요. 당신이 지나치게 익살을 떨면 겁이 나요!" 우리끼리 얘기지만, 난 알베르트가 일 때문에 바쁜 시간을 노리고 있어. 그때 잽싸게! 달려가 그녀가 혼자 있는 것을 보면 비로소 마음이 행복해진다네.

8월 8일

제발, 이봐, 빌헬름! 피할 수 없는 운명에 그저 복종하라는 사람들을 내가 신랄하게 비난한 것은 절대 너를 두고 한 얘기가 아니야. 난 정말로 네가 그와 비슷한 생각을 하리라고는 전혀 생각해 보지도 못했어. 근본적으로는 네 말이 옳아. 사랑하는 친구야, 그런데 단 한 가지만은, 이 세상에 이것이냐 저것이냐의 선택이 분명한 일은 극히 드물어. 매부리코와 납작코 사이에도 그 차이가 무수히 많은 것처럼 인간의 감정과 행동방식에도 음영의 차이가 많아.

그러니까 내가 네 의견을 완전히 받아들이면서도, 이것 아니면 저것을 선택해야 하는 양자택일 사이를 슬쩍 빠져나가려 하는 것을 너무 나쁘게 생각하지 말아다오.

네 말은 내가 로테에 대해 희망이 있느냐 없느냐, 어느 쪽이든 결단을 내리라는 거지. 그래, 희망이 있다면 소원을 이룰 수 있도록 열심히 노력하고, 희망이 없다면 힘을 죄다 소모시켜 버리는 비참한 기분을 떨칠 수 있게 용기를 내라. 사랑하는 친구야! 아주 좋은 말이야. —말은 참 쉽다고!

그러면 너는 조금씩 생명을 좀먹어 들어가는 병에 걸려서 점점 말라가고 있는 불행한 사람에게 고통을 단칼에 베어 끝내 버리라고 요구할 수 있는 거냐? 병은 사람의 힘을 앗아 갈 뿐만 아니라 동시에 불행에서 헤쳐 나올 용기마저도 빼앗아 버리는 것 아니냐?

넌 물론 비슷한 비유를 들어 대답하겠지. 우물쭈물하면서 목숨을 위태롭게 하느니 차라리 팔을 잘라 버리는 게 낫다고 말이다. —난 잘 모르겠다! —우리, 비유를 들며 옥신각신하는 짓은 그만두자. 충분해. 그래, 빌헬름! 나도 때로는 한순간에 박차고 일어나 떨쳐 버릴 용기가 날 때도 있어. 그런데 그 순간, 어디로 가야 하지? 알기만 한다면, 난 기꺼이 갔을 거다.

엇갈린 운명

알베르트가 나타나고 베르테르의 사랑에는 어두운 그림자가 드리워지기 시작한다. 피할 수 없는 운명과 양자택일이라는 이름의 잣대를 비판하는 베르테르에게서 이성과 합리를 내세운 계몽주의에 대항하는 18세기 젊은이들의 열정에 찬 목소리를 듣는다. 1775년 《젊은 베르테르의 슬픔》 2판의 삽화.

저녁

얼마 전부터 소홀히 한 일기장을 오늘 다시 손에 집어 들고, 뻔히 알고 있으면서도 한 발자국 한 발자국씩 깊이 빠져 들어간 것을 보고 깜짝 놀랐다! 내 처지를 항상 분명히 보고 있었으면서도 마치 어린아이처럼 굴었구나. 지금도 똑똑히 보이는데, 그런데도 나아질 기미는 조금도 보이질 않는구나.

8월 10일

내가 바보만 아니었으면 세상에서 가장 행복한 최고의 삶을 누릴 수 있었을 텐데. 지금 내가 있는 이곳처럼 인간의 영혼을 만족시킬 수 있는 모든 게 다 갖춰진 아름다운 환경도 찾기는 쉽지 않은 일이야. 아, 하지만 확실한 건 모든 행복이 다 마음에 달려 있다는 사실이지.—화목한 가정의 식구로 받아들여지고, 어른한테 아들처럼 사랑을 받고, 아이들한테는 아버지와 같은 대접을 받으며, 더구나 로테에게서는!—게다가 점잖은 알베르트는 심술궂은 무례함으로 내 행복을 망쳐 놓지도 않고, 항상 진심어린 우정으로 나를 감싸 준다. 그에게 나는 로테 다음으로 가장 많은 사랑을 받고 있는 사람이야! 우리 둘이 산책을 하며 서로 로테에 대해 얘기하는 걸 누군가 듣는다면 아주 재미있어 할 거야. 세상에 이런 관계보다 더 우스꽝스러운 것이 있을까? 이런 생각이 들면 종종 눈물이 핑 돈다.

한번은 그가 로테의 현명한 어머니에 대해 얘기한 적이 있어. 그녀의 어머니가 세상을 떠나면서 로테한테는 집안과 아이들을 맡기고, 자신에게는 로테를 부탁했다는 거야. 그 이후로 로테는 완전히 다른 사람이 되어, 진지하게 집안일을 살피고 정말 어머니처럼 사랑을 기울여 한시도 쉬지 않고 지냈다고 하더군. 그러면서도 항상 모성애와 즐거운 마음을 잃지 않았다고 해.—나는 알베르트와 나란히 걸으며 길가에 꽃을 꺾어 정성 들여 꽃다발을 만들어 흐르는 강물 위에 던지고는 그것이 조용히 흘러가는 것을 보고 있었어. 알베르트가 이곳에서 보수가 상당히 좋은 궁정관직을 얻게 될 것이라는 이야기를 너에게 했는지 모르겠다. 궁정에서도 그는 인기가 매우 많다는군. 그 사람처럼 열심히 착실하게 일하는 사람을 본 적이 없어.

8월 12일

확실히, 알베르트는 하늘 아래 가장 훌륭한 사람이다. 어제 그와 함께 아주 희한한 일이 있었어. 난 알베르트에게 작별인사를 하려고 갔어. 갑자기 말을 타고 산속을 달리고 싶은 마음이 생겨서 말이야. 지금 산속에서 너에게 편지를 쓰고 있는 중이다. 그건 그렇고, 그의 방에서 이리 갔다 저리 갔다 하고 있다가 문득 권총이 눈에 띄기에 내가 말했어. "권총 좀 빌려 주십시오. 여행할 때 가지고 다니게." 그가 대답했어. "마음대로 하시오. 총알을 장전하는 수고를 직접 하겠다면 말입니다. 그건 그저 장식용으로 걸어 둔 것이니까요." 내가 그 중에 하나를 끄집어내자 그가 말을 이었어. "조심한다고 했다가 혼쭐이 한 번 나고부터는 그런 물건에 이젠 손도 대고 싶지 않습니다." 나는 무슨 얘긴가 호기심이 생겼지. 그가 얘기를 계속했어. "한 3개월 동안 시골에서 친구네 집에 머물고 있을 때였는데, 그때 난 권총 두 자루를 가지고 있었고 장전이 되지는 않았지만 안심하고 잠을 잘 수 있었습니다. 비가 내리는 어느 날 오후에 아무것도 안 하고 멍하니 앉아 있는데 갑자기 왜 그런 생각이 들었는지 모르겠어요. 우리가 습격을 당할 수도 있고 그러면 권총이 필요하게 될지도 모른다, 그런 기분 이해할 수 있겠죠? 그래서 권총을 하인에게 주며 손질을 하고 장전을 해 두라고 시켰습니다.

그런데 하인 녀석이 하녀들을 놀래 준다며 장난질을 하다가 그만 어떻게 된 일인지 총알이 나가 버린 겁니다. 그때 장전하는 밀대가 그대로 꽂혀 있었는데, 하녀의 오른손을 향해 발사되는 바람에 엄지손가락이 으스러졌지 뭡니까. 그때 한바탕 난리가 나서 치료비까지 물어 주고는 그 이후부터 총알을 모두 빼 두었습니다. 베르테르, 조심한다는 게 뭐겠소? 위험이란 예측할 수 없는 것 아니겠습니까! 비록－." 넌 내가 이 '비록' 만 빼놓고는 알베르트를 아주 좋아한다는 걸 잘 알고 있지? 일반적인 말에도 모두 예외가 있다는 사실은 너무나 당연한 얘기 아닌가? 그 사람은 그렇게 용의주도한 인간이라니까! 자기가 혹시 성급한 말을 했거나 대략적인 말 또는 반신반의하는 말을 했다고 생각하면 곧바로 그 말을 한정짓거나 변경하거나 첨삭을 하는 통에 결국 뭐를 얘기했는지조차 모르게 되는 거야. 이번에도 바로 그런 식으로 나오더군. 그래서 난 그의 말을 더 듣지 않고 엉뚱한 망상에 빠져 버리고 말았어. 그러다 갑작스런 몸짓으로 총구를 내 오른쪽 눈 위 이마께에 갖다 댔다. "세상에!" 알베르트가 권총을 뺏으면서 소리쳤어. "그게 무슨 짓이오!" "총알도 없는데요, 뭘." 내가 말했지. "그래도 그렇지, 대체 어쩌자는 겁니까?" 그는 다급하게 대꾸했어. "어떻게 인간이 자살을 하겠다는 생각을 할 정도로 어리석을 수 있는지 난 도저히 이해할 수 없어요. 생각만 해도 혐오스럽습니다."

"당신네 같은 사람들은," 내가 소리쳤어. "어떤 일에 대해 얘기를 하면서 곧장 '이건 바보짓이야, 저건 현명해, 이건 좋아, 저건 나빠' 라고 단정 짓지요! 그게 다 뭡니까? 그래서 당신들은 어떤 행동이 일어난 심리상태를 속속들이 다 파헤쳐 보기라도 했습니까? 당신들은 왜 그런 일이 일어났으며, 왜 일어나야만 했는지 그 원인을 아주 명확하게 설명할 수 있습니까? 만약 당신네들이 그럴 수 있다면, 그렇게 성급하게 판단을 내리지는 않을 겁니다."

"당신도 인정하겠지만." 알베르트가 말했어. "어떤 특정한 행위는 어떤 동기에서 비롯되었던 간에 죄악이 틀림없는 행위입니다."

나는 어깨를 으쓱하며 시인했어. "하지만 알베르트," 내가 말을 이었어. "여기에도 예외란 게 있죠. 도둑질이 죄악이라는 건 사실입니다. 그러나 자신과 딸린 식구들이 굶어 죽는 다급한 상황에 처한 사람이 허기를 면하려 도둑질을 한 경우에 그는 동정을 받아야 할까요, 벌을 받아야 할까요? 부정을 저지른 아내와 몹쓸 정부에 대한 끓어오르는 분노를 못 이겨 그만 그들을 처단해 버린 남편에게 누가 돌을 던질 수 있겠습니까? 희열에 도취된 순간 억제할 수 없는 사랑의 환락에 자신을 내맡겨 버린 소녀에게 누가 돌을 던질 수 있겠습니까? 냉혈한처럼 차가운 우리의 법률조차 감동을 받아 처벌을 물릴 것입니다."

도덕군자
누가복음 10장 31절에 강도를 만나 쓰러져 있는 사람을 지나쳐 버리는 제사장과 바리새 인의 얘기가 나온다. 보이는 것에만 집착하고 편협한 잣대로 다른 사람을 판단하는 그들 뒤로 오직 '선한 사마리아 인'만이 곤경에 처한 이웃을 돌보고 있다.

"그건 전혀 다른 경우죠." 알베르트가 대답했어. "왜냐하면 격정에 사로잡힌 사람은 사고와 판단능력을 완전히 잃어버려 술주정뱅이나 미친 사람과 다를 바 없기 때문입니다."

"맙소사, 당신네 이성적인 인간들이란!" 내가 조소하며 소리쳤어.

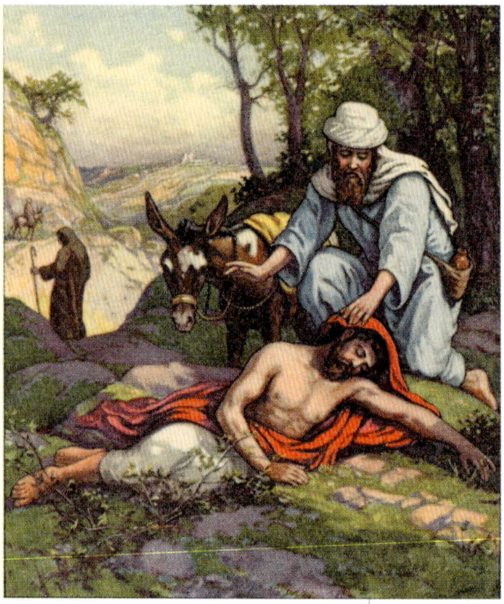

"냉정하고 태연자약하게 서서 열정! 술주정! 광기! 등의 말로 단정 짓는 도덕군자들이죠! 당신들은 술꾼을 비난하고, 미치광이를 경멸하며 수도사처럼 그들 곁을 피해 갑니다. 그리고 바리새 인들처럼 자기가 그런 류의 인간이 아니라는 것을 신께 감사드리죠 '바리새'는 '분리된 자'라는 뜻. 바리새 파는 그리스도 시대에 가장 성한 유대교의 한 종파로, 모세 율법의 엄격한 준수를 주장했다. 누가복음 18장 11절에는 "바리새 인은 서서 따로 기도하여 이르되 하나님이여 나는 다른 사람들 곧 토색, 불의, 간음을 하는 자들과 같지 아니하고 이 세리와도 같지 아니함을 감사하나이다"라는 구절이 있다. 나는 여러 번 술에 취해 봤고, 내 끓는 열정은 거의 광기나 다름없지만, 후회해 본 적은 없습니다. 왜냐하면 뭔가 위대하고 불가능해 보이는 일을 성취한 비범

한 사람들은 예부터 모두 술주정뱅이나 미친놈이라고 지탄받아 왔다는 사실을 나름대로 배워 알기 때문입니다.

그러나 일상생활에서도 그렇다는 것은 정말 참을 수 없어요. 대담하고 고귀한 행동일지라도 조금만 예상에서 벗어나기만 하면 여지없이 뒤에서 이렇게 외쳐 대는 소리가 들립니다. '저 인간 취했어, 저 인간 바보야.' 당신네 냉정한 인간들, 부끄러운 줄 아시오! 현명한 당신네들, 부끄러운 줄 알란 말입니다!"

"그 생각 역시 당신의 망상입니다." 알베르트가 말하더군. "당신은 모든 일을 너무 과장하는데, 적어도 지금 우리가 문제 삼고 있는 자살만 하더라도 자살을 위대한 행동과 결부시키는 것은 완전히 부당합니다. 자살이란 나약함 말고 달리 뭐라고 할 게 있겠소. 왜냐하면 죽는 일이 더 쉽기 때문이죠. 고통에 찬 삶을 꿋꿋하게 견디며 사는 것보다는 말입니다."

나는 거기서 이야기를 그만두려고 했어. 내가 마음을 다해 진정으로 말하고 있는데 상대방이 의미도 없는 의례적인 말을 갖다 붙이고 있으면 참을 수가 없고 더는 한 마디도 하기 싫어지기 때문이야. 하지만 나는 마음을 가다듬었지. 이미 이런 일에 여러 번 화가 났으니까. 그래서 오히려 좀 활기를 띠고 대꾸했지. "그걸 나약이라고 말했습니까? 제발 부탁인데, 겉만 보고 현혹당하지 좀 마십시오. 폭군의 견딜 수 없는 압제에 신음하고 있는 민중들이 견디다 못해 봉기해 멍에의 사슬을 끊어버리는 것을 보고 당신이 나약하다고 말해도 되는 거요? 자기 집에 불이 난 것을 보고 너무 놀라 괴력을 발휘해 평소에는 움직이지도 못하는 무거운 짐을 번쩍 들어 옮기는 사람, 모욕을 당해 분노가 끓어 여섯 명에게 달려들어 거뜬히 싸워 물리친 사람을 보고도 나약하다고 할 수 있습니까? 한데 이보세요, 알베르트! 어째서 노력은 장점이고 극도의 긴장은 반대로 단점이라는 겁니까?" 알베르트는 나를 빤히 쳐다보면서 말하더군. "날 나쁘게 생각지는 마시오. 하지만 지금 당신이 든 예는 우리 얘기와는 전혀 상관없는 것입니다." "그럴지도 모르죠." 내가 대답했어. "사람들이 종종 내 연상추리가 허튼소리에 가깝다고 비난들 합디다. 그럼 일반적으로는 즐거워야 할 삶이 무거운 짐이 되어 그것을 내동댕이치겠다고 결심한 사람의 심정이 어떤지에 대해, 우리가 달리 생각할 수 있는지 봅시다. 왜냐하면 우리가 공감할 수 있을 경우에만 그 일에 대해 토론할 자격이 있는 것이니까요."

"인간의 본성에는 한계가 있습니다." 나는 말을 계속했어. "인간의 본성이 기쁨과 슬픔과 고통을 참는 데는 일정한 한계가 있으며, 그 한계를 넘어서게 되면 곧 파멸하고 마는 겁니다. 그러니까 이것은 나약하냐 강하냐의 문제가 아니라, 인간이 고통을 얼마나 견뎌 낼 수 있느냐 없느냐 하는, 정도의 차이가 아닐까요? 윤리적이든 육체적이든 마찬가지입니다. 어쨌든 나는 스스로 목숨을 끊는 사람을 보고 비겁한 사람이라 하는 것은 고약한 열병에 걸려 죽은 사람을 보고 비겁자라고 일컫는 무례와 마찬가지로 괴상한 일이라고 생각합니다."

"궤변도 대단하시군! 지독한 궤변이오!" 알베르트가 소리 질렀어. "당신이 생각하는 것만큼 그렇게 심한 궤변은 아니랍니다." 내가 대꾸했지. "인간의 본성이 너무나 훼손당한 나머지 힘이 쇠잔되고 되살릴 수 없을 정도로 기능이 마비되어 어떤 치료를 통해서도 전과 같이 생명을 다시 찾을 가망이 없는 경우를 우리가 죽음에 이르는 병이라고 일컫는다는 점은 당신도 인정하시죠.

알베르트, 보세요. 이제 우리 그 경우를 인간의 정신에 한번 적용해 봅시다. 마음이 점점 쪼그라들고 있는 인간을 상상해 보시죠. 어떤 인상이 생각에 영향을 미쳐 그 인상에 사로잡혀 관념으로 고정되고, 결국은 점점 커지는 열정으로 인해 조용히 생각할 수 있는 안정된 사고력을 빼앗기고 파멸해 버릴 수밖에 없는 겁니다.

침착하고 이성적인 사람이 그 불행한 인간의 상태를 파악한다 한들, 하릴없이 충고를 한들 무슨 소용이 있겠습니까! 그것은 건강한 사람이 병자의 침상에 서 있어 봤자 자신의 생기를 병자에게 조금도 전해 줄 수 없는 것과 똑같은 경우입니다."

알베르트에게는 이런 말이 너무나 일반적인 이야기였어. 그래서 나는 얼마 전 익사한 채로 발견된 소녀를 기억하느냐고 물으며 그 이야기를 꺼냈어. "착하고 어린 처녀였고, 집안일밖에 모르는 좁은 테두리 안에서 지냈습니다. 주일마다 정해진 일거리가 산더미 같았고, 일요일이나 되어야 그저 또래 몇몇이 어울려 치장을 하고 시내로 나가거나 축제가 열리면 한번쯤 춤이나 추는 일 외에는 달리 즐거움도 모르는 소녀였습니다. 어쩌다 싸움이라도 벌어지면 이웃집 여자와 몇 시간씩 열을 내며 수다를 떠는 게 전부였지요. – 그런데 불같은 그녀의 성질에 슬며시 내면의 욕망이 차오르던 차에, 남자들이 아부를 하며 비위를 맞춰 주는 바람에 그 욕망이 점점 달아올랐습니다. 예전엔 즐겁던 일이 모두 시시해져 버릴 즈음에 한 남자를 알게 되었는데, 그 남자에게서 전에는 몰랐던 억제할 수 없는 어떤 감정을 느끼고, 자신의 희망을 모두 그에게 걸게 되었습니다. 자기를 둘러싼 세상을 몽땅 잊어버린 처녀는 그 남자 이외에는 아무것도 보이지 않고 아무것도 들리지 않아, 오직 그 남자만을 그리워했습니다. 아직 천박한 허영으로 비롯된 공허한 쾌락에 타락하지 않은 처녀가 원한 것은, 바로 그 남자의 여자가 되는 것이었습니다. 그와 영원한 인연을 맺어 동경해 마지않던 온갖 환희를 그와 더불어 누리기를 갈망했습니다. 남자의 거듭되는 약속은 그녀의 온갖 희망에 확실한 도장을 찍고, 더없이 대담한 애무는 그녀의 욕망을 부추기면서 영혼을 완전히 사로잡게 된 거죠. 그녀는 몽롱한 의식 속에, 온갖 환희의 예감에 들떠, 극도의 긴장으로 터질 듯 팽팽해졌습니다. 마침내 그녀는 두 팔을 벌려 소망을 와락 껴안으려

질풍노도운동

'이성'을 내세우는 알베르트와 이성으로 재단할 수 없는 '인간 본성'을 말하는 베르테르가 팽팽히 맞선다. 《젊은 베르테르의 슬픔》은 계몽주의에 반해 일어난 문예운동인 질풍노도운동의 대표작으로 꼽히는데, "당신네 이성적인 인간들이란!" 하고 소리치는 베르테르에게서 인간의 감정과 감각, 자연을 중시한 이 운동의 사상을 엿볼 수 있다.

했습니다.-그러자 애인이 그녀를 버린 것입니다.-그녀는 넋을 잃고 얼어붙은 채 나락으로 떨어졌습니다. 사방이 온통 칠흑같이 깜깜한 절벽으로 그녀를 둘러쌌습니다. 어떤 희망도, 어떤 위안도, 어떤 미래도 없는 것입니다! 왜냐면 자신의 존재를 느끼게 해 주던 그 남자가 떠났기 때문입니다. 그녀 앞에 놓인 드넓은 세상도, 상실감을 채워 줄 다른 많은 사람도 하나도 보이지 않았습니다. 오로지 세상에서 버려진 채 혼자라고 느꼈습니다.-마음이 찢어지는 끔찍한 고통에 짓눌려 눈이 멀어 버린 그녀는 자신을 에워싸고 있는 죽음의 품속에서 모든 고통을 질식시킬 작정으로 절벽 아래로 몸을 던졌습니다.-보십시오, 알베르트! 이것이 바로 숱한 사람들의 이야기입니다! 이런 경우는 질병이 아닙니까? 인간의 본성이 혼란되고 모순된 힘들의 미로에 빠져 출구를 찾을 수 없으면, 그때 인간은 죽을 수밖에 없습니다.

그걸 가만히 지켜보고 있다가 '쯧쯧, 바보 같은 것! 시간이 약인데 조금만 기다릴 것이지, 절망은 어느새 사라지고 자기를 위로해 줄 사람을 또 만나게 될 텐데'라고 말하는 사람에게 화가 있으라! 그것은 마치 '바보, 열병에 걸려 죽다니! 원기를 되찾고 기력이 날 때까지 참았다가 끓는 피가 가라앉을 때까지 진득이 기다릴 것이지. 그러면 모든 것이 다시 좋아져 지금껏 살아 있을 수 있을 것을!' 하고 말하는 것과 마찬가지입니다.

알베르트는 그런 비유에도 여전히 수긍하지 않고 이런저런 얘기로 반론을 늘어놓았어. 그 가운데 특히, 내가 단순한 처녀에 대해 얘기하지 말고 이성이 있는 사람의 예를 들었어야 하며, 소견이 좁지 않고 넓은 이해력으로 세상을 포괄적으로 보는 사람이라면 그런 유감스러운 결과를 빚었을지 의문이라고 하더군. "알베르트!" 내가 소리를 빽 질렀어. "인간은 어디까지나 인간입니다. 이성이 조금 있다 하더라도 열정이 끓어올라 인간의 한계를 넘어서게 되면 그깟 이성이 있든 없든 무슨 소용입니까? 그보다는 – 이 얘기는 다음에 합시다." 나는 말을 마치며 모자를 집어 들었어. 우리는 서로 이해하지 못한 채 그대로 헤어지고 말았어. 이 세상에서 다른 사람을 이해하기란 정말 쉽지가 않다.

8월 15일

분명히 세상에서 사람들한테 사랑보다 더 절실한 것은 없어. 나는 로테가 나를 잃고 싶지 않아 한다는 것을 마음으로 느낀다. 아이들도 아침마다 내가 또 오리라는 것을 당연하게 여기고 있어. 오늘은 로테의 피아노를 조율해 주려고 갔는데 아이들이 동화를 들려 달라고 조르고 로테도 그렇게 해 달라고 해서 정작 피아노는 조율하지 못했어. 나는 아이들에게 저녁 빵을 잘라 주었어. 이제 아이들은 로테에게만이 아니고 나한테도 기꺼이 빵을 받아먹거든. 그러고는 여러 손들이 시중을 들어 주는 공주 이야기의 주요 대목을 이야기해 주었지. 그러면서 나는 아주 많은 걸 배웠다. 그리고 아이들이 받은 인상에 대해서도 알고 깜짝 놀랐어. 두 번째로 이야기를 들려줄 때, 내가 잊어버린 부분에서 가끔 가다 즉흥적으로 이야기를 꾸며 냈더니, 아이들이 저번 이야기랑 다르다고 곧장 짚어 내는 거야. 그래서 이제는 이야기에 곡을 붙이고 토씨 하나 틀리지 않도록 외우고 있어. 이 일로 배운 것은, 작가가 개정판을 찍으면서 개작을 하면 그것이 문학적으로 훨씬 더 나아진다 하더라도 그 책 자체를 해치는 결과가 된다는 사실이야. 첫인상이 우리에게 강하게 박히기 마련이지. 그리고 인간이란 첫인상을 가장 신기한 것으로 받아들이도록 되어 있으며, 게다가 곧장 그것에 집착하기 때문에 그 이야기를 다시 지우거나 없애려는 사람은 일이 쉽지 않게 되는 거야.

8월 18일

반드시 그렇게 되어야만 하는 걸까? 사람을 행복하게 하던 바로 그것이 다시금 불행의 원인이 되어야만 하나?

생동하는 자연을 보며 느끼는 따뜻한 감정은 내 마음에 온갖 환희로 넘쳐흐르고, 내 주위의 세상을 천국으로 만들어 주었는데, 지금은 그것이 나를 견딜 수 없게 괴롭히는 존재가 되고 고통을 주는 정령이 되어 어디든지 나를 따라다닌다. 예전에는 강가의 절벽에서부터 언덕마다 펼쳐진 풍요로운 계곡을 둘러보았고, 나를 둘러싼 모든 것이 싹을 틔우고 솟아나고 있었다. 산에 오르면 산자락에서부터 저 높은 봉우리까지 빽빽하게 높이 솟은 나무들로 울창하게 뒤덮여 있고, 너무나 아름다운 삼림에서는 굽이굽이 이어진 골짜기가 그림자를 드리운 것이 보였다. 속살거리는 갈대 사이로 잔잔한 시냇물이 흐르고 그 물결 위에는 부드러운 저녁 바람이 몰고 온 아름다운 구름이 어려 있었다. 주위를 에워싼 숲에서는 새들이 즐겁게 지저귀고, 수없이 많은 날벌레들이 저녁놀 붉게 타오르는 마지막 햇살 속에서 힘차게 춤을 추고, 풀잎에 깃들어 있다가 반짝이는 저녁 햇살에 이끌려 나온 딱정벌레들이 주위에서 붕붕 날아다녀 내 발걸음을 조심해야 했다. 내가 앉아 있는 척박한 바위에서 양분을 끌어 모으는 이끼와 메마른 모래언덕에서 자라는 자잘한 나무들이 나로 하여금 성스럽고 작열하는 자연의 내밀한 삶에 눈뜨게 해 주었다. 그때 내가 이 모든 것을 얼마나 뜨겁게 가슴에 품었으며, 넘쳐나는 충만한 감정 속에서 내가 신이라도 된 것처럼 느끼지 않았던가. 영원한 세계의 성스러운 형상들이 내 영혼 속에서 힘차게 살아 움직이고 있었다. 거대한 산들이 에워싸고, 심연이 눈앞에 놓여 있었으며, 개천들이 뇌우같이 쏟아져 내리면 물살이 발밑으로 소용돌이치며 숲과 산맥을 쩌렁쩌렁 울렸다. 나는 이 모든 것들이 깊은 대지 속에서 서로 얽혀 작용하며 창조하는 무궁무진한 힘을 보았다. 땅 위와 하늘 아래에는 온갖 종류의 피조물들이 숱하게 우글거리고 있었다. 세상의 만물이 수천 가지 형태로 군집하여 살아가고 있는데, 그 사이에서 인간은 초라한 집 안에 모여 둥지를 틀고 겨우 안전을 꾀하면서도 자기들 생각으로는 광활한 세계를 지배하노라고 한다! 불쌍한 인간들! 네가 그렇게 하잘것없이 작기 때문에 만물을 그다지도 하찮게 여기는가!—접근할 수 없는 산맥에서부터 발길이 닿지 않은 황야를 지나 미지의 대양 끝에 이르기까지 영원한 창조주의 정신은 어디에나 감돌며, 그 정신을 느끼며 살아가는 미미한 티끌마다에 창조주는 기뻐하신다.—아! 그때, 내 위로 날아가는 두루미의 날개를 빌어 망망대해 저편 해안가로 날아가기를 얼마나 바랐던가. 영원한 자의 거품이 이는 술잔에다 일렁이는 삶의 환희를 들이마시기를 나 얼마나 원했으며, 단 한순간이라도 저 모든 것을 자기 내면에 포함해 자기를 통해 생성하는 존재의 지고한 행복을 한 방울이라도 내 가슴의 제한된 힘 속에서 느낄 수 있기를 또 얼마나 동경했던가!

형제여, 오직 그때를 회상할 때만 행복을 느낀다. 그 형용할 수 없는 감정을 불러일으켜 다시금 표현하고자 애쓰는 것만으로도 벌써 내 영혼이 되살아나기는 하지만, 곧 현재 내가 처한 상태의 불안이 갑절로 느껴지기도 한다.

내 영혼 앞에 드리워진 장막이 걷힌 것 같다. 무한한 삶의 무대가 지금은 영원히 입을 벌리고 있는 무덤의 심연이 되어 내 눈앞에 나타나 있다. 넌 '다 그런 거야! 모든 게 다 지나가는 거다' 이렇게 말하려나? 모든 게 번개처럼 빨리 지나가 버리고, 존재의 완전한 힘이 지속되는 것은 거의 있을 수 없기 때문에, 아, 거센 물살에 쓸려 가고 가라앉다가 절벽에 부딪혀 산산이 부서져 버리고 마는 것일까? 네 자신과 네 주변의 모든 것을 좀먹지 않는 순간은 있을 수 없으며, 네가 어느 때고 파괴자가 되지 않는 순간이 없다. 다시 말해 아무런 악의 없는 산책조차도 수많은 불쌍한 벌레들의 생명을 앗아 가는 일로, 한 걸음만 내딛어도 개미들이 애써 지은 집을 짓밟아 그 작은 세계가 무참한 무덤으로 변해 버리는 것이지. 아아! 나를 뒤흔드는 것은 세상에 보기 드문 큰 재난, 마을을 휩쓸어 버리는 홍수, 도시를 파괴하는 지진과 같은 거대한 것이 아니다. 내 마음을 매장시키는 것은 자연의 만물 속에 숨겨져 있는 소리 없는 잠식력이다. 자기 이웃과 자기 자신을 파괴하는 것 이외에는 아무것도 하지 않는다. 그런 이유로 나는 불안해져 현기증이 난다. 하늘과 땅 그리고 나를 에워싸고 있는 그 휘도는 힘! 거기엔 영원히 집어삼키고 영원히 되새김질하는 괴물밖에 보이지 않는다.

8월 21일

괴로운 꿈으로 잠을 설치다 깨어나는 아침이면, 나는 헛되이도 그녀에게로 팔을 뻗는다. 초원에서 그녀 옆에 앉아 손을 꼭 잡고 수없이 입맞춤을 나누는 행복하고도 순수한 꿈에 현혹될 때면 밤마다 잠자리에서 하릴없이 애타게 그녀를 찾는다. 아아, 꿈으로 몽롱한 채 그녀를 찾아 더듬다가 완전히 잠에서 깨어나면—짓눌린 가슴속에서 눈물의 홍수가 터져 나와 암담한 미래를 앞에 두고 하염없이 울고 있다.

8월 22일

빌헬름, 불행한 일이야! 내 활동력이 불안한 태만으로 변해 버리고 말았어. 여유를 부릴 수도 없으면서 그렇다고 아무 일도 할 수가 없다. 자연을 바라봐도 아무런 감정도 아무런 상상력도 생기지 않고, 책을 보면 구역질이 난다. 우리는 자기 자신을 잃어버리면 모든 것을 잃는 거다. 너에게 맹세컨대, 어떨 때는 내가 눈을 뜨는 아침만이라도 그날 하루에 대한 기대, 단 하나의 욕구와 하나의 희망만이라도 가진 날품팔이가 되었으면 하고 바랄 때가 많다. 알베르트가 종종 부러워. 서류 더미 속에 파묻혀 있는 그를 보고 있으면 내가 그 사람의 자리에 있었으면 얼마나 좋을까 하는 상상을 한단다! 벌써 몇 번이고 너와 장관에게 편지를 써서 공사관 자리를 얻을 수 있는지 부탁해 볼까 했다. 너도 확실히 그 자리라면 거절당하지 않을 거라고 했지. 나도 그러리라고 생각한다. 장관은 예전부터 나를 좋아했고, 어떤 일이든 실무를 담당하라고 권했으니까. 한동안은 그런 일을 하는 게 좋겠다는 생각이 든다. 그런데 다시 한 번 곰곰이 생각해 보다가 문득 말에 대한 우화가 생각났다. 자유에 진력이 난 말이 안장과 마구를 얹어 달래가지고 혼쭐이 날 때까지 사람을 태우고 달렸다는 이야기지. 나는 지금 어찌해야 할지 모르겠다. 그런데 빌헬름! 환경의 변화를 바라는 내 마음속의 갈망이 혹시 나를 어디든 쫓아다니는 내면에 숨겨진 불쾌한 초조함에서 생긴 것은 아닐까?

8월 28일

내 병이 나을 수 있는 것이라면, 병을 고칠 수 있는 사람들은 바로 이런 사람들일 거다. 오늘이 내 생일이라 이른 아침에 알베르트가 보낸 소포를 받았다. 소포를 뜯자마자 분홍색 리본이 눈에 들어왔는데, 로테를 처음 만났을 때 가슴에 달고 있던 리본이어서 그 이후로 내가 몇 번이나 달라고 한 거다. 소포에는 베트슈타인 출판사에서 나온 사륙판의 자그마한 호메로스 책도 두 권 들어 있었다. 에르네스티 판에르네스티는 독일의 고전학자로, 그가 간행한 호메로스의 책을 가리킨다의 커다란 책은 산책할 때 가지고 다니기가 불편해서 오래전부터 아주 갖고 싶어 했던 거야. 거봐! 이렇게 그 사람들은 내가 바라는 것을 미리 알고 우정 어린 소소한 친절을 담아 주는데, 이런 선물이야말로 주는 사람의 허영심으로 인해 오히려 받는 사람이 굴욕을 느끼는 현란한 선물보다 수천 배 가치가 있지. 난 로테의 리본에 수천 번도 더 입을 맞췄다. 숨을 들이쉴 때마다 다시는 오지 않을 행복한 나날을, 기쁨으로 가득 찼던 추억을 들이마신다. 빌헬름, 이게 내 현실이다. 하지만 인생의 꽃이 한낱 환영이라고 투덜대지는 않겠다! 얼마나 많은 꽃들이 흔적조차 남기지 않은 채 사라졌으며, 열매를 맺은 꽃들은 얼마나 적으며, 게다가 그 열매가 성숙하는 것은 또 얼마나 적은가! 그런데도 무르익은 열매는 얼마든지 있다. 그런데―아, 빌헬름!―우리가 무르익은 열매를 소홀히 하고 무시하며 맛을 보지도 않고 썩도록 내버려 두어도 되는 것인가?

잘 지내라! 멋진 여름이다. 나는 이따금 로테네 과수원에 가서 과일나무 위에 올라가 긴 장대를 가지고 꼭대기에 달린 배를 따곤 한다. 그러면 그녀는 밑에 서서 내가 따서 건네주는 배를 받지.

소리 없는 잠식력

자연상태와 주인공의 심리상태를 절묘하게 결합해 인간의 생명력이 거대한 자연의 일부임을 드러내는 것은 괴테 문학의 특징이라 할 수 있다. 알베르트의 등장으로 설 자리를 잃은 베르테르에게 여름날의 푸름은 더 이상 환희가 아니다. 그는 그 속에 숨겨져 있는 '소리 없는 잠식력'에 불안해한다. 자신을 휘도는 자연의 힘을 느끼며……

8월 30일

불행한 인간! 너 정말 바보 아니냐? 네 자신을 기만하고 있는 것 아니냐? 이 끝없이 미쳐 날뛰는 열정은 도대체 뭐란 말이냐? 내가 기도하는 대상은 그녀 이외에는 없다. 내 상상력에는 그녀의 모습밖에 없고, 세상의 모든 것을 오직 그녀와 관계 지어 생각한다. 그런 시간은 아주 행복하다.—물론 다시 그녀와 헤어져야만 하기 전까지지만! 아, 빌헬름! 내 가슴은 왜 이다지도 자주 끓어오를까!—내가 그녀 곁에 앉아 있을 때, 두세 시간씩 그녀의 모습과 행동과 우아한 말투에 즐거워하다가 점점 모든 감각이 바짝 긴장하면서 눈앞이 캄캄해지고 소리가 잘 들리지도 않으며, 마치 암살자에게 목이 졸리듯 목구멍이 죄어들고, 심장이 거칠게 고동치며, 조여드는 답답한 느낌에서 숨통을 틔워 보려 하지만 그럴수록 감각은 더욱 혼란스러워질 뿐이다.—빌헬름, 내가 이 세상에 살아 있기는 하는지조차 의심스러울 때가 많다!—그래서 가끔 가눌 길 없는 슬픔에 압도되어 그녀의 손에 얼굴을 파묻고 실컷 눈물을 흘리며 응어리진 가슴을 풀어 버리고 싶은 슬픈 위로를 로테에게 청하게 될까 봐—그럴 때면 나는 더 이상 주체하지 못하고 달아날 수밖에 없다. 밖으로 뛰쳐나가지 않을 수 없어! 그러고는 미친 듯이 들판을 헤매며 돌아다닌다. 가파른 산을 기어오르고 길도 없는 숲 속의 좁은 길을 헤집으며, 가시나무 덤불에 걸려 상처를 입고 가시에 살이 찢어질 때 희열을 느낀다! 그러면 기분이 좀 나아져! 아주 약간! 그러다 지치고 목이 말라 때로는 길에 그대로 쓰러져 있을 때도 있다. 한밤중에 보름달이 저 높이 휘영청 떠올라 적막하고 외로운 숲 속에서 상처 난 발바닥을 조금 가라앉히려 휘어진 나무 위에 앉아 있자면, 지친 나머지 어느 결에 어스름한 달빛 속에서 곤하게 나가떨어진다! 오, 빌헬름! 수도승의 외로운 독방과 거친 털로 짠 옷에 가시 박힌 허리띠가 바로 내 영혼이 애타게 갈망하는 위안이 될 것이다. 안녕! 무덤 이외에는 이 불행을 끝낼 수 있는 것이 없을 것 같다.

9월 3일

나는 떠나야 해! 빌헬름, 흔들리는 내 결심을 굳혀 줘서 고맙다. 벌써 이주일 전부터 그녀를 떠나야겠다고 생각해 왔어. 난 떠나야만 해. 그녀는 다시 시내에 있는 친구네 집에서 지내고 있다. 그리고 알베르트는—어쨌든—나는 떠나야만 해!

9월 10일

견디기 힘든 밤이었다! 빌헬름! 이제 난 모든 걸 이겨 낼 것이다. 그녀를 다시는 만나지 않을 거야! 오, 사랑하는 친구야, 지금 네 목을 끌어안고 한없이 눈물을 흘리며 감회에 젖어 가슴에 요동치는 감정을 맘껏 쏟아 낼 수 없어 슬프다! 여기에 앉아 내 자신을 진정시키려 가쁜 숨을 들이쉬며 아침이 밝기를 기다리고 있다. 동이 트는 대로 마차를 오라고 불러 놓았다.

아, 그녀는 편안하게 잠들어 다시는 나를 보지 못하리라는 것을 생각지도 못하고 있단다. 나는 두 시간 동안이나 이야기를 나누면서도 내 결심을 들키지 않으려고 그 자리를 박차고 일어날 정도로 강했어. 맙소사, 그렇다고 해도 그 대화란 도대체 어땠는지!

알베르트는 저녁식사 후에 곧 로테와 같이 정원으로 나온다고 약속했다. 나는 키 큰 밤나무 아래에 있는 테라스에 서서 정다운 계곡과 유유히 흐르는 강 너머의 해를 바라보고 있었어. 나에게는 이게 마지막이었지. 내가 얼마나 자주 그녀와 함께 이곳에 서서 저 아름다운 광경을 바라보았는가. 이제는—나는 평소에 좋아하던 가로수 사이를 이리저리 거닐어 보았다. 로테를 알기 전에 왠지 모를 은밀한 정감이 나를 자꾸 이리로 이끌었고, 우리가 서로 안 지 얼마 되지 않았을 때 둘 다 이 장소를 좋아한다는 것을 알게 되어 얼마나 기뻤던지. 이곳은 내가 본 예술품으로서도 정말 가장 낭만적인 곳이다.

우선 밤나무 사이로 넓게 트인 시야가 그렇단다.–아, 그래. 생각난다. 너에게 벌써 여러 번 이곳에 대해 써 보냈지. 키 큰 너도밤나무가 온통 벽처럼 둘러쳐진 곳을 걷고 있으면 울창한 숲 속이 밤나무들로 점점 어두워지다가 마침내 사방이 막힌 조그만 터에서 끝나는데, 이곳에는 전율이 끼칠 만큼 외로운 적막이 감돈다고. 내가 한낮에 처음으로 이곳에 발을 들였을 때, 얼마나 신비스러운 느낌이 들었는지 지금도 그 기분이 생생하다. 그때 이미 이곳이 지고한 행복과 한없는 고통의 무대가 되리라고 어렴풋이 예감하고 있었던 것 같다.

내가 한 삼십 분 정도 작별과 재회에 대한 애절하고도 달콤한 생각에 잠겨 있을 때 그들이 테라스 위를 올라오는 소리가 들렸어. 나는 그들에게 달려가 전율에 떨며 그녀의 손을 잡고 입을 맞췄다. 우리가 위로 올라오자 달이 울창한 덤불 뒤에서 떠오르더군. 이런저런 이야기를 나누며 우리는 어느새 어둑어둑해진 정자 가까이로 다가갔어. 로테가 정자로 들어가 앉고 그녀 옆에 알베르트가 앉기에 나도 앉았어. 하지만 나는 마음이 불안해 잠자코 앉아 있을 수가 없었어. 자리에서 일어나 그녀 앞에서 왔다 갔다 하다가 다시 앉았지. 너무나 불안한 마음을 가눌 길이 없더라. 로테가 우리더러 떡갈나무 가지 끝에 걸린 채 테라스를 환히 비추고 있는 아름다운 달빛을 좀 보라고 했어. 정말로 아름다운 장관이었는데, 우리 주위에 짙은 어둠이 깔려 있어 그 달빛이 더욱 감동적이었지. 우리는 침묵을 지키고 있었는데, 한참 뒤 로테가 입을 열었어. "전 달빛 속을 산책할 때면 고인이 된 사람들을 생각하지 않을 수 없어요. 죽음에 대한 느낌과 다가올 미래에 대해 생각하지 않을 수도 없고요. 우리도 언젠가는 죽게 되겠죠!" 그녀는 장려한 감정이 어린 목소리로 말을 이었어. "그런데 베르테르, 우리가 저 세상에서 다시 만나게 될까요? 그때 서로 알아볼 수 있을까요? 어떨 것 같아요? 말씀해 주시겠어요?"

"로테," 나는 그녀의 손을 잡고 눈물을 글썽이며 말했어. "우린 다시 만나게 될 겁니다! 이 세상에서도, 저 세상에서도 다시 만날 수 있어요!" 나는 더 말을 잇지 못했어. 빌헬름, 하필이면 쓰라린 작별을 마음에 품고 있을 때 그녀가 그런 말을 묻다니!

"우리가 사랑하는 고인들도 우리를 알아볼까요?" 그녀가 말을 계속했어. "그분들은 우리가 고인들을 따뜻한 사랑으로 기억하며 잘 지내고 있다는 것을 알고 계실까요? 아! 어머니의 모습이 항상 제 주위를 맴돌고 있답니다. 고요한 저녁에 어머니의 아이들과-이젠 내 아이들이 되었지만-함께 있으면, 아이들은 예전에 어머니에게 그랬던 것처럼 지금은 내 주위에 모여든답니다. 그럴 때면 전 어머니가 그리워 눈물을 흘리며 하늘을 우러러 한 번만이라도 어머니께서 우리를 굽어보시기를 빌어요. 어머니가 돌아가시면서 '아이들의 어머니가 되어라' 라고 하신 말씀을 내가 이렇게 지키고 있다고요. 저는 그만 감정에 복받쳐 외친답니다. '어머니, 만일 제가 어머니 노릇을 제대로 못했으면 용서해 주세요. 아! 저로서는 최선을 다하고 있어요. 아이들을 입히고 먹이고, 아, 보살피고 사랑하는 것보다 더한 것까지도 말이에요. 사랑하는 어머니, 우리를 보실 수 있나요! 그러면 어머니가 돌아가실 때 비통한 눈물로 아이들의 행복을 위해 간절히 빌었던 하느님께 지금은 뜨거운 감사를 드릴 거예요' 라고요."

로테가 그렇게 말했어! 오, 빌헬름, 그녀가 한 말을 누가 다시 되풀이할 수 있겠나! 어떻게 차갑고 죽은 어휘로 천상의 꽃인 그녀의 영혼을 묘사할 수 있겠나! 그때 알베르트가 부드러운 말투로 참견을 했어.

저녁, 이별의 시간

아침이 사랑을 느끼는 빛의 시간이라면, 해가 저무는 저녁 무렵은 로테와의 이별을 상징하는 어둠의 시간이다. 우울한 저녁 풍경은 알베르트와 함께 있는 로테에게서 느끼는 베르테르의 고립감을 여실히 보여 준다. 프리드리히, 〈저녁〉, 1821년경.

"로테, 지금 지나치게 흥분하고 있어요. 당신이 그런 생각에 너무 집착하는 경향이 있다는 것은 아는데, 하지만 부탁이니……." "오, 알베르트!" 그녀가 말했어. "당신도 아직 그날 밤을 잊지 않았죠. 아빠가 여행을 떠나 계셨고, 아이들을 자러 보내고 나서 우리는 자그마한 원탁에 같이 앉아 있었어요. 당신은 때때로 재미있는 책을 가지고 있었지만 그걸 읽는 일은 드물었어요. ─아름다운 영혼의 소유자인 어머니와 대화를 나누는 것이 가장 즐겁지 않았나요? 어머니는 아름답고 상냥하고 쾌활하고 항상 부지런한 분이었죠! 하느님은 제 눈물의 의미를 아실 거예요. 저는 잠자리에서 하느님께 엎드려 저를 어머니와 같은 사람이 되게 해 달라고 기도 드린답니다."

"로테!" 나는 외치며 그녀 앞에 쓰러져 손을 잡고 하염없이 눈물을 쏟았어. 내 눈물이 그녀의 손을 적셨어. "로테! 신의 은총과 어머니의 영혼이 당신 위에 내려 굽어 살피고 있습니다!" "당신이 어머니를 알았더라면," 그녀가 내 손을 꼭 잡으며 말했어. "당신이 어머니를 알고 지냈으면 아주 좋아하셨을 거예요!" 순간 나는 숨이 멎는 줄 알았다. 나에 대해 이보다 위대하고 자부심 넘치는 말은 들어 본 적이 없었어. 그녀는 계속해서 말했지. "어머니는 한창인 나이에 돌아가셨어요. 막내 아이가 6개월도 채 되지 않았을 때죠! 어머니의 병은 그리 오래 가지 않았어요. 차분하게 모든 것을 맡겼는데 오직 아이들과 특히 갓난아기 때문에 마음 아파 하셨지요. 임종이 가까워지자 '아이들을 데려오렴' 하고 말씀하셨어요. 아무것도 모르는 갓난아기와 넋이 나간 첫째와 침대에 빙 둘러서 있는데, 어머니는 두 손을 들어 아이들을 위해 기도하셨고 차례로 입을 맞춘 다음 내보내고 나서 저에게 말씀하셨어요. '아이들의 어머니가 되어다오!' '어머니에게 맹세할게요!' '사랑하는 내 딸아, 참으로 어려운 약속을 했구나.' 어머니가 말씀하셨어요. '어머니의 마음과 눈을 가져야 한다. 종종 네가 감사의 눈물을 흘리는 것을 보면서 네가 어머니의 할 일이 무엇인지 느끼고 있다는 걸 알았다. 부디 동생들을 잘 보살피고 아버지에게는 아내의 순종과 충실로써 받들어 주렴. 아버지를 위로해 드려야 한다.' 그러고는 어머니는 아버지가 어디 가셨냐고 물으셨어요. 그때 아버지는 견딜 수 없는 슬픔을 숨기려 밖으로 나가 계셨어요. 아버지는 너무나 상심해 계셨어요.

알베르트, 그때 당신이 방에 같이 있었죠. 어머니는 누가 걸어 다니는 소리를 듣고 물으시며 당신을 가까이 오라고 하셨어요. 어머니는 위안을 느끼는 평화로운 눈길로 당신과 나를 한동안 번갈아 보셨는데, '너희는 행복할 것이다, 너희는 같이 행복하게 잘 살 것이다' 하는 눈빛이었어요."

알베르트는 그녀의 목을 껴안고 그녀에게 입 맞추면서 외쳤어. "그럼, 우리가 행복하잖소! 그리고 앞으로도 행복할 거요!" 평소 침착하던 알베르트가 완전히 자제심을 잃었고, 나는 어찌할 바를 모르고 있었어.

"베르테르," 로테가 다시 말을 이었지. "그런 어머니가 돌아가셨다니요! 하느님 맙소사! 가끔 생각해 보면 자기가 가장 사랑하는 사람을 잃는다는 게 어떤 것인지 아이들보다 더 뼈저리게 느끼는 사람은 없는 것 같아요. 검은 옷을 입은 남자들이 엄마를 데려간 그때가 여전히 가슴에 남아 마음이 아파요!"

그녀가 자리에서 일어서더군. 나는 정신이 퍼뜩 들었지만 감동에 빠져 그대로 앉은 채로 그녀의 손을 잡았어. "우리 이제 그만 가요." 그녀가 말했어. "갈 시간이 되었어요." 그녀는 손을 빼려고 했는데, 나는 더 꽉 잡았어. "우린 다시 만나게 될 겁니다." 난 외쳤어. "우리는 다시 서로 찾게 될 겁니다. 어떤 모습을 하고 있든지 다시 알아보게 될 겁니다. 전 갑니다." 나는 말을 계속했어. "기꺼이 떠납니다. 그래도 '영원히'라고 말하면 견딜 수 없을 것 같습니다. 잘 있어요, 로테! 안녕히 계십시오, 알베르트! 그럼 또 만납시다." – "내일이면 또 보겠죠." 그녀는 장난스럽게 대답했지.-난 이 내일이 어떨지 벌써 느껴진다! 아, 그녀는 내게서 자기 손을 빼면서도 아무것도 몰랐어. 둘이 가로수 길을 따라 걸어가더군. 나는 우두커니 서서 달빛 속에 멀어져 가는 그들의 뒷모습을 바라보다, 땅바닥에 몸을 던지고 한참을 펑펑 울다가 다시 벌떡 일어나 테라스 위로 뛰어 올라갔어. 저 아래 커다란 보리수나무 그늘 속에 정원 쪽으로 걸어가는 그녀의 하얀 옷이 희미하게 어른거리는 것이 보였어. 나는 두 팔을 뻗쳤지만, 그녀의 모습은 그만 사라지고 말았다.

베르테르가 사랑한 여인, 로테를 만나다

괴테의 문학세계에서 여성의 역할은 참으로 컸다. 괴테의 생가에는 마당 한가운데 여인상이 서 있는데, 이는 그의 많은 작품들이 여인과의 사랑에 영감을 받아 탄생한 것을 기념하기 위함이다. 《젊은 베르테르의 슬픔》 역시 이루어질 수 없는 가슴 아픈 사랑을 경험한 괴테가 순수한 사랑의 열정에 사로잡혀 써 내려간 작품이다.

1772년 5월, 괴테는 법원에서 시보 실습을 하기 위해 베츨러Wetzlar로 떠난다. 그곳에서 새로운 친구들을 사귀게 되는데, 그 중에는 브라운슈바이크Braunschweig 왕국 법률 대표단의 서기 예루살렘Jerusalem, 하노버Hannover 왕국 법률 대표단 예하 브레멘Bremen 공국 대표단의 서기 케스트너Kestner가 있었다.

샤로테 부프의 집

어느 날 괴테는 케스트너의 친척 아주머니가 마련한 무도회에 참석하게 된다. 마차를 타고 무도회장으로 가던 도중 한 처녀를 태우게 되는데, 이 처녀가 바로 여주인공 로테의 모델 샤로테 부프Charlotte Buff였다. 《젊은 베르테르의 슬픔》에 묘사된 바와 같이, 그녀와 괴테는 처음 만나 마차 속에서 대화를 나누며 교감했고, 괴테는 로테의 매력에 흠뻑 빠져 들었다. 그러나 아무도 그녀에게 약혼자가 있다는 사실을 말해 주지 않았는데, 그 약혼자

왼쪽부터 호도비에스키가 그린 로테의 실루엣, 예루살렘, 노년의 샤로테 부프.

가 바로 케스트너였다.

로테의 아버지는 독일 기사단의 지역관리 책임자였으며, 작품에 나오는 집은 바로 그 관사였다. 그녀의 아버지 하인리히 아담 부프는 이십 년 연하의 막달레네와 결혼하여 열두 명의 자식을 두었는데, 로테는 둘째였다. 로테의 집에는 언제나 많은 법률가들이 찾아들었다. 케스트너 역시 이들 중 한 사람이었는데, 성실하고 싹싹한 그에게 호의를 느낀 로테의 부모님이 딸과 인연을 맺어 준 것이다. 이는 괴테가 로테를 만나기 사 년 전의 일이었다.

맑고 밝고 포근한 성격의 로테는 아름다운 외모와 마음을 함께 지닌 여성이었다. 그녀는 어머니가 마흔의 이른 나이로 세상을 떠나자 어린 동생들을 사랑으로 돌보았는데, 따뜻한 모성애를 지닌 그녀의 모습이 괴테의 마음을 사로잡았다. 또, 그녀는 괴테에게 친절하게 대하면서도 분명한 선을 그어 그 선을 넘으려 하지 않았는데, 이러한 점이 괴테의 마음에 더더욱 사랑의 불을 지폈다. 베르테르와 같이, 실제로 괴테는 매일같이 로테의 집에 가서 어린 동생들과 놀았고 로테와 케스트너의 산책에 동행하며 사랑의 가슴앓이를 했다. 또 오시안과 호메로스에 관해 로테와 의견을 나누며 자신의 연구에 그녀를 참여시키기도 했다. 그러던 어느 날, 괴테는 격정에 사로잡혀 그녀에게 키스를 하고 만다. 이후 로테는 케스트너에게 그 사실을 알렸고, 그때부터 괴테를 분명하고 냉정하게 거부했다.

괴테는 로테 곁을 떠나는 것이 자신을 진정시키는 유일한 길이라 생각하고 그녀에게 편지를 남긴 채 쓸쓸히 떠난다. 프랑크푸르트에 돌아온 괴테는 친구 예루살렘이 동료의 부인을 사모하다가 자살했다는 소식을 전해 듣게 된다. 친구의 죽음에 큰 충격을 받은 괴테는 이루지 못한 자신의 사랑과 예루살렘의 죽음을 결합시켜 《젊은 베르테르의 슬픔》을 써 내려간다.

한편, 로테와 케스트너는 1773년 4월 결혼했는데, 괴테는 결혼식에 참석하지 않았으나 결혼반지를 직접 마련해 주었다고 한다. 소설 속에 나오는 로테의 약혼자 알베르트는 베르테르의 사랑과 고뇌를 이해하지 못하는 인물로 그려져 있지만, 실제 케스트너는 괴테와 평생 우정을 나누었고, 로테 역시 만년에 바이마르로 괴테를 찾아와 재회하기도 했다. 로테와 케스트너의 결혼생활은 매우 행복했으며 그들은 열두 명의 아이를 낳았다고 한다.

호메로스와 오시안의 세계는 무엇을 말하는가

고대 그리스의 시인 호메로스의 세계가 남구 그리스 라틴계의 고전적이며 이교도적이고 객관적 서사성이 돋보이는 남방문학을 대표한다면, 아일랜드의 전사시인 오시안의 세계는 북구 게르만계의 낭만적이며 기독교적이고 주관적 서정성이 돋보이는 북방문학을 대표한다. 《젊은 베르테르의 슬픔》에서는 이 두 시인의 세계가 극렬히 대치되면서 로테와의 사랑에 웃고 우는 베르테르의 심리변화를 보여 준다. 호메로스의 세계는 단순함과 소박함이 살아 있는 평화로운 자연의 세계, 생명이 살아 숨 쉬는 공간이고, 오시안의 세계는 주체할 수 없는 감정이 소용돌이치는 절망의 자연, 죽음이 존재하는 공간이다.

오디세우스의 귀향을 표현한 핀투리키오의 그림, 1509년.

지금은 인생에서 가장 순수한 기쁨을 누리고 있다고 말해도 되지 않을까 싶다. 너도 내가 살고 있는 발하임을 잘 알고 있지. 나는 이곳에 완전히 자리 잡았고, 이곳에서 로테 집에 가는 데는 반 시간도 안 걸려. …… 아침마다 동이 틀 무렵 발하임으로 나가 채소밭에서 직접 완두콩을 따고, 그 자리에 앉아 콩줄기를 떼어 내면서 호메로스 책을 읽어. …… 그럴 때면 페넬로페의 건방진 구혼자들이 소와 돼지를 잡아 찢고 굽던 장면을 생생하게 보고 있는 것 같아. 이처럼 가부장제도 아래의 족장 모습과도 같은 고요하고 참된 느낌이 드는 생활도 없을 거다. 그걸 그대로 지금 내 생활 속에 옮겨 놓을 수 있다는 것이 참으로 고마운 일이지.

호메로스의 세계는 창조주의 생명력이 어려 있는 발하임의 봄날, 로테와의 사랑이 싹트는 따사로운 봄날과 그 궤를 같이 한다. 그러나 로테의 약혼자 알베르트가 등장하고 언제나 달콤할 것만 같았던 사랑에 어두운 그림자가 드리워질 때, 따사로웠던 발하임의 봄은 가을로, 겨울로 변화한다. 로테와의 사랑이 피어날 때 호메로스의 《오디세이아》를 읽고 오디세우스와 자신을 동일시하던 베르테르는, 이제 오시안의 시를 읽으면서, 죽은 사람의 무덤 주위를 배회하던 오시안과 자신을 동일시한다.

프랑스 영웅들의 혼령을 맞이하는 오시안의 모습을 담은 지로데 트리오종의 그림, 1802년.

오시안이 내 마음속에서 호메로스를 밀어내고 말았다. …… 산속에서 우르릉거리는 소용돌이의 성난 울림과 함께, 동굴에 사는 영혼들의 사그라지는 신음소리가 들려오고, 이끼가 끼고 풀이 무성히 자란 사랑하는 이의 묘석 앞에서 고통에 차 절규하며 슬피 우는 소녀의 탄식이 들려온다. 나는 황량한 황무지에서 선조의 발자취를 더듬다 백발이 된 방랑시인을 만나게 되고, 아! 선조의 묘석도 발견한다. …… 아, 빌헬름! 나는 당장 고귀한 무사처럼 칼을 빼들고 천천히 죽어 가며 쓰라린 고통으로부터 우리의 군주 오시안을 단칼에 자유롭게 해 주고, 그 해방된 반신에게 내 영혼을 딸려 보내고 싶다.

작품에서는 호메로스의 풍경보다 베르테르의 영혼의 격정을 보여 주는 오시안의 자연이 지배적인데, 몰아치는 폭풍과 끝없이 피어오르는 안개, 거센 물소리 등은 위험한 열정에 사로잡힌 베르테르의 심리뿐만 아니라, 질풍노도시대 젊은이들을 감쌌던 삶에 대한 회의를 보여 준다. 호메로스와 오시안의 세계가 베르테르의 심리적 변화와 소설의 구조를 어떻게 규정하는가에 대해 1829년 어느 대화에서 괴테는 이렇게 말했다.

베르테르는 제 정신인 동안에는 호메로스를 예찬했고, 미쳐 가기 시작하면서 오시안을 예찬했다.

2부

그녀와의 이별, 세상이 나와 더불어 몰락하다

제2부

그녀와의 이별, 세상이 나와 더불어 몰락하다

1771년 10월 20일

어제 우리는 이곳에 도착했다. 공사는 몸이 불편해서 며칠간 집에 있을 모양이다. 그가 까다롭지만 않았어도 아무 문제가 없었을 텐데. 그래, 알겠어. 아무래도 운명이 내게 가혹한 시련을 주려고 작정한 것 같다. 그래도 용기를 내자! 아무렇게나 가볍게 하면 되겠지! 아무렇게나 가볍게? 어쩌다 내가 이런 말을 쓰게 되었는지 웃음이 다 난다. 아, 내 성격이 조금만 더 가벼웠더라면 하늘 아래서 가장 행복한 사람이 되었을 것이다. 이게 뭐냐! 시답잖은 능력과 재능을 가진 자들도 잘난 자기만족에 빠져 으스대며 내 앞에서 허풍스레 활보하고 돌아다니는데, 나는 어째서 내 능력과 재능에 절망을 느껴야 하는 것이냐? 선량한 신이시여, 왜 저에게 이 모든 것을 다 주셨습니까, 그 중 절반을 도로 물리시고 대신 저에게 자신감과 자족감을 주시지 그러셨습니까!

참자! 참아! 차츰 나아질 것이다. 그래, 빌헬름. 내 고백하는데, 네 말이 옳아. 날마다 사람들 틈바구니에 끼여 그들이 무슨 일을 어떻게 하는지 보고 난 다음부터는 내 자신을 훨씬 더 긍정적으로 보게 되었다. 확실히, 우리는 모든 것에서 우리 자신과 다른 사람들을 비교하도록 만들어진 모양이다. 그래서 행복과 불행은 우리가 관계하는 상대에 따라 달라지는 문제고, 그렇기 때문에 고독보다 더 위험한 것도 없는 셈이지. 인간의 상상력은 본래 더 높은 것을 추구하려는 본성이 있는데, 문학의 환상이미지에 힘입어 일련의 인간 존재들을 형성해 낸다. 그 가운데 우리는 가장 밑에 있는 존재며, 우리 이외에는 모든 것이 훨씬 더 훌륭하고, 다른 사람들은 모두가 다 완전하게 여겨지는 거다. 이 과정은 아주 자연스럽게 이루어지지. 우리는 자주 어떤 것이 부족하다고 느끼며, 우리가 가지지 못한 것을 다른 사람이 갖고 있는 것처럼 볼 때가 많아. 그러면 우리는 그 사람에게 우리가 가지고 있는 것까지 아예 다 주어 버리고 만다. 게다가 어떤 이상적인 쾌락까지 덧붙여서 말이야. 그러면 완전하게 행복한 사람이 만들어지는데, 그것은 바로 우리 자신이 만든 창조물이야.

이와 반대로 만일 우리가 자신의 약점에도 굴하지 않고 갖은 노고를 다해 오직 앞으로만 꿋꿋이 나아가면, 비록 더디고 역풍에 돛을 꺾어 진로를 바꿀지라도 어느새 다른 사람들이 순풍에 돛을 달고 노를 저어 가는 것보다 더 멀리 갈 수도 있어. – 그리고 – 다른 사람들과 나란히 가거나 심지어 앞지르기 할 때 얻는 느낌은 바로 자신에 대한 진정한 감정이다.

11월 26일

이만하면 이곳에서도 그런 대로 지낼 수 있을 것 같다. 무엇보다 좋은 건 할 일이 많다는 거다. 그럴 뿐 아니라 갖가지 유형의 새로운 사람들이 내 앞에서 다양한 연극을 펼치고 있다. 얼마 전에 C백작을 알게 되었는데, 날이 갈수록 그에 대한 존경심이 커져 간다. 그분은 매우 박학다식하고 사물에 대한 시야가 전혀 편협하지 않을 뿐 아니라 자신이 뛰어나다고 해서 남들에게 냉정한 인물도 아니야. 같이 지내다 보면 그분에게서 발산되는 우정과 사랑에 대한 풍부한 감정을 보게 된다. 그분은 내가 부탁 받은 일을 해 주자 내게 관심을 보이기 시작했어. 대화를 나누면서 그는 우리가 서로 이해하고 있으며, 다른 사람과 달리 나와는 얘기가 통한다는 것을 단번에 알아보더군. 나를 대하는 그분의 솔직한 태도를 아무리 칭송해도 모자랄 것 같다. 세상에서 다른 사람에게 솔직하게 열린 위대한 영혼을 만나는 것만큼 진실하고 정겨운 기쁨은 없다.

12월 24일

예상은 했지만 공사는 정말 불쾌하기 짝이 없는 사람이야. 세상에 있을 수 있는 바보천치 중에서도 그런 바보천치가 없을 거다. 갈수록 까탈을 부리는 꼴이 꼭 시어머니 같다. 자기 자신에게 결코 만족할 수 없는 인간인 데다 누가 무슨 일을 해도 전혀 고마워할 줄 몰라. 나는 일을 쉽게 해치우기를 좋아하고, 한 번 일이 끝나면 더 뒤적거리지 않아. 그러면 그 인간은 내게 서류를 하나 던져 주면서 이렇게 말하곤 하지. "그런대로 괜찮소. 하지만 서류를 자세히 살펴보면 좀 더 적당한 단어가 있고 딱 맞는 접속사가 반드시 있을 거요." 그러면 나는 화가 치밀어 미쳐 버리는 거야. 토씨 하나, 접속사 하나 빠뜨려서는 안 된단다. 특히 가끔 내가 무심코 쓰는 도치법에 대해서는 아주 질색을 해. 그는 고리타분하게 써 오던 어조에 따라 가락을 넣어 읽어 주지 않으면 문

장의 복문이라고는 하나도 이해를 못해. 그런 인간하고 일을 한다는 게 정말 괴로워 죽을 지경이다.

C백작의 신임만큼은 그래도 유일한 위안이 되고 있다. 최근에 백작도 공사의 느려터지고 주저하는 성격이 몹시 마음에 안 든다고 솔직하게 토로한 적이 있어. 백작은 그런 사람들은 자신뿐만 아니라 다른 사람까지도 힘들게 한다며 말을 이었어. "그러나 우리는 산을 넘는 여행자처럼 그런 일을 꾹 참고 견디는 수밖에 없네. 물론 산이 없으면 여행길이 훨씬 편하고 빨라지겠지만 말이야. 하지만 산이 있으니, 넘어가야 할 수밖에-!"

궁정에서의 삶
궁정에서의 삶을 못 견뎌 하는 베르테르와 달리, 현실에서 괴테는 바이마르 공화국의 재상이었다. 괴테는 《젊은 베르테르의 슬픔》 출간 직후인 1775년 바이마르 공국의 영주 칼 아우구스트 공의 초청으로 그곳에 가 정치에 참여했다. 괴테는 그곳의 예술적 분위기를 한층 고조시키며 유례없는 발전을 일궈냈지만, 개인적으로 바이마르에서의 십 년은 작품활동의 공백기였다. 그림은 바이마르 공국에 머무르던 시절, 사무실에서의 괴테.

그런데 공사 늙은이는 백작이 자기보다 나를 더 좋아하는 것을 눈치 채고 난 뒤 틈만 나면 내 앞에서 백작의 흠을 잡는다. 나는 당연히 반박을 하고 그러면 사태는 더 악화되기만 하는 거다. 어제는 공사가 나까지 싸잡으며 내 화를 막 돋우는 거야. "이런 세속적인 일은 백작도 꽤나 잘한단 말이야. 백작은 일을 아주 쉽게 처리하는 데다 필력도 좋지. 그런데 역시 여느 문필가처럼 기본적인 학식이 부족하긴 하군 그래." 그러면서 그는 '어때, 좀 찔리지 않냐? 한방 먹었지?' 라는 표정을 지으며 나를 쳐다보더군. 하지만 난 아무렇지도 않았어. 내가 그런 사고방식과 행동을 경멸하기 때문이지. 나는 그에게 정면으로 맞서 꽤나 심한 말싸움을 벌였다. 나는 백작이 성품뿐만 아니라 높은 학식을 지닌, 존경 받아 마땅한 사람이라고 했어. "그만큼 훌륭하게 자신의 정신을 폭넓게 개발하면서도, 고매한 정신을 평범한 일상생활에서도 잘 유지해 나가는 분을 나는 일찍이 본 적이 없습니다." 내가 그렇게 말해 봤자 그 먹통 같은 머리에는 도저히 먹혀들지 않을 거고, 나는 말도 되지 않는 것을 가지고 계속 옥신각신해 봤자 기분만 더 나빠질 것 같아 그 자리를 뜨고 말았다.

일이 이렇게 된 건 다 너희들 책임이다. 너희들이 나한테 굴레 속에 들어가서 활동을 많이 해야 된다고 부추기며 노래를 불러 댔잖아. 대체 활동이라니! 감자를 심고 말을 타고 시장에 나가 곡물을 파는 농부가 나보다 더 활동을 많이 하는 거지. 그게 아니라면 난 앞으로 족쇄를 찬 이 노예선에서 십 년이라도 더 뼈가 으스러지라고 일을 해 보이겠네.

더욱이 여기서 서로 흘끔거리는 이 구역질 나는 무리들의 지루함과 겉만 번지레한 비참한 꼴을 좀 보라고! 기껏 한 발자국이라도 앞지르겠다는 심산으로 서로 경계하고 감시하는 무리들 사이에서의 명예욕, 세상에서 가장 비참하고 불쌍하기 짝이 없는 벌거벗은 집념. 한 여자의 예를 들어 볼까. 여기에 만나는 사람마다 자신의 귀족가문과 고향을 떠벌리고 다니는 여자가 있는데, 사정을 잘 모르는 사람들은 이렇게 생각할 게 뻔해. '어리석은 여자로군. 변변찮은 가문과 고향을 가지고 굉장한 것인 양 자랑삼아 떠벌이고 다니다니.' ―그런데 정말 한심한 것은 이 여자는 바로 이웃마을에 사는 서기의 딸이라는 사실이야, ―보라고. 나는 대놓고 자기가 하찮다고 드러내고 다니는 지각없는 그런 인종을 도무지 이해할 수가 없다.

빌헬름, 자기의 잣대로 남을 재고 평가하는 사람이 얼마나 어리석은지 날이 갈수록 거듭 깨닫게 된다. 내 할 일만도 태산 같고 마음은 이토록 격하게 휘몰아치고 있으니―아, 사람들이 내 갈 길을 가도록 그냥 내버려 두기만 한다면, 난 기꺼이 그들이 가는 길을 가라고 내버려 두련만.

가장 약이 오르는 일은 저 끔찍하게 불쾌한 시민계급들의 행태다. 비록 내가 신분의 구별이 필요하며, 그것이 나에게 얼마나 많은 장점을 부여해 주는지 잘 알고 있다 하더라도 말이야. 하지만 그 신분이란 게 내가 이 세상에서 희미한 한 가닥 행복과 약간의 즐거움을 누리는 데 방해가 되지 않았으면 좋겠다. 얼마 전에 산책을 하다가 폰 B귀족아가씨를 알게 되었는데 고루한 생활에서도 본래의 여러 가지 천성을 간직하고 있는 사랑스러운 아가씨였어. 대화를 나누는 가운데 서로 호감을 느끼고 헤어지면서 내가 그녀의 집을 방문해도 되겠냐고 물었지. 그녀가 아주 흔쾌히 승낙하기에 방문할 기회를 기다리고 자시고 할 필요도 없었지. 그녀는 이곳 출신이 아니고 숙모네 집에 살고 있어. 숙모라는 노인의 인상이 마음에 들지 않더라고. 하지만 나는 충분히 예의를 갖추고 신경을 써서 대부분 숙모와 대화를 나누었지. 반 시간쯤 지나자 그 아가씨가 나중에 말해 준 정황들이 대충 파악되더군. 그녀의 숙모는 나이가 들수록 모든 게 여의치 않았고, 넉넉한 재산도 이렇다 할 재능도 없고, 조상의 족보 이외에는 의지할 데가 없어 자신이 성채로 삼고 있는 신분 말고는 달리 보호처도 없는 터라, 그 속에 틀어박혀 계단 위에 올라가 시민계급들의 지붕을 아래로 내려다보며 무시하는 낙밖에는 사는 재미가 아무것도 없다는 거야. 숙모가 젊었을 때는 미모가 좀 있어서 삶이 그럭저럭 했다는군. 어렸을 때는 그녀의 변덕으로 가엾은 청년들을 여럿 괴롭혔고, 중년이 되어서는 늙은 장교 밑으로 온순하게 숙이고 들어갔는데 그 장교가 대가로 상당한 생활비를 대주며 그녀와 함께 말년을 보내다 죽었다더군. 지금은 다 늙어서 아무도 없이 혼자 지내는데, 만일 조카가 그렇게 상냥하지 않았다면 아무도 돌봐 줄 사람이 없었을 거야.

1772년 1월 8일

온 정신이 허례허식에만 쏠려 있고, 세월 내내 어떻게 하면 조금이라도 식탁의 상석에 앉아 볼까 골몰하니, 무슨 사람들이 이러냐! 그렇다고 그들이 할 일이 없는 것도 아니면서. 아니야, 일이 없기는커녕 사소한 일에 발끈 신경질을 내느라 정작 제쳐 둔 중요한 일이 산더미같이 쌓여 있지. 지난주에 썰매를 타러 갔을 때도 싸움이 나서 모처럼 유쾌한 기분을 완전히 망쳐 놓았어.

사실 지위란 것은 조금도 중요하지 않고, 최고의 지위에 있다 해도 최고의 역할을 하는 것도 아니라는 사실을 전혀 모르는 어리석은 바보들이야! 얼마나 많은 왕들이 자기 장관에게 지배를 받고, 또 얼마나 많은 장관들이 자기 비서에게 지배를 받는가 말이다! 그럼 과연 누가 최고의 지위에 있는 것인가? 내 생각으로는, 최고의 자리에 있는 사람은 다른 사람들을 두루 널리 관망하는 사람, 자신의 계획을 성취하는 데 다른 사람들의 능력과 열정을 끌어 모을 수 있는 역량과 지략을 많이 가진 사람일 것이다.

1월 20일

사랑하는 로테, 당신에게 편지를 쓰지 않고는 안 되겠습니다. 나는 지금 궂은 날씨를 피해 들어온 조촐한 농가의 작은 방에 있습니다. 우울한 지방 D에서 낯선 사람들, 완전히 낯선 무리 사이에 끼어 부대끼는 동안에는 당신에게 편지를 쓰는 내 마음의 소리에 귀 기울일 겨를이 한 번도, 단 한 번도 없었습니다. 그런데 지금 이 오두막에서, 이 외로움 속에서, 이 좁고 답답한 방에서, 눈보라와 우박이 휘몰아치며 조그만 창문을 때리는 이곳에서 가장 먼저 당신이 떠올랐습니다. 이곳에 발을 들여놓자마자 당신의 모습, 당신에 대한 생각이 나를 덮쳐 왔습니다. 오, 로테! 너무나 성스럽고 너무나 따스하게 말입니다! 아, 하느님! 당신을 처음 본 그 행복한 순간이 되살아났습니다. 그리운 이여, 이렇게 망가질 대로 망가져 버린 지금의 내 모습을 당신이 본다면! 내 감각은 남김없이 다 메말라 버렸습니다. 가슴이 충만해질 때도 없고, 행복한 순간도 찾아볼 수 없습니다! 아무것도 없습니다! 아무것도! 나는 마치 요지경 앞에 우두커니 서 있는 듯한 기분에 사로잡혀, 조그마한 사람들과 말이 빙빙 돌고 있는 것이 착시현상이 아닌가 하고 자문해 봅니다. 거기에 나도 같이 연극을 하면서, 아니 오히려 꼭두각시처럼 놀림을 당하고 있는 것 같습니다. 그러다 때로 나무로 된 옆 사람의 손을 잡고 소스라치게 놀라 손을 뒤로 빼곤 합니다. 저녁이면 아침에 떠오르는 해를 기쁜 마음으로 바라봐야지 하고 다짐하지만, 막상 아침이 되면 침대에서 나오지 않습니다. 낮이 되면 달빛을 바라보며 즐겨야지 하고 마음먹다가도, 정작 밤이면 방 안에 틀어박혀 있습니다. 무엇 때문에 내가 아침에 일어나야 하고 무엇 때문에 밤에 잠들어야 하는지 도무지 알 수가 없습니다.

내 삶에 활력을 주던 효소가 사라졌습니다. 깊은 밤에 나를 생생하게 깨어 있도록 하고, 아침에 잠을 번쩍 깨게 하던 자극제도 없습니다.

그녀 외에는 아무것도 아닌 것

"나는 시 속에서 허세를 부린 적이 한 번도 없네. 내가 체험하지 않은 것이나 뼈저린 고통을 겪지 않은 것을 시로 쓰지도 않았고, 입에 담지도 않았네. 애정시를 쓴 것은 사랑을 하고 있을 때뿐이었네." 사랑에 진실했던 괴테가 베르테르를 낳은 것은 당연한 결과처럼 보인다. 로테와 헤어지고 난 뒤, 베르테르는 삶의 모든 활력을 잃어버린다.

내가 여기서 만난 유일한 여성은 폰 B라는 귀족아가씨입니다. 그녀는 당신과 닮았죠. 로테, 누군가를 당신과 비교할 수 있다면 말입니다. 당신은 "어머! 듣기 좋은 칭찬도 참 잘 하시네요!"라고 말하겠죠. 전혀 틀린 말은 아닙니다. 얼마 전부터 저는 달리 도리가 없기 때문에 무척 애교가 많아지고 농담도 곧잘 해서 여자들이 말하기를 나처럼 세련되게 찬사의 말을 하는 남자를 본 적이 없다고들 한답니다. ('게다가 이젠 거짓말도 하시는군요' 라고 당신은 덧붙이겠죠. 어쨌든 그러지 않고는 사람을 사귀지 못한다는 건 당신도 잘 아시죠?) 제가 폰 B에 대해 얘기하려던 참이었지요. 자신이 지닌 풍부한 영혼이 파란 눈동자에 나타나는 여인입니다. 그녀로서는 지체 높은 신분이 짐이 될 뿐, 마음속에 품고 있는 소망을 채워 주지는 못한답니다. 그녀는 번잡스러운 일상에서 벗어나고픈 동경을 품고 있어 우리는 몇 시간이고 시골 풍경 속에 앉아 순수한 행복을 꿈꾸며 환상에 빠져 있곤 합니다. 아! 그리고 당신 이야기도 하지요! 그녀가 어찌나 당신을 칭송해 마지않던지, 그것도 마지못해서가 아니라 그녀 쪽에서 기꺼이 당신에 대한 이야기를 듣고 싶어 하며, 당신을 사랑하고 있습니다.

아아, 그 아늑하고 정겨운 방에서 당신의 발치에 앉아 있을 수만 있다면, 우리의 귀여운 아이들이 내 주위를 폴짝폴짝 뛰어다니다가 당신이 너무 시끄럽다 하면 내가 아이들을 모아 놓고 무서운 이야기를 들려주어 숨소리도 나지 않을 정도로 조용히 만들었을 텐데요.

흰눈으로 빛나는 지평선 너머로 태양이 장려하게 지고 있습니다. 눈보라도 지나갔으니, 나는 이제 - 다시금 내 새장 속에 들어가 틀어박혀야 합니다. - 안녕! 알베르트도 당신 곁에 있습니까? 그리고 어떻게 되어 가는지? 맙소사, 이런 질문을 하다니, 용서해 주십시오!

2월 8일

일주일이 넘도록 사나운 날씨가 계속 되고 있는데, 나에게는 오히려 잘 된 일이다. 내가 여기에 온 뒤로 하늘에 아름다운 태양이 떠올라 있는 맑은 날이면 어김없이 누군가 그 아름다운 날을 망쳐 버리거나 내 기분을 불쾌하기 만들기 때문이다. 그래서 비가 세차게 퍼붓거나 눈보라가 치거나 날씨가 꽁꽁 얼어붙거나 눈이 녹아 질척거리면 - '하! 잘됐군. 집에 있는 게 나쁠 것도 없지' 라고 생각한다. 아니면 그 반대로 '그래, 오히려 더 잘 됐다' 하지. 아침에 해가 솟아오르며 화창한 날을 예고하면, 나는 이렇게 외치지 않고서는 견딜 수가 없다. '자, 이제 다시 하늘이 선물을 내리니 또 서로 싸울 일이 생겼군.' 서로 싸우지 않고는 되는 일이 하나도 없어. 건강, 명성, 기쁨, 휴식까지도! 전부가 다 그래. 그리고 이런 다툼이 대부분 미숙하고 이해심 없는 편협함에서 비롯된 것인데도 각자 이해관계가 얽히게 되면 자기네 생각이 최상의 의도라는 거다. 나는 종종 그들 앞에 무릎을 꿇고 빌고 싶을 지경이다. 제발 당신네들 그렇게 성급하게 화를 내어 당신들 내장을 온통 뒤집어 놓지 말라고 말이야.

2월 17일

공사와 나는 더 이상 같이 일하지 못할 것 같다. 그 인간은 도저히 견딜 수 없는 존재야. 그자의 일하는 방식이며 업무 처리 방식이 너무나 가소로워 참을 수 없을뿐더러, 내 생각과 방식대로 일을 처리하면 그가 보기에 하나도 제대로 된 게 없는 거다. 최근에 그가 궁정에 가서 나에 대해 호소하는 바람에 장관이 나를 부드러운 말로 질책했는데, 그래도 질책임에는 틀림없지. 그래서 사직서를 제출하려던 차에 장관한테서 개인적인 편지를 받았다.✣ 나는 그 편지 앞에 무릎을 꿇고 장관의 고귀하고 현명한 뜻을 우러러보지 않을 수 없었다. 장관은 내가 너무 지나치게 예민하다고 지적하면서도 활동을 위한 기발한 착상과 다른 사람들에 대한 영향력, 업무에 매진하는 자세가 청년다운 선량한 기개라고 칭찬하면서, 그것을 죽이지는 말고 약간 완화시켜 능력의 진가를 발휘할 수 있도록, 그 역량을 행사할 수 있는 바른 길로 이끌라며 격려해 주었다. 일주일이 지나면서 나도 기운을 차렸고 마음도 좀 가라앉았다. 영혼의 안정이야말로 소중한 것이며, 그 자체로 기쁨이다. 사랑하는 빌헬름, 보석이 아름답고 귀한만큼 또한 쉽게 부서지지 않는다면야 얼마나 좋겠나.

✣ 이 훌륭한 인물에 대한 존경심에서, 여기에 거론된 편지와 훨씬 뒤에 나오는 편지 한 통을 이 서간집에는 넣지 않았다. 독자들이 아무리 따뜻한 애정으로 받아들인다 해도 그런 대담한 행동은 용서받을 수 있다고 생각하지 않기 때문이다.

샤로테 부프와 캐스트너
로테와 알베르트의 모델이 된 샤로테 부프와 캐스트너 부부의 실루엣.

2월 20일

내 사랑하는 그대들에게 신의 은총이 있기를 빕니다. 신이 나에게 허락하지 않은 행복한 나날을 모두 그대들에게 주시기를!

알베르트, 당신이 나를 속인 것에 대해 감사합니다. 난 당신들의 결혼식이 언제인지 소식을 기다리고 있었습니다. 그날이 오면 마침내 로테의 실루엣 그림을 벽에서 떼어 내 서류뭉치 사이에 묻어 버리려 작정하고 있었습니다. 이제 당신들은 부부가 되었는데, 그녀의 그림은 아직도 여기 걸려 있습니다! 그렇다면 그대로 계속 걸어 두겠습니다! 그러면 안 될 이유가 뭐가 있겠습니까? 나 역시 그대들과 함께 있으며, 당신에게 아무런 해도 끼치지 않고 로테의 마음속에 있습니다. 그렇습니다, 난 그녀의 마음속 둘째 자리를 차지하고 있으며, 그 자리를 지키고 싶고 또 지켜야 하겠습니다. 아, 그녀가 나를 잊어버리면 나는 미쳐 버릴 겁니다.—알베르트, 이런 생각 속에 지옥이 존재합니다. 알베르트, 잘 사시오! 잘 살아요, 하늘의 천사 로테여! 잘 살아요!

3월 15일

이곳에 내가 도저히 더 머물 수 없는 몹시 모욕적인 일을 당했다. 이가 부드득 갈려! 젠장! 이런 기분은 보상 받을 수도 없어. 이건 전적으로 너희들 책임이야. 마음에 내키지도 않는 이런 자리에 취직하라고 너희들이 나를 꼬드기고 재촉하고 괴롭히지 않았나. 지금 내가 그러하니 너희들도 그 꼴을 당한 것이나 마찬가지지. 그런데 내 기이한 생각이 모든 것을 망쳐 버린다고 네가 또 말하지 못하도록, 사랑하는 친구에게 마치 연대기 서술자처럼 간단하게 순서에 맞춰 또박또박 얘기해 주마.

폰 C백작이 나를 아끼고 각별히 대해 준다는 사실은 너에게 백 번도 더 말했으니 잘 알겠지. 바로 어제 식사 초대를 받아 백작 집으로 갔다. 그날은 귀족들의 모임이 있던 저녁이라 신사 숙녀분들이 전부 모여들었는데, 나는 우리 같은 아랫사람이 낄 수 없는 자리라는 생각을 전혀 하지 못했어. 어쨌든 좋아. 나는 백작 옆에서 식사를 했고, 우리는 식사를 마치고 나서 커다란 홀을 왔다 갔다 하면서 마침 백작과 같이 있던 B대령과 얘기를 나누었지. 그러는 동안 파티가 본격적으로 시작되었어. 나는 맹세코 아무것도 몰랐다. 그때 아주 고귀하신 폰 S 부인이 귀하신 남편분과 납작한 가슴에 귀여운 코르셋을 몸통에 두른, 피둥피둥 살찐 거위 같은 딸과 같이 들어와서는 가문 대대로 내려온 거만한 눈초리에 콧구멍을 벌름거리며 지나가는 거야. 나는 이런 족속이 너무나 역겨워 당장 자리를 떠야겠다는 생각이 들어 백작이 쓸데없는 수다를 어서 끝내기만을 기다리고 있었는데, 때마침 지난번에 얘기한 B양이 들어왔어. 그녀를 볼 때면 언제나 기분이 좀 밝아지던 터라 그냥 자리에 머물며 그녀의 의자 뒤에 가서 섰어. 시간이 얼마간 지나고 나자 그녀가 평소와는 달리 활달하지도 않고 나와 얘기를 나눌 때 약간 당황스러워 한다는 것을 알아챘어. 그런 태도가 확연히 눈에 띄었지. '이 여자도 역시 다른 족속들하고 똑같구나' 하는 생각에 기분이 상해서 가 버리려고 하다가 그래도 남아 있었어. 그녀가 그럴 만한 이유가 충분히 있을 거라고 생각했고, 도저히 믿을 수 없었을 뿐만 아니라, 그녀에게서 다정한 말을 기대하고 있었기 때문이었지. ─ 너라도 그러지 않겠나. 그러는 사이 사람들이 가득 모여들었어. 프란츠 1세의 대관식 때 복장을 차려입은 F남작을 비롯해, 이곳에서는 직책상의 명칭에 귀족임을 나타내는 '폰'을 붙여 폰 R씨라고 부르는 궁정고문관 R과 그의 귀머거리 부인 등등, 남루한 차림새를 한 J까지 한 무리를 이루었어. 잊을 수 없는 것은 J가 유행에 한참 뒤떨어진 의상에 구멍이 난 곳을 최신 유행하는 헝겊을 대서 기워 놓은 것이었지. 어쨌든 나는 서로 알고 지내던 몇 사람들과 얘기를 나누었는데, 모두들 한결

같이 굳은 표정으로 입을 다물더군. 나는 생각에 잠겨 B양만 주시하고 있었어. 그때도 나는 여자들이 홀 한쪽 구석에서 귓속말을 하다가 그것이 남자들에게까지 번져 폰 S부인이 백작에게 얘기를 하게 되었다는 사실을(이 이야기는 나중에 B양이 얘기해 주었어) 전혀 알아차리지 못했어. 마침내 백작이 나를 창가로 데리고 나왔지. "자네도 알다시피," 백작이 말을 꺼내더군 "우리 사회의 기이한 태도 말일세. 손님들이 자네가 이 자리에 있는 것을 못마땅해하는 것 같네. 시시콜콜 말하려 하지는 않았네만," "각하," 내가 말을 끊었어. "천만 번 사죄 드립니다. 대단히 죄송합니다. 제가 생각이 짧아 미처 그만, 이 실례를 용서해 주실 것으로 믿습니다. 아까부터 하직하려 했습니다만, 무슨 악령에 씌어 있었나 봅니다." 나는 허리를 굽히며 미소를 띠고 덧붙였어. 백작은 많은 말을 품은 감정을 담아 내 손을 꼭 쥐었어. 나는 조용히 그 고귀한 사람들의 무리를 떠나 마차를 타고 M이라는 곳으로 갔다. 언덕에 올라 지는 해를 바라보며 호메로스를 펴들고 오디세우스가 훌륭한 돼지치기로부터 대접을 받는 멋진 서사시를 읽었어. 거기까진 다 괜찮았다.

저녁때가 되어 식사를 하러 다시 돌아왔지. 한구석에는 아직 몇몇 손님들이 식탁보를 뒤집어 놓고 주사위 놀이를 벌이고 있었어. 그때 정직한 아델린이 들어와 모자를 내려놓다가 나를 발견하고는 다가와 나지막이 묻더군. "불쾌한 일을 당했다며?" "내가?" 나는 되물었어. "백작이 자네를 파티에서 쫓아냈다던데?" "빌어먹을 것들!" 내가 말했어. "바깥 공기를 쐬는 게 좋겠다는 생각이 들었던 건 나야." "잘 됐네." 그가 말했어. "대수롭지 않게 여기니 다행이군. 온통 소문이 나버린 게 나로서도 불쾌할 뿐이야." 이 말에 난 드디어 화통이 터져 버렸어. '그래서 식당에 들어올 때 나를 본 사람들마다 그렇게 빤히 쳐다보았던 거로군!' 하는 생각이 들었지. 화가 나서 피가 부글부글 끓

고귀한 사람들

화려한 의상과 장식으로 치장한 귀족들 틈에 베르테르가 설 자리는 없다. 형식과 겉치레에 얽매이는 귀족들에 대한 베르테르의 혐오는 경건주의와 합리주의에 죄어들던 당대 젊은이들의 가슴을 대변한다. 그는 '고귀한 사람들' 의 무리를 떠나 호메로스의 책으로 마음을 달랜다. 언덕 너머로 해가 지는 쓸쓸한 저녁 풍경은 귀족들의 모임에서 느끼는 고립감을 말해 준다.

어올랐다.

더구나 오늘은 가는 곳마다 나를 딱하게 여기질 않나, 평소 나를 질투하던 자들이 신이 나서 고소하다며 떠들어 대는 소리가 들려왔다. "보라고, 머리가 좀 좋다고 우쭐해서 그 잘난 고개를 번쩍 치켜들고 모든 관계를 무시해 버려도 된다고 믿은 오만방자한 놈의 말로가 뻔하지." 게다가 더 심한 험담이 난무했다.-이러니 칼로 심장을 푹 찌르고 싶은 심정이다. 아무리 자신의 의지대로 꿋꿋해야 한다고 쉽게 말하지만, 비열한 인간들이 자기가 좀 유리한 처지에 섰을 때 마구 떠들어 대는 것을 참을 수 있는 사람이 있다면 한번 만나보고 싶다. 그자들의 험담이 전혀 근거가 없는 것이라면, 아, 그러면 차라리 그냥 내버려 둘 수 있으련만.

3월 16일

모든 일이 나를 집요하게 괴롭힌다. 오늘 가로수 길에서 B양을 만났다. 그녀에게 말을 걸지 않고는 못 배기겠기에 사람들과 좀 거리가 떨어지자마자 다가가 최근 그녀가 보여 준 행동에 대해 느낀 감정을 얘기했다. "아휴, 베르테르," 그녀가 진실된 어투로 말하더군. "제 마음을 잘 알고 계시면서, 제 난처함을 꼭 그런 식으로 받아들이시기예요? 제가 홀 안에 들어선 순간부터 당신 때문에 얼마나 힘들었는지 알기나 하세요! 전 이미 다 짐작하고 있었기에 당신에게 귀띔해 주려 했고 수백 번도 더 목구멍까지 말이 올라왔어요. 당신이 그 자리에 계속 있었으면 폰 S부인과 T부인, 그 남편들까지도 불쾌감을 드러낼 거라는 걸 알고 있었으니까요. 백작도 그 사람들과의 관계를 망치고 싶지 않았고-그런데 일이 그만 시끄럽게 된 거죠!" "뭐라고요?" 나는 놀란 마음을 감추려 애쓰며 물었다. 그저께 아델린이 한 말이 순간 끓는 물처럼 뜨겁게 혈관을 타고 흘렀기 때문이다. “저에게도 몹시 괴로운 일이 었어요!” 이 귀여운 여인이 눈물을 글썽이며 말하더군. 나는 내 자신을 더 주체할 수가 없어 그녀의 발밑에 몸을 내던질 뻔했다. “이유를 설명해 주십시오!” 내가 외쳤어. 그녀의 뺨에 눈물이 주르르 흘러내렸어. 나는 정신을 차릴 수가 없었다. 그녀는 눈물을 감추려 하지도 않고 그저 닦아 내기만 했어. “제 숙모를 아시죠?” 그녀가 말하기 시작했어. “숙모도 그 자리에 계셨는데, 아, 그 쳐다보는 눈초리가 어땠는지 아세요! 베르테르, 저는 어제저녁도 꾹 참아야 했고 오늘 아침에도 당신과의 교제에 대해 설교를 들었어요. 당신을 깎아내리고 멸시하는 소리를 듣고 있어야만 했어요. 전 당신을 두둔하는 말을 할 수 없었고 해서도 안 되었답니다.”

그녀의 말 한 마디 한 마디가 내 가슴에 날카로운 비수를 꽂았다. 그런 말은 차라리 덮어 두는 편이 자비로운 일이라는 것을 그녀는 전혀 알지 못했어. 게다가 그녀는 앞으로 무슨 소문이 어떻게 무성하게 번질지, 그 소문에 어떤 부류의 사람들이 만세를 부를지 모른다고 덧붙이더군. 오래전부터 비난을 받아 오던 내 오만과 사람을 깔보는 태도가 이제 벌을 받은 거라고 고소해하며 좋아할 거란다.

빌헬름, 진정 동정 어린 목소리로 그녀가 하던 그 모든 소리가 나를 갈기갈기 찢어 댔고 지금도 화가 치밀어 오른다. 누군가 대놓고 날 비난하는 사람이 있으면 그놈의 몸뚱어리를 칼로 푹 찔러 줄 수 있을 텐데. 그자의 피를 보면 기분이 좀 풀릴 것 같다. 아아, 이 답답하게 죄어드는 가슴에 숨통을 트려고 수백 번도 더 칼을 움켜쥐었다. 혈통 좋은 말이 무섭게 쫓겨 너무 흥분하게 되면 숨을 고르기 위해 자기 혈관을 물어뜯는다는 이야기가 있지. 나도 여러 차례 그런 기분이 든다. 내 혈관을 끊어 영원한 자유를 얻었으면 싶다.

3월 24일

궁정원에 사직서를 제출했으니, 곧 받아들여질 것이다. 너희들에게 미리 양해를 구하지 않은 것을 용서해 주기 바란다. 아무튼 떠나야만 하겠어. 너희들이 계속 있게 하려고 뭐라 설득할지 다 안다. 내 어머니께는 조심스럽게 전해 주라. 나 자신도 어떻게 추스르질 못하니 어머니를 보살피지 못하더라도 이해해 주시길 바란다고. 물론 어머니는 마음 아파하시겠지. 공사관이나 추밀고문관을 목표로 둔 아들의 잘 나가던 행로가 갑자기 끊어져 조랑말을 끌고 마구간으로 돌아오게 되었으니! 어쨌든 알아서 해 줘라. 어찌어찌 했으면 내가 더 있었을지도 모른다는 식으로 적당히 말씀드려 줘. 이제 됐다. 아무튼 나는 떠나고, 어디로 가는지 너희들에게 알려 주마. 나와의 교제에 퍽 흥미를 느끼고 있는 OO군주에게로 떠난다. 그 군주가 내 계획을 듣더니 자기 영지로 가서 아름다운 봄을 함께 보내자고 하더군. 그는 전적으로 내가 하고 싶은 대로 내버려 두겠다고 약속했어. 어떤 면에서 우린 서로가 이해하는 터라, 행운을 바라며 그와 함께 떠날 결단을 내린 상태다.

4월 19일

추신 : 보내 준 두 통의 편지 고맙게 받았다. 궁정에서 사직허가가 나올 때까지 기다리느라 답장을 하지 않았다. 어머니가 장관에게 찾아가 내 계획을 어렵게 만들까 은근히 염려되었기 때문이야. 하지만 이제 일이 처리되었다. 얼마나 마지못해하며 사직허가를 내렸는지, 장관께서 친히 내게 편지를 쓰기까지 했다는 걸 굳이 너희들에게 말하고 싶지는 않다. 그러면 또다시 한탄을 해 댈 테니 말이야. 황태자께서 해직금으로 25두카텐을 주시면서 눈물이 우러나올 정도로 감동적인 인사말까지 해 주셨어. 그래서 최근 편지로 어머니에게 부탁한 돈이 필요 없게 되었다.

5월 5일

내일이면 이곳을 떠난다. 내가 태어난 고향이 가는 길에서 불과 6마일 밖에 안 되니 꼭 들러 보려 한다. 행복한 꿈을 꾸던 옛 시절을 돌이켜 보고 싶어 그런다. 아버지가 돌아가시고 나서 어머니가 지금의 지겨운 도시에 갇혀 살기 위해 그 정겨운 곳을 떠날 때, 내 손을 끌고 지나갔던 바로 그 성문으로 다시 들어가 보고 싶다.

그럼 안녕, 빌헬름! 여행 도중에 소식을 전하마.

5월 9일

사뭇 순례자의 경건한 마음가짐으로 내 고향 순례를 마쳤는데, 예기치 않은 여러 가지 기분에 사로잡히곤 했다. S도시 쪽으로 15분 거리에 보리수나무가 하나 서 있단다. 나는 거기서 길을 멈추고 마차에서 내려 마부에게 먼저 시내로 들어가라고 시켰다. 걸으며 추억들을 다시금 하나하나 생생하게 가슴으로 느끼고 싶었던 거다. 이제 내가 소년이었을 때 산책길의 목적지이자 한계선이던 그 보리수나무 아래 섰지. 그런데 얼마나 변했던지! 그때만 해도 난 철없는 행복 속에서 미지의 세계를 동경하며 그곳에 가면 내 마음을 채워 줄 지극히 많은 양식과 끝없는 기쁨이 있을 거라고 소망했고, 열망과 동경으로 술렁이는 내 가슴을 가득 채우고 만족시켜 주리라 생각했지. 그런데 지금 나는 그 넓은 세상으로부터 되돌아오는 길이다.—아, 친구야! 산산이 부서진 무수한 희망을 가지고, 수포로 돌아간 무수한 계획들을 가지고 말이야!—내 소원의 대상이던 산들이 수없이 내 눈앞에 놓여 있었다. 난 몇 시간이고 그 자리에 앉아 다정하게 눈앞에 아른거리는 숲을 벅찬 감동으로 바라보고, 골짜기에 영혼을 빼앗긴 채 두루 돌아보고 있었다. 시간이 되어 돌아가야 했을 때, 애틋한 아쉬움에 그 정겨운 곳을 떠나기

영혼의 침잠
행복한 꿈을 지녔던 옛 시절을 되살리고픈 마음에 어릴 적 추억의 장소를 돌아보는 베르테르. 그러나 열망과 동경으로 술렁이던 그때의 풍경은 이제 찾아보기 힘들다. '모든 것이 변해 버렸다'는 베르테르의 탄식은 생기를 잃어 가는 그의 사랑과 영혼을 말해 준다. 1893년 보스턴에서 출간된 《젊은 베르테르의 슬픔》의 삽화.

가 얼마나 싫었는지! 시내로 걸어 들어올수록 추억에 남아 있는 옛 별장들에게 일일이 인사를 건넸지만, 새로 지은 집들은 눈에 거슬리더군. 전과는 너무 다르게 모두 변해 있었어. 성문을 들어서자 불현듯 모든 것이 예전으로 되돌아간 것 같았다. 빌헬름, 세세한 건 얘기하지 않으려 한다. 내게는 너무 매혹적이지만 이야기를 하자면 너무 단조로워질 것 같다. 옛날 우리 집이 있던 시장 근처에 숙소를 정하기로 했다. 가면서 보니, 옛날에 깐깐한 노부인이 우리를 한꺼번에 몰아 가두던 학교 교실은 잡화점으로 변했더라. 내가 그 굴속 같은 교실에서 참아야 했던 불안, 가슴 답답함, 눈물, 불안정한 느낌들이 생생하게 떠올랐어. 걸음을 옮길 때마다 마음에 끌리지 않는 게 없었다. 어떤 성지의 순례자라도 일시에 이렇게 많은 종교적 추억을 만나게 되고, 이렇게 성스러운 감동으로 영혼이 가득 차 오르는 일은 없을 것 같다. 이야기를 하자면 끝이 없겠지만 한 가지만 더 하자. 강을 따라 내려오다 어떤 저택에 다다랐다. 어릴 적에 곧잘 다니던 곳이었고, 거기서 우리 사내아이들이 납작한 돌을 물 위에 던지며 누구 게 멀리 가나 물수제비 놀이를 하곤 했지. 기억을 더듬자면, 나는 종종 여기 서서 흐르는 강물을 가만히 들여다보면서 어느새 황홀한 예감에 빠져 물살이 흘러가는 뒤를 계속 눈으로 쫓곤 했지. 모험심에 가득 차 강물이 흘러 닿을 먼 나라들을 상상했는데, 곧 내 상상력은 한계에 부딪히고 말았어. 그래도 계속계속 앞으로 달려가 마침내 나를 잃어버리고 눈에 보이지 않는 아득히 먼 곳을 그려 보곤 했지. 생각해 봐! 빌헬름! 우리의 훌륭한 조상들은 그렇게 좁은 테두리 속에서도 지극히 행복하게 살았으며, 그들의 감정과 창작력은 또 얼마나 천진했는가! 오디세우스가 측정할 수 없는 망망대해와 무한한 대지에 관해 한 이야기는 진정 참되고 인간적이며 내면에서 우러나온 긴박감 있고 신비스러운 것이야. 내가 지금 어린 학생을 붙들고 지구는 둥글다고 가르쳐 줄 수 있다고 한들 무슨 소용이 있겠나? 인간이 세상 위에서 삶을 누리기 위해서는 한 줌의 흙덩이만 있으면 되고, 그 밑에서 영원히 휴식하기 위해서는 더욱 적은 양의 흙으로도 족하지.

나는 지금 군주의 사냥용 별장에 와 있다. 공작과는 아주 잘 지내고 있어. 그는 진실하고 소박한 분이야. 그런데 전혀 정체를 알 수 없는 이상한 사람들이 그의 주변에 모여 있다. 사기꾼으로 보이지는 않지만, 그렇다고 진실한 사람으로 보이지도 않는다. 때로는 그 사람들이 성실해 보이기도 하지만 그래도 신뢰가 가지는 않아. 더 유감스러운 일은 공작은 오직 자기가 읽고 들은 것만을 이야기하는데, 그것도 다른 사람의 관점을 그대로 따른다는 거야.

또한 군주는 내 이성과 재능을 내 마음보다 더 높이 평가하고 있어. 마음이야말로 내가 유일하게 내세울 수 있는 자부심인데도 말이다. 모든 행복과 불행 그리고 힘의 원천이 이 마음인데 말이다. 아, 내가 알고 있는 것은 누구나 다 알 수 있다.—하지만 마음만은 오로지 나만의 것이야.

5월 25일

실현되기까지는 너희들에게 말하지 않으려던 계획이 있었다. 하지만 지금은 그게 실현되지 않았다 하더라도 아무래도 상관없다. 나는 전쟁터에 나가려고 했다. 오래전부터 그런 생각을 품고 있었어. 공작은 모처에 근무하는 장군으로서 그를 따라 여기 온 것도 사실은 그 때문이었지. 산책을 하면서 내 계획을 털어놓았는데, 그분은 적극적으로 나를 말렸어. 어쩌면 그 생각은 열정이라기보다는 망상에 지나지 않았던 것 같다. 그렇지 않았다면 그분의 반대 의견을 귀담아 듣지 않았을 테지.

6월 11일

네가 뭐라고 말하든 나는 여기에 더 머물 수 없어. 대체 여기서 뭘 해야 한다는 말이냐? 하루하루가 지루하기만 하다. 공작은 최대한 잘 해주지만 내 입장은 그렇질 못해. 우리는 근본적으로 너무 달라. 그는 지성인이기는 하지만 지극히 통속적인 지성인일 뿐이야. 그와의 대화는 그저 잘 씌어진 책을 읽는 것 이상은 아무것도 아니야. 일주일만 더 있다가 다시 방랑길에 오를 생각이다. 여기서 한 일 중에 가장 좋았던 것은 그림 그리기였다. 공작은 예술에 대해 조예가 깊은 편이야. 그가 쓸데없는 학문적 지식이나 전문용어에 갇혀 있지 않는다면 예술에 대해 훨씬 더 잘 이해할 텐데, 안타깝다. 내가 자연과 예술에 대해 다감한 상상력을 가르쳐 주면 그는 판에 박힌 예술용어를 휘두르며 단번에 일축해 버리기 일쑤라, 그럴 때마다 이가 갈린다.

6월 16일

그래, 난 나그네, 이 땅을 떠도는 일개 방랑자일 뿐이지! 한데 너희들은 그 이상일까?

6월 18일

어디로 갈 작정이냐고? 너를 믿고 터놓는다. 이주일 동안은 여기 더 머물러야 하고, 그 이후에 OOO에 있는 광산으로 가려 한다고 내 자신을 속였다. 사실은 로테 곁으로 가까이 가고 싶을 뿐, 그게 전부다. 이런 내 마음을 비웃으면서도, 마음이 하는 대로 내버려 두고 있다.

7월 29일

아니, 그게 좋아! 다 잘 된 거야!—내가—그녀의 남편이라면! 오, 나를 창조하신 신이시어, 만일 당신이 그런 지복을 제게 베푸셨더라면 이 몸이 다하는 날까지 끊임없이 기도를 올렸을 것입니다. 원망하는 것은 아닙니다. 제 눈물을 용서해 주십시오. 제 헛된 소망을 용서해 주십시오!—그녀가 내 아내라면! 이 세상에서 가장 아름다운 그녀를 내 품에 안을 수 있다면.—빌헬름, 알베르트가 그녀의 날씬한 몸을 껴안고 있다고 생각하면 내 온몸에 전율이 쫙 끼친다.

그런데, 내가 이런 말을 해도 될까? 빌헬름, 안 될 건 또 뭐가 있겠나? 그녀는 나와 같이 사는 것이 알베르트와 사는 것보다 더 행복했을 거야! 아, 그는 로테가 가슴속에 품고 있는 소망을 모두 채워 줄 수 있는 인물이 못 돼. 감수성이 결여되어 있거든. 감수성의 결여에 대해서 어떻게 생각하든 네 자유지만, 알베르트는 어떤 일에든 같이 공감하는 적이 없어. 아! 바로 그래. 좋아하는 책을 읽으며 로테와 내가 한마음이 되는 대목에 이르고, 그 밖에 수많은 사건에 있어서 제삼자의 어떤 행동에 우리가 감동을 받아 큰 소리로 감탄하게 되는 경우에도. 사랑하는 빌헬름! 그래도 알베르트는 온 영혼을 다해 진심으로 그녀를 사랑하고 있다. 그만한 사랑이면 얻지 못할 게 뭐가 있겠나!

성가신 인간이 찾아와 나를 방해하는군. 내 눈물은 말라 버렸다. 마음도 그저 산란하다.

잘 있어, 빌헬름!

8월 4일

나 혼자만 이렇게 지내는 건 아닌 모양이다. 모든 사람들이 자신의 희망에 속고, 기대에 배신당한다. 나는 보리수 밑에서 살고 있는 그 선량한 부인을 찾아갔다. 맏아들 녀석이 달려와 나를 반갑게 맞이했고, 기뻐하는 소리에 어머니도 밖으로 나왔는데 모습이 퍽 초췌해 보였다. "선생님, 우리 한스가 죽었답니다!" 그녀의 첫마디였다. 한스는 막내아들이란다. 나는 말문이 막혔어. "그리고 제 남편은," 그녀가 말을 이었어. "아무 소득도 없이 스위스에서 돌아오는데, 친절한 사람들이 아니었더라면 구걸까지 할 뻔했답니다. 게다가 오는 도중에 열병까지 걸렸지 뭐예요." 나는 할 말이 없었고, 그저 어린아이에게 돈을 조금 쥐어 주었어. 그녀가 사과라도 두어 개 가져가라고 권해서 못내 받아들고 그 슬픈 추억의 장소를 떠나왔다.

8월 21일

마음이 손바닥 뒤집히듯 돌변하기 일쑤다. 가끔 인생의 즐거운 순간이 다시 보일 조짐을 보이기도 한다. 아! 그것은 단 한순간일 따름이다!- 몽상 속에 빠져 있을 때면 나도 모르게 드는 생각을 누를 수가 없다. '알베르트가 죽으면 어떨까? 그럼 너는! 그러면 로테는-.' 나는 머릿속에 든 망령을 정신없이 좇다가 아득한 심연 앞에 서게 되고, 그제야 소스라치게 놀라 뒤로 물러난다.

내가 성문을 나서 로테를 무도회에 데려가기 위해 처음 만나 갔던 길을 따라 걷자니, 지금은 모든 것이 완전히 변했다! 모든 것이, 모두가 다 지나가 버렸구나! 지난날의 어떤 흔적도, 그때 감동으로 뛰던 맥박의 고동도 전혀 없다. 마치 전성기를 누리던 군주가 화려하게 지어 놓은 성을 죽을 때 사랑하는 아들에게 뿌듯한 마음으로 물려준 다음, 훗날 망령이 되어 돌아와 다 타 버리고 허물어진 성채를 망연자실하게 바라보고 있는 것 같다.

9월 3일

때로 나는 어떻게 다른 사람이 그녀를 사랑할 수 있고, 사랑해도 되는지 도무지 이해할 수가 없다. 내가 이렇듯 오직 그녀만을, 이렇게 마음 깊이, 이렇게 깊이 사랑하고 있는데, 그녀 이외에는 아무도 알지 못하고, 그녀 이외에는 아무것도 가진 것이 없는데!

9월 4일

그래, 그런 거다. 자연이 가을로 기울어 가듯 내 마음속도, 내 주위의 모든 사물도 완연히 가을색으로 물들었다. 나뭇잎들은 노랗게 물들고, 근처의 나무들은 벌써 잎을 떨구었다. 언젠가 내가 이곳에 왔을 때 어떤 농가의 머슴에 대해 써 보낸 적이 있지? 이번에 발하임에 갔다가 그에 대해 수소문해 보았다. 그는 일하던 집에서 쫓겨났는데 그 후로 그에 대해 아는 사람이 아무도 없다더군. 그런데 어제 다른 마을로 가는 길에 그와 우연히 마주쳤다. 내가 말을 걸자 그는 자기 이야기를 늘어놓았는데, 그간의 사정 이야기가 두 배, 세 배로 가슴을 울렸다. 너도 들으면 곧 이해할 거다. 하지만 무엇 때문에 이 모든 이야기를 하려는 것일까? 나를 두렵게 하고 아프게 하는 것을 왜 혼자 참지 못하는 거지? 어째서 너한테 자꾸 부담을 주려는 거냐? 무엇 때문에 네가 나를 동정하며 책망하는 빌미를 주어야 한단 말이지? 이것도 내 운명인가 보다!

내 보기에 그는 약간 부끄러운 기색을 띤 슬픈 표정으로 묻는 말에 조용히 대답을 하더군. 잠시 후 그는 자기 자신과 나를 다시 인식하더니 툭 터놓고 잘못을 고백하고 자기에게 닥친 불행을 호소했다. 친구야, 그의 말 한 마디 한 마디를 그대로 전해 너의 판단에 맡길 수 있다면 좋으련만! 그는 이렇게 고백했다. 그래, 그는 추억을 되살리는 일에

가을, 사랑이 지다

"자연이 가을로 기울어 가듯 내 마음속도, 내 주위의 모든 사물도 완연히 가을색으로 물들었다." 봄날 따뜻한 햇살처럼 빛나던 베르테르의 사랑은 여름날의 충만함을 지나, 푸르름을 잃은 낙엽처럼 그 빛을 잃어 가고 있다. 로테와 함께였던 추억의 장소는 더 이상 그때 그곳이 아니다.

일종의 희열과 행복을 느끼며 솔직히 털어놓았다. 여주인에 대한 자신의 열정이 나날이 커져 가다 마침내 무슨 짓을 하는지조차 모를 지경에 이르렀는데, 그의 말을 빌리면 고개를 어느 쪽으로 돌려야 할지도 모르겠더란다. 그는 뭘 먹을 수도 마실 수도 없고 잠을 잘 수도 없었는데, 목이 콱 막힌 것 같았고, 해서는 안 될 일을 하는가 하면, 시키는 일을 곧잘 잊어버리기도 했다는 거야. 그러던 어느 날, 마치 악령에 씌인 듯, 여주인이 위층 방에 있는 것을 알고 그녀를 따라 올라갔단다. 아니, 오히려 그녀에게 이끌려 갔다는 말이 옳겠다. 그런데 그녀가 자신의 청을 들어주지 않자, 폭력으로 그녀를 차지하려 했다는 거야. 어떻게 해서 자신에게 그런 일이 일어났는지 모르겠을 뿐만 아니라, 하느님께 맹세코 그녀에 대한 자신의 마음은 항상 곧았고, 그녀가 자신과 결혼해서 여생을 함께 보내 주기만을 절절이 염원했을 뿐, 다른 뜻은 전혀 없었다는 거야. 한참 얘기를 하다 말고 갑자기 뭔가 더 할 말이 있는 사람처럼 머뭇거리더니 선뜻 말을 꺼내지 못하더군. 이윽고 그가 수줍게 고백했는데, 여주인이 자기에게 가벼운 애정표현을 허용했고 더구나 얼마간 가까이하는 것조차 허락했다네. 그는 두세 번 말을 중단하다가 이런 말을 하는 것이 그녀의 태도를 나쁘다고 탓하는 것이 아니라고 열심히 변명했어. 그의 말을 빌리자면, 자기는 전과 다름없이 그녀를 사랑하고 존경한다는 거야. 이런 말은 전에는 한 번도 입에 올려 본 적이 없는데, 자기가 미쳤거나 정신 나간 놈이 아니라는 것을 믿어 달라는 뜻에서 이렇게 나한테 털어놓는다는 거였어. —빌헬름, 이 시점에서 내가 한사코 되풀이하는, 오래된 내 노래를 또 읊으려 한다. 내 앞에 서 있던 그 사람, 현재 내 앞에 서 있는 그 사람의 모습을 그대로 너에게 보여 줄 수 있다면 얼마나 좋겠나! 내가 그의 운명에 얼마나 깊이 공감하는지, 그리고 왜 그토록 공감해야만 하는지 네가 느낄 수 있도록 모든 이야기를 그대로 전할 수 있다면 좋으련만! 하지만 이만해도 충분하겠지. 넌 이미 내 운명을 아니까, 그리고 나란 놈에 대해서도 잘 알고. 왜 내가 모든 불행한 사람들에게, 특히 이 불행한 자에게 끌리는지 너는 너무도 잘 알고 있으니까.

이 편지를 다시 죽 읽어 보다가 이야기의 결말을 빼먹은 것을 알았다. 하지만 그 결말은 쉽사리 짐작이 가겠지. 그녀가 자신의 몸을 지키려 실랑이를 하고 있을 때 그녀의 남동생이 들어왔어. 남동생은 오래 전부터 머슴을 미워했고 틈만 나면 쫓아내려 벼르고 있었는데, 그 이유는 현재 아이가 없는 누이가 재혼을 하면 자기 자식들이 받을 유산이 없어질 것을 은근히 염려했기 때문이야. 그래서 머슴 놈을 당장 쫓아내고 부러 일을 더 시끄럽게 만들어 이제는 부인이 원할지라도 다시는 그를 받아들일 수 없게 해 놓은 거야. 지금 그녀는 다른 머슴을 들였는데, 사람들 말로는 이 머슴을 놓고도 그녀가 남동생과 싸움을 벌였다는군. 소문으로는 그녀가 그 사내와 결혼한다는 것이 확실하다는 거야. 만약 그렇게 되면 그는 절대로 그 꼴을 두고 볼 수 없다고 단단히 결심하고 있다네.

내가 너에게 한 얘기는 절대 과장하거나 부풀린 게 아니야. 아니, 오히려 완곡하게, 아주 완곡하게 했다고 봐야 할걸. 게다가 관례적으로 쓰는 도덕적 용어를 사용하다 보니 이야기가 거칠어졌다.

이런 사랑, 이런 진실성, 이런 열정은 결코 문학적으로 지어낸 것이 아니야. 그것은 살아 있는 거다. 우리가 흔히 거칠고 무지하다고 하는 인간계층 속에 오히려 사랑은 최대의 순수를 지니고 살아 있어. 소위 우리 교양인들은 기이한 기형이랄 수밖에 아무것도 아니다! 부디 이 편지를 경건한 마음으로 읽어 주기를 부탁한다. 난 오늘 편지를 쓰면서 마음이 차분해졌어. 다른 때처럼 갈겨쓰거나 날림으로 쓰지 않은 필체만 봐도 알겠지. 사랑하는 친구야, 읽으면서 이 이야기가 또한 네 친구의 이야기이기도 하다는 것을 생각해다오. 그래, 내 과거가 그랬고 앞으로도 그렇게 살아갈 거다. 비록 내가 결단성이나 용기에 있어 이 불행한 자의 절반만큼도 미치지 못하지만. 감히 내가 비교할 수나 있다면 말이다.

9월 5일

로테가 남편이 사업차 머무르고 있는 시골에 짧은 편지를 썼다. 편지는 이렇게 시작해. "가장 사랑하는 나의 당신, 되도록 빨리 오세요. 전 말할 수 없이 기쁜 마음으로 당신이 오기만을 고대하고 있어요." 그런데 그곳에서 온 친구가 알베르트가 사정이 생겨 그렇게 빨리 돌아오지 못한다는 소식을 전했어. 그래서 로테의 편지는 보내지지 못하고 저녁에 내 손에 들어왔다. 내가 그것을 읽으며 웃었더니 그녀가 왜 그러느냐고 물었어.

"신이 내리신 상상력이라는 것이 큰 선물이군요." 내가 큰 소리로 말했어. "순간적으로 전, 이 편지가 저에게 보내는 것이라 제멋대로 생각했습니다." 그러자 그녀는 입을 다물어 버렸어. 내 말에 불쾌해진 것 같아, 나도 그만 입을 다물고 말았다.

9월 6일

로테와 처음으로 춤출 때 입던 간소한 푸른색 프록코트를 벗어 버리기로 결심하는 일은 무척 힘들었다. 하지만 그 코트는 더 봐 줄 수 없을 지경으로 낡아 버렸어. 그래서 깃과 소매부리까지 전과 똑같은 코트로 한 벌 만들라고 시켰다. 거기에 맞춰 입는 노란 조끼와 바지도 같이 만들라고 했다.

그렇지만 썩 마음에 들지는 않는다. 왠지는 모르겠다. —시간이 지나

베르테르처럼

자신의 사랑과 열정에 솔직했던 베르테르의 모습은 사랑과 자유, 감정에의 의지로 불타오르던 18세기 말 유럽 젊은이들의 마음을 단숨에 사로잡았다. 남자들은 베르테르가 입었던 푸른색 프록코트와 노란 조끼를 입고 다녔으며, 여자들은 로테처럼 절대적 사랑을 받기를 원했다.

면 또 괜찮아지겠지.

9월 12일

로테는 알베르트를 마중하기 위해 며칠간 여행을 떠났다. 오늘 내가 그녀의 방에 들어갔을 때 그녀는 막 나오려던 참이었어. 나는 너무나 기뻐 그녀의 손에 입을 맞추었다.

그때 카나리아 새가 거울 쪽에서 날아오더니 그녀의 어깨 위에 앉았어. "새로운 친구예요." 그녀는 이렇게 말하면서 새를 손 위에 올려놓더군. "아이들에게 줄 생각이에요. 너무나 귀여워요! 좀 보세요! 빵 부스러기를 주면 날개를 파닥이며 날아와서는 예쁘게 쪼아 먹는답니다. 저에게 키스도 해요, 보세요!"

그녀가 카나리아에게 입을 쪽 내밀자 새가 그 귀여운 입술에 얼마나 사랑스럽게 주둥이를 갖다 대는지, 마치 재가 누리고 있는 행복을 실제로 느끼고 있기라도 한 듯했어.

"새가 당신에게도 입을 맞추게 할게요." 그녀는 새를 내게 건네주었어. 새의 조그마한 주둥이는 그녀의 입술에서 내 입술로 옮겨 왔고, 새가 쪼아 대는 촉감은 사랑으로 충만한 숨결과도, 향유의 예감과도 같았어.

"새의 입맞춤에" 내가 말했지. "뭔가 욕망이 들어 있군요. 모이를 찾아왔는데 실속 없는 애무에 실망해서 부리를 빼는 모양이 말입니다."

"제 입에서 먹이를 받아먹기도 해요." 그녀가 말했어. 그녀는 빵 부스러기를 입술에 물고 새에게 먹여 주었는데, 그 입술에서는 순수하고도 따뜻한 사랑의 기쁨이 가득한 미소가 번져나고 있었어.

나는 얼굴을 돌려 버렸다. 그녀는 그런 행동을 하지 말아야 했는데!

그런 천상의 순진성과 행복이 가득한 광경으로 내 상상력을 자극하여, 인생의 냉담함 속에 가끔 고요히 잠들어 있는 내 가슴을 깨워서는 안 되는데! 하지만 그러면 왜 안 되겠는가? 그녀는 그렇듯 나를 신뢰하고 있다! 그녀는 내가 자기를 얼마나 사랑하고 있는지 알고 있다!

9월 15일

빌헬름, 이 지상에서 아직 가치가 있는 얼마 안 되는 것에 대해 아무런 생각도 감정도 없이 막 지내는 사람들을 생각하면 화가 치밀어 미칠 지경이다. 너도 그 호두나무를 알고 있지? 성 OO마을의 신실한 목사 집에서 로테와 같이 그 아래 앉아 있던 아름다운 호두나무 말이야! 그 나무는 언제나 나를 영혼의 즐거움으로 가득 차게 해 주었는데! 그 나무가 있어 목사관의 뜰이 얼마나 정답고 시원했던가! 가지들은 또 얼마나 멋들어졌던가! 예전에 나무를 심었던 진실한 목사님에 대한 추억은 또 어떤가. 학교 선생님이 자기 할아버지에게 들었다면서 그 목사님들 중 한 분의 이름을 늘 가르쳐 주곤 했지. 아주 훌륭한 분이었다고 했어. 그 신성한 나무 아래서 그분에 대한 추억을 되살리자면 마음이 다 경건해지까지 했지. 그런데 말이야, 어제 그 학교 선생님이 나무가 잘려 나갔다고 눈물을 글썽이며 우리한테 얘기를 들려주었어.—잘려 나가다니! 내가 미쳐 버릴 것만 같다. 그 나무에 첫 도끼질을 한 개자식을 죽여 버렸으면 싶다. 우리 집 뜰에 있는 나무가 나이 들어 죽어 가는 걸 그대로 보고 있어야 하는 것만으로도 난 슬픔에 빠져 몸이 바짝 마르는데 말이야. 사랑하는 친구야, 그래도 거기엔 한 가지 남은 게 있어! 인간의 감정이라는 것 말이야! 온 마을 사람들이 불평을 하기 시작한 거야. 그 목사 부인이 버터며 달걀 등 선물이 줄어든 사실에서 자신이 그 마을에 어떤 상처를 주었는지를 느낄 수 있기 바란다. 바로 그

라바터

18세기 스위스의 신학자. 《젊은 베르테르의 슬픔》을 집필할 당시 괴테는 라바터의 열렬한 신앙에 매료되어 긴밀한 교제를 나누었다. 질풍노도시대에는 종교에 있어서도 이성과 형식보다 감정을 중요시했는데, 목사 부인을 비판하는 베르테르의 모습에서 이러한 면을 엿볼 수 있다.

여자가 장본인이야. 새로운 목사의 부인인데(우리 목사는 세상을 떠나 버렸다), 비쩍 마르고 병이 많은 여인네야. 아무도 그녀에게 관심을 보이지 않으니 자기도 세상에 전혀 관심이 없을 수밖에 없겠지. 그 바보 여자는 어리석게도 배운 척하며 성서를 연구한답시고 새로 유행되고 있는 기독교의 윤리비판 개혁운동에 열렬히 참가하고, 라바터Lavater의 광신을 경멸하는 둥, 완전히 망가진 건강 탓인지 신이 내려 주신 지상에서의 즐거움은 전혀 모르는 여자야. 그런 피조물이니까 내 소중한 호두나무를 아무렇지도 않게 베어 버릴 수 있겠지. 너 알아? 정말 화가 치밀어! 생각해 봐. 낙엽이 지면 뜰을 지저분하게 하고, 나무가 무성하면 햇빛을 가리고, 호두열매가 익으면 아이들이 돌을 던져 그녀의 신경을 건드리는 통에 신학자 케니코트Kennicott영국의 신학자로 구약성서의 원전비판을 했음나 제믈러Semler독일의 프로테스탄트 신학자로서 종교비판에서 연구의 자유를 주창함, 미하엘리스Michaelis독일의 프로테스탄트 신학자이자 동양학자로 구약성서에 대한 역사비판적 학문을 창립함에 대한 깊은 통찰을 방해했다는 거야. 마을 사람들 중에 특히 노인들이 불만스러워하는 것을 보고 내가 물었어. "왜 가만히 보고만 계셨습니까?" 노인들이 이렇게 대답하더군. "여기 주지사가 한다고 하는데, 사람들이 뭐라 할 수 있나?" 그런데 일이 제대로 벌어진 거야. 목사는 망상가인 자기 부인에게서 밍밍한 수프 말고는 받아먹을 게 없던 터라 이참에 나무 판 돈을 주지사와 둘이 나눠 갖기로 했다는 거다. 그런데 소득관리소에서 그 사실을 알고 "수입을 이리로 가지고 오라!"고 했단다. 그 이유는 호두나무가 서 있던 땅이 여전히 소득관리소의 관할지였기 때문인데, 호두나무는 결국 관리소에서 최고의 입찰가격을 부른 사람에게 팔아 버렸다는군. 어쨌든 나무는 쓰러졌어! 아, 내가 군주였다면! 목사 부인이고 주지사고 소득관리소 직원이고 전부…… 군주라! 그래, 내가 만일 군주라면 내 영토 안에 있는 나무에 대해 무슨 걱정을 하겠나!

10월 10일

로테의 까만 눈동자를 보기만 해도 난 행복하다! 그런데 기분이 상하는 것은, 알베르트는 생각만큼 그다지 행복해 보이지 않는다는 거야. 그 친구는 기대한 것보다–나라면 행복해할 만큼–행복해 보이지 않아. 난 '~라면' 따위의 가정법을 쓰고 싶지 않지만, 지금은 달리 표현할 도리가 없고–이것으로도 분명히 알 수 있다는 생각이 든다.

10월 12일

오시안이 내 마음속에서 호메로스를 밀어내고 말았다. 이 영웅은 진정 얼마나 황홀한 세계로 나를 이끄는가! 나는 뭉게뭉게 피어오르는 안개 속에 싸여 어스름한 달빛 속에 선조들의 정령을 꾀어내는 비바람에 흩날리며 황야를 넘어 방랑한다. 산속에서 우르릉거리는 소용돌이의 성난 울림과 함께, 동굴에 사는 영혼들의 사그라지는 신음소리가 들려오고, 이끼가 끼고 풀이 무성히 자란 사랑하는 이의 묘석 앞에서 고통에 차 절규하며 슬피 우는 소녀의 탄식이 들려온다. 나는 황량한 황무지에서 선조의 발자취를 더듬다 백발이 된 방랑시인을 만나게 되고, 아! 선조의 묘석도 발견한다. 그가 저녁 하늘에 정다운 별들이 파도치는 바다 속으로 숨는 모양을 비탄에 차서 바라볼 때, 이 영웅의 영혼 속에는 과거의 추억이 생생하게 되살아난다. 그 무렵에는 아직 부드러운 빛이 용감한 이들에게 닥친 위험을 밝혀 주었고, 달은 승리하여 화환을 두르고 돌아오는 배를 비춰 주었다. 나는 그의 이마에 드리워진 깊은 비탄을 읽으며, 이제 최후의 용사가 기진한 채 무덤을 향해 비틀거리며 걸어가는 것을 본다. 그는 앞서 이별한 자들의 덧없는 그림자 속에서 다시금 고통으로 작열하는 환희를 들이마시며, 바람에 나부끼는 무성한 풀과 차가운 대지를 내려다보며 절규한다. "방랑자가 돌아올

오시안의 세계로
"오시안이 내 마음속에서 호메로스를 밀어내고 말았다." 호메로스의 시를 읽으며 평화로운 자연 세계에 머물렀던 베르테르는, 점점 탄식과 격정이 존재하는 오시안의 세계로 빠져든다. 앵그르, 〈오시안의 노래〉, 1811~13년경.

것이다. 아름다웠던 나를 아는 그자가 올 것이다. 그리고 그는 이렇게 물을 것이다. '핑갈의 훌륭한 아들, 그 가수는 어디에 있는가?' 방랑자의 발길은 내 무덤 위를 지나갈 것이며, 이 지상에서 부질없이 나를 찾아 헤맬 것이다." 아, 빌헬름! 나는 당장 고귀한 무사처럼 칼을 빼 들고 천천히 죽어 가며 쓰라린 고통으로부터 우리의 군주 오시안을 단칼에 자유롭게 해 주고, 그 해방된 반신半神에게 내 영혼을 딸려 보내고 싶다.

10월 19일

아, 이 빈 자리여! 내 마음속에 느껴지는 이 끔찍한 공허여!—나는 자주 이 생각에 빠져 있다. 한 번만, 단 한 번만 그녀를 이 가슴에 품을 수 있다면, 이 공허함은 완전히 채워지리라.

10월 26일

그래, 확실해. 빌헬름! 모든 것이 점점 더 확실해져. 인간의 존재는 참 보잘것없다. 정말 미미하지. 한 여자친구가 로테를 찾아왔어. 나는 옆방에 가서 책을 손에 들었는데 눈에 들어오지 않아 뭐라도 써 보려고 펜을 들었지. 그녀들이 나지막이 이야기하는 소리가 들리더군. 둘은 누가 결혼을 했다는 둥, 누가 병이 났는데 아주 중병이라는 둥, 별 의미도 없는 사건이며 시내에서 일어난 일들을 이야기했어. "그녀는 마른기침을 하는데, 바싹 말라 얼굴엔 뼈만 남았고 가끔 기절까지 해요. 얼마 살지 못할 것 같아요." 찾아온 여자가 말했어. "N씨도 건강이 아주 안 좋답니다." 로테가 대답하더군. "몸이 심하게 부어올랐대요." 여자친구가 대꾸했지. 그 사이 내 왕성한 상상력은 그 불쌍한 사람들의 침상에 가 있었다. 삶을 등져야 하는 사실을 너무나 두려워하는 그들이 눈에 선했어. 빌헬름! 그런데 그 여자들은 마치 전혀 모르는 낯선 사람들이 죽어 가는 것처럼 아무렇지도 않게 얘기를 나누고 있었다. 나는 방안을 둘러보았어. 주변에 널린 로테의 옷가지며 알베르트의 서류 그리고 지금은 이렇게 친숙해진 가구들과 이 잉크병까지 눈에 들어왔어. 난 생각했다. '봐라, 네가 이 집에서 대체 뭔가 말이다! 하긴 네 친구들은 모두 너를 존경한다! 넌 그들에게 가끔 기쁨을 주고 네 마음은 그들이 없으면 안 될 것으로 보인다. 하지만 막상 지금 네가 떠나면, 네가 이 테두리에서 나와 버린다면? 그들은 과연 너의 상실이 그들의 운명 속에 남긴 빈자리를 얼마나 느낄 것인가? 언제까지? 얼마나 오래?' 아, 인간은 이다지도 덧없는 존재여서, 자신의 존재를 진정 확신할 수 있는 곳에서도, 자기가 현존하는 사실이 유일하고 참된 인상을 남기는 곳, 사랑하는 연인의 추억과 영혼 속에서조차 사라져 소멸해야만 하는 것이다. 그것도 아주 순식간에!

10월 27일

사람들이 서로 이렇듯 냉정할 수 있을까 하는 생각이 들 때마다 나는 내 가슴을 찢고 머리통을 깨 버리고 싶다. 아, 사랑이나 기쁨, 온정과 즐거움도 내가 베풀지 않으면 사람들로부터 받을 수 없는 법이다. 비록 내가 행복으로 가득 찬 마음을 가지고 있다 해도, 내 앞에 냉랭하고 힘없이 서 있는 사람을 행복하게 만들 수는 없는 것이다.

저녁에

내가 아무리 많은 것을 가지고 있다 해도, 그녀에 대한 감정이 그 모든 것을 집어삼킨다. 내가 가진 많은 것들은 그녀 없이는 하나도 없는 것이나 다름없다.

10월 30일

그녀를 껴안을 수 있는 순간이 벌써 수백 번도 더 있지 않았던가! 위대하신 신은 아신다. 그렇게 사랑스러운 존재가 눈앞에 움직이는 것을 보면서도 손으로 붙잡아서는 안 되는 남자의 심정이 어떤지 말이다. 게다가 손으로 붙잡으려는 것은 인간의 가장 자연스러운 충동이 아니던가. 아이들은 제 눈에 들어오는 것이면 무엇이든 손으로 붙잡지 않는가?—그런데 나는?

11월 3일

아아, 신이시어! 잠들 때면 너무나도 자주 그런 소망을 품는다. 그래, 때로 깨어나지 않길 바라며 침대에 눕는 거지. 그러다 다음 날 아침에 눈을 뜨고 다시 태양을 바라보면 비참해진다. 아, 내가 차라리 변덕스러운 인간이라면 날씨나 제삼자 또는 실패한 일 탓으로 돌릴 수 있으련만. 그러면 이 견딜 수 없는 불만이라는 짐을 반만이라도 덜 수 있으련만. 정말 딱하다! 모든 죄가 다 내게 있다는 생각이 역력히 든다.—하지만 죄는 아니다! 됐어, 예전의 온갖 행복의 원천이 그러했던 것처럼 모든 불행의 원천도 내 마음속에 도사리고 있는 것이지. 한때 온갖 감정이 충만하여 걸음을 뗄 때마다 천국이 열리던 인간, 온 세상을 사랑으로 가득 품던 그 인간이 지금의 내가 아닌가? 그런데 이 가슴마저 이제 죽어 버려, 어떤 감흥도 흘러나오지 않으며, 눈물은 메말라 버렸다. 내 감각은 후련히 솟구치는 눈물로도 다시 살아나는 일 없이 불안의 그늘로 이마를 찌푸리게 한다. 너무나 고통스럽다. 내 삶에서 유일한 기쁨을 잃어버렸기 때문이다. 내 주위의 세상을 창조하던 성스러운 활력을 잃어버렸다!—창문 너머 저 멀리 언덕을 바라보면 아침 해가 안개를 뚫고 솟아올라 고요한 초원을 비추며, 낙엽 진 버드나무 사이로 강물이 유유히 내 쪽으로 굽이쳐 온단다.—아! 그러나 이 아름다운 자연도 내 눈앞에 니스를 칠한 그림처럼 딱딱하게 굳은 채 서 있고, 온갖 환희도 내 가슴속에서 한 방울의 행복도 머릿속으로 끌어올리지 못한다. 사나이란 작자가 고작 물이 마른 샘이나 깨진 물통 같은 꼴을 하고 신의 면전에 서 있구나! 나는 몇 번이나 땅바닥에 몸을 던져, 하늘이 청동색으로 완고하게 덮이고 대지가 가뭄으로 메마를 때 비를 갈구하는 농부처럼 신께 눈물을 흘리게 해 달라고 빌었다.

그러나 아아! 신은 우리의 이 간절한 기도에도 비와 햇빛을 내려 주시지 않는다. 생각만 해도 가슴이 아픈 그 시절, 왜 그때가 그리도 행복했던가! 그것은 아마도 내가 인내를 가지고 성령을 기다리고, 신이 내 위로 뿌리는 환희를 절절히 감사하는 마음으로 온전히 받아들였기 때문일 것이다!

11월 8일

그녀는 내가 무절제하다고 나무랐다! 아, 얼마나 사랑스러운 태도였는지! 내 무절제라는 건 내가 종종 포도주 한 잔으로 시작해서 내친 김에 한 병을 다 비워 버리는 버릇을 말한다. "그러지 마세요." 그녀가 말했어. "로테를 생각하셔야죠!" "생각이라고요!" 내가 대뜸 말했어. "그런 말을 할 필요가 있습니까? 생각이야 하지요! 아니, 생각하는 정도가 아닙니다! 당신은 항상 제 영혼 속에 있어요. 오늘도 난, 최근에 당신이 마차에서 내린 그 장소에 앉아 있었습니다." 그러자 그녀는 내가 너무 깊이 빠져 들까 봐 다른 데로 화제를 돌렸다. 빌헬름! 난 허깨비야! 그녀는 나를 자기가 원하는 대로 마음대로 할 수 있어!

11월 15일

빌헬름, 네가 좋은 마음으로 해 준 충고와 나에 대한 진심어린 관심에 감사한다. 하지만 걱정하지 마라. 내가 견뎌 내도록 그냥 내버려 둬. 비록 아무리 고달프다 해도 아직 버틸 힘은 있어. 너도 알다시피 나는 종교를 존중해. 종교는 지친 자에게는 지팡이가 되고 쇠약한 자에게는 청량제가 된다는 걸 나도 잘 알아. 단지—과연 종교가 모든 사람에게 그럴 수 있고, 꼭 그래야만 하는 것일까? 네가 넓은 세상을 한번 돌아본다면, 설교를 들었든 듣지 않았든 종교가 그런 역할을 하지 못했던 사람들이 수없이 많았고, 종교를 그런 역할로 삼지 않으려는 사람들도 수없이 많다는 것을 알게 될 거야. 그런데 꼭 종교가 나에게 그런 역할을 해야 할까? 신의 아들조차도 아버지가 보내 주신 사람들만이 자기 주위에 모여들 것이라 말하지 않았던가? 만약 내가 그분에게 주어진 사람이 아니라면? 내 마음속에서 속삭이는 것처럼, 이제 신께서 직접 나를 당신 곁에 두려고 하신다면?—제발 부탁인데 내 말을 오해하지는 말아 줘. 이 순수한 말 속에 어떤 조소가 섞여 있나 의심하지 말아 달라는 거다. 이것이 너에게 숨김없이 드러내 보이는 내 영혼의 전부다. 그렇지 않으면 차라리 입을 다물고 침묵했겠지. 왜냐하면 나는 나뿐만 아니라 누구나 다 잘 모르는 일에 대해 얘기하느라 말을 낭비하고 싶은 생각이 없기 때문이다. 인간의 운명이란 결국 분수대로 자신에게 주어진 잔을 꼭 참고 다 마셔야 하는 것 아닐까? 하늘에 계신 신마저도 그 잔이 인간의 입술에는 너무 쓰다고 하셨는데, 왜 내가 허세를 부리며 그 잔이 달콤하다는 시늉을 하겠나? 그리고 내 모든 존재가 삶과 죽음의 기로에 서서 떨고, 과거는 마치 섬광처럼 미래의 암울한 심연 위로 번쩍이고, 내 주위를 둘러싼 모든 것이 가라앉으며 세상이 나와 더불어 몰락하는 이 무시무시한 순간에 내가 무엇을 부끄러워해야 한단 말인가?—쫓기다 지치고 의지할 데가 없이 나락으로 떨어진 인간이 그 깊은 곳에서 기어 나오려 어떻게든 힘을 내보지만 헛되이 "주여! 나의 주여! 왜 나를 버리시나이까?" 하고 내지르는 피조물의 목소리야말로 모든 것이 한데 응집된 목소리가 아닌가? 그런데 왜 내가 그런 부르짖음을 부끄러워해야 하는가? 하늘을 한 장의 헝겊처럼 펼치시는 신의 아들마저도 피할 수 없었던 순간인데, 왜 내가 그런 순간을 두려워해야만 하겠나?

11월 21일

그녀는 자신과 나를 파멸시킬 독약을 제조하고 있다는 사실을 느끼지도 못하고 알지도 못한다. 그리고 나는 그녀가 파멸을 부르는 잔을 내미는 것을 받아 황홀한 환락 속에 그 잔을 다 비운다. 그녀가 자주 내게 보내는 그 시선은 무엇을 뜻하는 것일까? 자주라? 아니, 자주 그러는 게 아니라 가끔 나를 바라보며 무의식중에 내비치는, 내 감정의 표현을 받아들이는 호의, 그리고 내가 인내하는 것을 보며 그녀 이마에 드러내는 동정심은 무엇을 뜻하는 것일까?

어제 내가 떠나올 때도 그녀는 손을 내밀며 말했다. "안녕히 가세요, 사랑하는 베르테르!"—사랑하는 베르테르! 그녀가 처음으로 나를 '사랑하는' 사람이라고 불렀고, 그 말이 내 뼈에 사무쳤다. 나는 이 말을 수백 번도 더 되뇌어 보았다. 잠자리에 들며 혼잣말로 중얼거리다가 갑자기 이런 말이 튀어 나왔다. "잘 자요, 사랑하는 베르테르!" 그러고 나자 실없이 혼자 웃지 않을 수 없었다.

11월 22일

나는 이런 기도를 할 수 없는 처지다. "그녀를 제게 맡겨 주십시오!" 하지만 그런데도 때때로 그녀가 내 것이라는 생각을 떨쳐 버릴 수가 없다. 그런데 나는 이렇게 기도할 수도 없다. "그녀를 주십시오!" 그녀는 엄연히 다른 남자의 것이니까. 난 내 고통을 마구 빈정거린다. 이대로 내버려 두면 반대되는 기도문이 줄줄이 끝없이 나오게 될 게다.

이 행복을 맛볼 수만 있다면
나지막한 목소리로 노래를 속삭이는 로테와 달리, 베르테르의 호흡은 너무나 숨 가쁘다. 사랑하는 이에게 자신의 사랑을 표현할 수 없는 고통은 베르테르를 점점 파멸의 길로 몰아간다.

11월 24일

그녀는 내가 인내하고 있다는 것을 느끼고 있어. 오늘 그녀의 시선이 내 가슴을 깊이 뚫고 들어왔다. 내가 갔을 때 그녀는 혼자였어. 나는 아무 말도 하지 않았고, 그녀는 나를 가만히 바라보았어. 그런데 나는 그녀의 사랑스러운 아름다움이 더 보이지 않고, 훌륭한 정신의 빛도 더 보이지 않았어. 그런 것은 모두 내 눈앞에서 사라져 버렸어. 그보다 더 황홀한 눈빛이 나를 휘감았어. 깊은 내면에서 우러난 관심과 아주 감미로운 연민의 빛을 띤 눈빛이었어. 왜 나는 그녀의 발밑으로 몸을 던져서는 안 된단 말인가? 왜 나는 그녀의 목을 껴안고 수천 번 입을 맞추어 답하면 안 되는가? 그녀는 몸을 피해 피아노 앞에 앉더니 조화로운 소리에 맞춰 달콤하고 나지막한 목소리로 노래를 속삭였어. 그녀의 입술이 그렇게 자극적으로 보인 적은 한 번도 없었어. 그 입술은 악기에서 솟아 나오는 달콤한 음색을 들이마시려는 듯 살며시 벌어져 있었고, 그 순결한 입에서 은밀한 메아리가 되울려

나오는 것 같았지.—아, 내가 너에게 이 모습을 그대로 전할 수 있다면 좋을 텐데!—나는 도저히 견딜 수가 없어서 고개를 숙이고 맹세했어. 나는 감히 다시는 키스하려는 마음을 먹지 않겠다. 저 입술! 저 입술 위에는 하늘의 정령이 감돌고 있구나.—그런데도 나는 하고 싶다.—하! 장막이 내 영혼 앞에 가로막혀 있는 꼴이 너도 보이겠지?—이 행복을 맛볼 수만 있다면—그러면 난 스스로 파멸하여 이 죄를 씻을 테다.—과연 죄일까?

11월 26일

때로 나는 혼잣말을 한다. "너의 운명은 유일한 것이니 다른 인생들의 행복을 축하해 줘라.—너처럼 그토록 괴로워하는 자는 아직 누구도 없었다." 그러고 나서 옛 시인의 시를 읽으면, 마치 내 자신의 마음을 들여다보는 것만 같다. 나는 수많은 고난을 견뎌야만 한다! 아, 나 이전에 이렇게 비참한 사람이 과연 있었을까?

11월 30일

나는 아무래도 제정신을 차릴 수가 없다! 어디를 가든 정신을 산란케 하는 사건과 마주친다. 오늘도! 아, 운명이여! 인간이여!

점심때 강을 따라 걸었다. 식욕이 없었어. 모든 것이 황폐해 보였고, 산에서 축축하고 차가운 저녁 바람이 불어 회색 비구름이 골짜기로 몰려가고 있었다. 저 멀리에서 남루한 녹색 외투를 입은 사람이 눈에 띄었는데 그자는 암벽 사이를 이리저리 기어 다니며 약초를 찾고 있는 것 같았지. 내가 다가가자 그 사람은 인기척을 느끼고 뒤를 돌아보았는데, 아주 기묘한 인상을 하고 있었어. 전체적으로 고요한 슬픔이 풍기는 인상에 그 외에는 아주 선량해 보이더군. 검은 머리카락을 두 갈래로 둥글게 말아 핀을 꽂았고 나머지는 굵게 땋아 등 뒤로 늘어뜨리고 있었어. 차림새로 봐서 신분이 낮은 사람으로 보여 뭘 하고 있느냐고 물어도 실례가 안 될 것 같기에, 뭘 찾고 있냐고 물었지. "꽃을 찾고 있는데요." 그는 깊은 한숨을 내쉬며 대꾸했어. "그런데 이상하게 하나도 눈에 띄지 않네요." "지금은 꽃 피는 계절이 아니지 않습니까." 내가 웃으면서 말했어. "꽃은 아주 많아요." 그는 내 쪽으로 내려오면서 말했어. "우리 집 마당에는 장미하고 인동덩굴이 있답니다. 하나는 아버지가 주신 것인데 둘 다 잡초처럼 무성하지요. 어쨌든 벌써 이틀 전부터 꽃을 찾고 있는데, 하나도 없네요. 이 근처엔 늘 꽃이 있었거든요. 노란 꽃, 파란 꽃, 빨간 꽃 게다가 용담초도 아주 예쁜 꽃이랍니다. 그런데 하나도 보이지 않네요." 나는 약간 으스스한 느낌이 들어 말을 돌려 물어보았어. "꽃을 가지고 뭘 할 겁니까?" 그의 얼굴이 움찔거리는 기이한 미소로 일그러지더군. "아무에게도 말하지 않는다면," 그는 손가락을 입에 갖다 대며 말했어. "애인에게 꽃다발을 만들어 주겠다고 약속했답니다." "그것 참 멋지군요." 내가 대답했지. "오, 그녀는 다른 물건도 많이 가지고 있어요. 아주 부자랍니다." "그래도 당신이 주는 꽃다발을 좋아할 거요." 내가 대답했어. "아!" 그는 말을 이었어. "그녀는 보석에다 왕관까지 가지고 있어요." "그녀 이름이 뭡니까?" "네덜란드 의회가 나에게 돈을 지불했더라면," 그가 대꾸했어. "나는 완전히 딴 사람이 되었을 거요! 그래요, 저도 한때는 아주 좋았던 시절이 있었답니다! 지금이야 이 꼴이 되었지만요. 이제 저는 글렀어요." 하늘을 우러러보는 눈물 어린 그의 눈빛이 모든 것을 말해 주고 있었어. "예전에는 행복했나요?" 내가 물었지. "아, 다시 그런 날이 왔으면 좋겠어요! 그때 전 아주 행복했어요. 너무나 신이 나서 마치 물 만난 물고기 같았답니다!" "하인리히!" 그때 마침 길을 걸어오던 노파가 그를 부르는 소리가 들렸어. “하인리히! 도대체 어디 있던 거냐? 널 찾아 사방을 헤맸단다. 자, 밥 먹으러 가자!” “아드님이신가요?” 내가 노파 쪽으로 다가가며 물었어. “예, 불쌍한 내 아들이랍니다!” 노파가 대답했어. “신이 저에게 무거운 십자가를 지우신 거라오.” “저렇게 된 게 언제부터입니까?” 내가 물었어. “이렇게 얌전해진 것도 반년이 채 안 된다오. 천만다행이죠. 그전에 일 년간은 미쳐 날뛰는 바람에 정신병원에 들어가 사슬에 묶여 있었답니다. 이제는 아무에게도 난폭하게 굴지 않고 그저 여왕님이니 황제니 하는 헛소리만 지어낼 뿐이랍니다. 성격이 아주 조용하고 착한 아이여서 집안 살림도 돕고, 필체도 좋았답니다. 그런데 갑자기 침울해지더니 심한 열병을 앓고 나서 그만 미쳐 버렸습니다. 지금은 보시다시피 이 모양이지요. 굳이 말씀을 드리자면,” 나는 쉬지 않고 쏟아지는 노파의 말을 끊으며 물었어. “자기가 한때는 아주 행복했다고 자랑하던데, 그때가 언제입니까?” “어리석은 놈!” 노파는 딱하다는 표정을 지며 외쳤어. “아들놈이 항상 자랑이랍시고 떠들고 다니는 때가 바로 자기가 정신병원에 있었던 때랍니다. 그땐 재가 무슨 짓을 하는지 아무것도 모르고 정신이 나가 있을 때였죠.” 나는 그 얘기에 벼락을 맞은 듯 충격을 받고 노파의 손에 돈을 꼭 쥐어 주고 서둘러 그 자리를 떠나왔다.

“그때가 바로 네가 행복하던 시절이라고!” 시내 쪽으로 황급히 돌아오면서 나는 외쳤어. “물 만난 물고기 같이 행복했다고! 하늘에 계신 신이시어! 당신은 인간이 이성을 갖추기 전의 어릴 때와 다시 이성을 잃었을 때 말고는 행복하지 못하도록 인간의 운명을 만들어 놓으신 겁니까! 불쌍한 인간! 하지만 나는 너를 괴롭히는 정신착란, 너의 우울증이 부럽기도 하다! 그래도 희망에 가득 차서 너의 여왕을 위해 꽃을 따러 다니지 않느냐.–한겨울에도 말이다.–그러고는 꽃을 발견할 수 없다고 슬퍼하면서도, 왜 꽃이 없는지 그 이유를 모른다. 그에 비해 나는 아무런 희망도 없이 목적도 없이 밖으로 훌쩍 나섰다가 똑같은 상태로 다시 집으로 돌아온다. 또 너는 네덜란드 정부가 돈을 지불해 주었으면 괜찮았을 것이라 망상하고 있구나. 정말 축복 받은 자로다! 자신의 불행을 세속적인 장애 탓으로 돌릴 수 있으니 말이다. 넌 느끼지 못하리라! 파괴된 너의 가슴속에, 착란을 일으킨 네 머릿속에 너의 불행이 깃들어 있어 이 세상의 어떤 제왕도 너를 구해 줄 수 없다는 사실을.

병을 고치려는 일념으로 멀리 떨어진 온천을 찾아 여행길에 올랐다가 오히려 병만 더 얻어 더욱 고통스럽게 살아가는 병자를 비웃는 자가 있다면, 또는 양심의 가책에서 벗어나 영혼의 고통을 덜기 위해 성자의 무덤으로 순례를 떠나는 절박한 심정을 조소하는 자가 있다면 그 자는 무참하게 죽어 마땅하리라! 길도 나지 않은 척박한 길에 발바닥이 찢기는 한 걸음 한 걸음은 고뇌하는 영혼을 위한 한 방울 진통제가 되고, 고통을 참으며 걸어간 여행을 마친 그 하루마다 마음은 무거운 짐으로부터 벗어나 평온해지는 것이다.—그런데 너희들은 이것을 광기라고 일컬으며, 안락의자에 앉아 헛소리나 늘어놓을 것인가? 망상이라! 아, 신이여! 당신은 내 흐르는 눈물을 보고 계십니다! 당신이 인간을 이렇게 불쌍하게 만들어 놓으셨습니다. 거기에 이 가난한 재물, 당신에게 바쳐진 약간의 믿음마저도 빼앗아 가는 형제를 주셨습니다. 당신, 당신, 사랑이신 당신을 향한 믿음입니다! 왜냐하면 구원의 뿌리에 대한 믿음, 포도즙에 대한 믿음은 바로 우리가 항상 필요로 하는 구원과 위안의 힘을 가진 모든 존재 안에 계신 당신을 향한 믿음이기 때문입니다. 아버지! 전 당신을 모릅니다! 아버지! 예전엔 제 영혼을 가득 채우시더니 이제는 제게서 등을 돌리셨습니다! 저를 부디 당신 곁으로 불러 주십시오! 침묵하지 마십시오! 당신의 침묵은 이 목마른 영혼을 견딜 수 없게 합니다.—만일 예상치 못하게 돌아온 아들이 목을 끌어안으며 "아버지! 제가 돌아왔습니다! 당신의 뜻에 따라 더 오래 했어야

안개 속의 베르테르

19세기 독일의 낭만주의 화가 프리드리히의 그림은 자연을 통해 인간의 내면세계를 표현한다는 점에서 괴테의 작품과 닮아 있다. 끝이 보이지 않는 안개 속을 내려다보는 방랑자의 쓸쓸한 뒷모습에서, 죽음의 환영에 사로잡혀 황폐한 겨울 풍경 속을 정처 없이 헤매는 베르테르를 본다. 프리드리히, 〈안개 바다 위의 방랑자〉, 1818년경.

하는 여행을 중단하고 돌아왔다고 화내지는 마십시오. 세상은 어딜 가나 노력과 일에 보상과 기쁨이 따르기는 마찬가진데, 제게 그런 것이 다 무슨 소용 있겠습니까? 저는 아버지가 계시는 곳에서만 행복을 느낍니다. 당신의 면전에서 괴로워도 하고 즐거워도 하고 싶습니다"라고 말하는데 어떤 아버지가 화를 내겠습니까?—그런데 하늘에 계신 아버지, 당신이 정녕 그런 아들을 쫓아내려하시나이까?

12월 1일

빌헬름! 지난번에 얘기한 그 남자, 그 행복하고도 불쌍한 자가 로테 아버지의 서기였다네. 남몰래 로테에게 열정을 품고 사모하는 마음이 커지다가 그 사실이 발각되는 바람에 해고를 당했다는 거다. 그래서 미쳐 버린 거야. 이 이야기를 듣고 내가 얼마나 충격을 받고 혼란스러웠는지, 이 건조한 글귀에서 느껴 주기 바란다. 알베르트가 아주 차분하게 그 이야기를 나에게 들려주더군. 아마 너도 알베르트만큼이나 차분하게 이 글을 읽고 있을 테지.

제발, 그만!

결혼반지를 끼고 있는 로테, 그 로테의 손에서 흘러나오는 선율은 베르테르에게 온갖 감정을 불러일으킨다. 뒤셀도르프 괴테박물관에 소장되어 있는 동판화.

12월 4일

제발 부탁이다.—보다시피 난 이제 끝장났어, 더 견딜 수가 없어! 오늘 난 그녀 옆에 앉아 있었어. 앉아 있었다고. 그녀는 피아노를 쳤는데 다채로운 멜로디에 온갖 감정이 다 우러나왔어! 모든! 모든 감정이!—'너는 지금 뭘 원하는 거냐?'—그녀의 어린 여동생이 내 무릎 위에 앉아 인형에게 옷을 입히고 있었어. 내 눈에 눈물이 글썽였어. 고개를 숙이자 그녀의 결혼반지가 눈에 들어왔지.—그만 눈물이 쏟아지더군.—그런데 갑자기 그녀가 옛날의 천상같이 감미로운 멜로디를 연주하기 시작했어. 그러자 그 선율은 마음의 위로와 함께 내 영혼 속에 과거의 추억을 불러일으켰지. 불만에 가득 찬 암울한 시절에, 희망이라곤 죄다 깨져 버린 그때 그 노래를 들었지. 그래서 난 방안을 이리저리 서성거렸어. 갑자기 밀어닥치는 감정의 홍수로 가슴이 미어지는 것 같았어. "제발," 나는 격렬한 몸짓으로 그녀에게 다가가며 말했어. "제발, 그만하세요!" 그녀는 연주를 멈추고 나를 뚫어지게 응시했어. "베르테르," 그녀는 애장을 끊게 하는 미소를 지으며 말했어. "베르테르, 아주 많이 아프신가 보군요. 당신이 가장 좋아하는 곡조차 듣기 싫어하시다니요. 어서 가세요! 가서 안정을 취하세요." 나는 자리를 박차고 나왔어. 신이여! 당신은 제 고통을 아시니, 이제 그만 끝내게 해 주십시오.

12월 6일

어딜 가나 그녀의 모습이 떠나질 않아! 자나 깨나 내 영혼을 가득 채우고 있어! 두 눈을 감으면 여기, 내면의 시력이 하나로 모이는 여기 이 이마 속에 그녀의 까만 눈동자가 나타나. 바로 여기 말이야! 뭐라 표현할 수가 없어. 눈을 감으면, 또 저기에 나타나. 마치 바다처럼, 심연처럼 그녀의 눈동자가 내 앞에, 내 마음속에, 내 이마의 모든 감각을 온통 채우고 있어.

반신이라고 찬양 받는 인간이 도대체 이게 뭔가? 가장 필요한 바로 그 순간에 힘이 빠져 버리지 않는가? 그리고 환희에 들뜨거나 고통 속으로 가라앉을 때, 인간은 그 두 경우를 다 막을 수 없지 않은가? 무한의 충만 속에 자아를 망각하기를 동경하는 순간에도 다시금 둔하고 차가운 의식에 의해 끌려 나오게 되지 않는가?

편집자가 독자에게

나는 우리의 친구 베르테르의 주목할 만한 마지막 며칠에 대한 자필 기록이 많이 남아 있기를 얼마나 바랐는지 모릅니다. 그러면 내가 그가 남긴 편지를 열거하면서 이야기의 흐름을 중단할 필요가 없기 때문입니다.

나는 그의 이야기를 잘 알 만한 사람들의 입에서 정확한 소식을 모으려 애썼습니다. 그들의 이야기는 간단했고, 사소한 일을 제외하고는 내용이 모두 일치했습니다. 단지 거론되는 인물의 성격에 대해서는 의견이 서로 다르고 판단이 분분했습니다.

우리에게 남은 일은, 거듭되는 노력을 들이는 와중에 전해 들을 수 있던 사실을 양심껏 이야기하면서, 고인이 남긴 편지를 그 사이에 끼워 넣고 아주 사소한 쪽지라 할지라도 발견된 것이면 소홀히 취급하지 않고 빼놓지 않는 일입니다. 평범하지 않은 사람들에게서 일어나는 사건일 때는 더욱이 각각의 행동에 대한 인물 본래의 참된 내적동기를 찾아내기가 아주 어렵기 때문에 이 같은 과정을 밟지 않을 수 없었습니다.

베르테르의 영혼 속에 불만과 우울함이 점점 더 깊게 뿌리내리고 뒤엉켜, 그의 전 존재를 점점 더 옭아매게 되었습니다. 정신의 균형은 완전히 깨져 버렸고, 내면의 흥분과 격정은 그의 모든 본성의 힘을 완전히 엉망으로 헤집어 놓아 그 역작용이 마침내 그를 기진맥진하게 만들었습니다. 그는 그런 상태에서 벗어나기 위해 지금까지 온갖 불행과 싸워 왔던 그 어떤 때보다 더 괴로워하며 애를 썼습니다. 마음의 불안은 정신에 남아 있던 모든 힘과 활력과 명민함까지 전부 갉아먹어, 다른 사람과 어울릴 때도 그는 늘 침울했고 불행했는데, 그렇게 불행해질수록 그는 점점 더 빗나가기만 했습니다. 적어도 알베르트의 친구들은 이렇게 말합니다. "순수하고 차분한 알베르트가 오랫동안 소원하던 자신의 행복을 어느 정도 이루었고, 미래에도 이 행복을 유지하려 한 행동을 베르테르는 제대로 판단하지 못했습니다. 베르테르는 가진 재산을 낮에 바로 다 써 버리고 저녁에 궁핍으로 고통스러워하는 그런 사람이었습니다. 알베르트는 그렇게 단시일에 변하는 사람이 아니며, 베르테르가 그를 처음 보았을 때 높이 평가하고 존경한 것처럼 항상 그런 사람이었습니다. 알베르트는 누구보다도 로테를 사랑하고 자랑스럽게 여겼으며, 그녀가 다른 사람들로부터 가장 훌륭한 여성으로 인정받기를 원했습니다. 그러니 알베르트가 약간의 의혹이라도 생기는 일을 막으려 하고, 아무리 순수한 방식이라 하더라도 한순간이나마 자신의 귀중한 재산을 아무와도 나누고 싶어 하지 않은 것에 대해 나쁘게 생각할 사람이 누가 있겠습니까?"

친구들의 말로는, 알베르트는 베르테르가 자기 부인 옆에 있을 때 자주 그 방에서 나갔다고 합니다. 그 이유는 결코 친구에 대한 미움이나 거부감 때문이 아니라 단지 자기가 있으면 베르테르가 부담스러워하는 것을 느꼈기 때문이라고 합니다.

로테의 아버지가 병이 나 방에만 있게 되자 아버지는 로테에게 마차를 보내 그녀를 불러들였습니다. 첫눈이 많이 내려 온 세상을 하얗게 덮은 아름다운 겨울날이었습니다.

베르테르는 다음 날 아침 그녀에게로 떠났는데, 알베르트가 그녀를 데리러 오지 못하면 자기가 대신 데리고 돌아오기 위해서였습니다.

밝고 청명한 날씨도 베르테르의 우울한 기분을 덜어 주지 못했습니다. 둔탁한 압박감이 그의 영혼을 짓누르고 슬픈 영상이 떠나질 않아 고통스러운 생각에만 사로잡힐 뿐, 달리 어쩔 수가 없었습니다.

베르테르가 얼마나 끊임없는 불만 속에 지냈는지, 그의 눈에는 다른 사람의 처지도 점점 미심쩍고 혼란스럽게 여겨지기만 했습니다. 자신

캐스트너

샤로테 부프의 남편 캐스트너. 실제로 캐스트너는 알베르트처럼 매우 성실하고 다정다감한 남편이었다고 한다. 작품과 달리 캐스트너는 자신의 아내에게 품었던 괴테의 열정을 넓은 마음으로 지켜봐 주었으며 괴테와 평생 우정을 나누었다.

이 알베르트와 그의 아내와의 아름다운 관계를 방해했다고 생각하고 자신을 비난하면서도, 그 비난 속에는 로테의 남편에 대한 은밀한 적대감도 섞여 있었습니다.

베르테르의 생각은 로테에게 가는 도중에도 이런 상태에 빠졌습니다. "그래, 그렇지." 그는 남몰래 이를 갈며 혼잣말을 했습니다. "이게 서로 신뢰하며 다정다감하고 부드럽고 모든 것을 같이 나누는 관계란 말인가! 이게 안정감 속에 지속되는 서로에 대한 충실이라고! 싫증과 무관심이겠지! 알베르트는 그토록 소중한 아내보다는 하잘것없는 일에 더 많이 신경 쓰고 있지 않은가? 그는 대체 자신의 행복을 알기나 하는가? 그녀의 가치를 알고나 있으며 그녀를 존중할 줄이나 아나? 그는 그래도 그녀를 가지고 있지, 그녀를 가지고 있다고.—남들이 아는 건 나도 안다고. 이 사실에 이젠 나도 꽤 익숙해졌거든. 그래도 나를 미치게 하고, 질식시킬지도 모른다.—그런데 알베르트가 아직도 나에게 한 가닥 우정을 가지고 있다고? 그는 로테에 대한 내 집착을 가지고 자기 권리를 침해당했다고 생각하는 건 아닐까? 내가 그녀에게 보이는 관심을 말없는 비난으로 여기는 건 아닐까? 나도 그런 것쯤은 잘 알고 충분히 느끼고 있다. 그는 나를 달가워하지 않고, 내가 떠나기를 은근히 바라지. 내가 있는 게 성가신 거다."

베르테르는 때때로 빠른 걸음을 우뚝 멈추고 가만히 서서 다시 돌아가려는 것처럼 보였습니다. 하지만 걸음을 계속 앞으로 내딛으며 이런 생각에 골똘히 잠겨 혼잣말을 중얼거리던 사이에, 내키지 않아 하면서도 어느덧 로테 아버지의 사냥별장에 다다랐습니다.

그는 문을 열고 들어가 로테 아버지와 로테의 안부를 묻던 중에 집안이 술렁이는 것을 알게 되었습니다. 맏아들이 그에게 발하임에서 불행한 일이 벌어졌다며 어떤 농부가 맞아 죽었다는 말을 전했습니다!—그 소식은 베르테르에게 특별히 별다른 느낌을 주지 않았습니다.—그가 방에 들어서자 병중에도 불구하고 사건현장에 나가 조사하려는 노인을 로테가 한사코 말리는 것이 보였습니다. 범인은 아직 밝혀지지 않았는데, 맞아 죽은 사람이 아침에 문 앞에서 발견되어 여러 가지 추측이 나돌고 있었습니다. 그러니까 피살자는 한참 전에 다른 머슴을 쓰고 있던 어느 과부의 머슴이었고, 옛날 머슴은 불만을 품고 집을 나가 버렸다는 둥 말입니다.

이 이야기를 듣자마자 베르테르는 깜짝 놀라며 벌떡 일어났습니다. "정말입니까!" 그가 외쳤습니다. "그리로 가 봐야겠습니다. 한시도 지체할 수 없어요!" 그는 황급히 발하임으로 떠났습니다. 머릿속에는 기억이 생생하게 하나하나 떠올랐습니다. 그는 범행을 저지른 자가 자신과 종종 이야기를 나눴던, 자신에게 아주 귀한 존재이던 그 농부라는 사실을 조금도 의심할 여지가 없었습니다.

시체가 놓여 있다는 술집으로 가기 위해서는 보리수 길을 지나야 하는데, 예전에는 그토록 좋아하던 그 장소가 불현듯 무서워졌습니다. 이웃 아이들이 자주 놀던 문 입구가 피로 물들어 있었습니다. 인간의 감정에 있어 가장 아름다운 사랑과 신뢰가 폭력과 살인으로 변해 버린 것입니다. 커다란 보리수들은 잎이 다 떨어진 채 밤새 내린 서리에 덮여 있었으며, 교회 구내 묘지의 낮은 담 너머 둥그렇게 우거진 아름다운 산울타리는 잎이 떨어져 가지만 앙상했고, 그 틈새로 눈 덮인 묘석들만이 보였습니다.

술집 앞에는 온 마을 사람들이 모여 있었는데, 베르테르가 다가갔을 때 갑자기 고함소리가 났습니다. 멀리 무장한 남자들의 무리가 보이자 누군가 범인을 잡아끌고 온다고 외쳤습니다. 베르테르가 그쪽을 바라보니 의심할 여지가 없었습니다. 그렇습니다! 범인은 과부주인을 그토록 사랑하던 그 머슴이었습니다. 얼마 전에도 베르테르는 남모르는 절망에 빠져 조용히 원한을 품고 배회하던 그와 마주친 적이 있던

겨울, 죽음의 그늘이 드리워지다

살아 있는 모든 것들이 숨을 죽이는 계절, 겨울이 찾아오고 베르테르의 사랑에도 죽음의 그림자가 드리워진다. "커다란 보리수들은 잎이 다 떨어진 채 밤새 내린 서리에 덮여 있었으며, 교회 구내 묘지의 낮은 담 너머 둥그렇게 우거진 아름다운 산울타리는 잎이 떨어져 가지만 앙상했고, 그 틈새로 눈 덮인 묘석들만이 보였습니다." 프리드리히, 〈겨울풍경〉, 1811년.

것입니다.

“이 불행한 사람아, 대체 무슨 짓을 저지른 거야!” 베르테르는 범인에게 달려들며 외쳤습니다.－그자는 베르테르를 조용히 바라보며 침묵으로 일관하더니 마침내 아주 침착하게 대답했습니다. “아무도 그녀를 가질 수 없어요. 그녀도 아무도 가질 수 없을 겁니다.” 사람들이 그를 술집 안으로 끌고 들어갔고, 베르테르는 황급히 그 자리를 떴습니다.

이 처절하고도 엄청난 감동이 베르테르의 존재를 송두리째 뒤흔들어 놓고 말았습니다. 자신의 슬픔이나 불만, 자포자기의 무관심에서 갑자기 벗어나게 되면서, 말할 수 없이 강한 연민에 사로잡혀 무슨 수를 써서라도 그 머슴을 구원해야 한다는 형언할 수 없는 욕구가 베르테르를 사로잡은 것입니다. 머슴이 너무나 불쌍한 나머지 비록 그가 범인이기는 하지만 아무런 죄가 없다고 생각했습니다. 머슴의 처지를 자신의 처지와 똑같다고 여기고 다른 사람들을 설득할 수 있다고 철석같이 믿었습니다. 베르테르는 그를 변호하기를 바랐고, 벌써 열띤 변론이 입안에 떠돌았습니다. 사냥별장으로 황급히 가는 도중에도 법무관 앞에서 이야기할 내용들을 중얼거리지 않고는 배길 수 없었습니다.

방 안으로 들어선 그는 알베르트가 와 있는 것을 보고 순간 기분이 언짢아졌습니다. 그러나 곧 정신을 차리고 법무관에게 자기의 의견을 열렬히 토로했습니다. 법무관은 몇 번이나 고개를 가로저었습니다. 비록 베르테르가 한 인간이 다른 인간을 변호하기 위해 할 수 있는 모든 말을 온갖 열정과 진실을 다해 열렬하게 이야기했다 할지라도, 쉽게 짐작할 수 있듯이 법무관은 그 말에 공감하는 기색이 전혀 없었습니다. 그는 오히려 우리의 친구 베르테르의 말을 끝까지 듣지도 않고 가로막으며 몹쓸 살인범을 두둔한다고 나무라기까지 했습니다! 법무관은 그에게 이런 식이면 모든 법률은 폐지될 것이며 국가의 안전은 무너지고 말 것이라고 타이르면서, 덧붙여 말했습니다. 자신은 이런 사건의 최고 책임자로서 모든 일은 선례의 과정을 따라 순조롭게 진행되어야 한다고 말입니다.

베르테르는 그래도 굽히지 않고 그 사람이 도주하는 것을 돕더라도 너그럽게 봐 달라고 간청했습니다! 이도 물론 법무관은 거절했습니다. 마침내 대화에 끼어든 알베르트가 법무관 편을 들었습니다. 베르테르는 다수에 의해 거절당하고, 법무관이 "안 돼, 그는 구제받을 수 없네!"라고 단호하게 말을 자르자, 격심한 고통을 느끼며 자리를 떴습니다.

베르테르가 법무관의 말에 얼마나 큰 충격을 받았는지는 그의 서류 속에 끼어 있던 쪽지를 통해 알 수 있습니다. 쪽지는 그날 씌어진 것이 틀림없습니다.

넌 구제받을 수 없다. 이 불행한 자여! 나는 우리가 구제받지 못하리라는 사실을 잘 알고 있다.

알베르트가 범인에 대해 법무관에게 한 말은 베르테르의 심기를 극도로 상하게 만들었습니다. 그 말속에는 자신에 대한 감정이 들어 있다는 것을 알아차렸기 때문입니다. 영민한 그로서는 조금만 생각해 봐도 두 사람이 옳다는 것을 곧 인정했을 테지만, 만약 자기가 시인하게 되면 가장 깊은 내면의 자기 존재를 완전히 부정해야 할 것으로 여긴 것입니다.

이 일과 관련해서 우리는 그의 서류 속에서 알베르트와의 관계를 전부 밝혀 줄 만한 쪽지 한 장을 발견했습니다.

알베르트가 점잖고 선량하다는 것을 내 자신에게 되풀이해 말하고 또 말한들 무슨 소용 있겠는가. 그래 봐야 내 오장육부가 찢어지는 것 같을 뿐. 나는 결코 공정할 수가 없다.

포근한 저녁이었고 눈이 녹아들기 시작했기에 알베르트와 로테는 걸어서 돌아왔습니다. 로테는 도중에 여기저기를 두리번거렸는데, 그 모습은 마치 베르테르가 동반하지 않아 아쉬워하는 것 같았습니다. 알베르트가 베르테르의 이야기를 꺼내며 그의 판단이 공정하지 못하다며 비난했습니다. 알베르트는 그의 불행한 열정을 언급하며 가능하면 그를 멀리하고 싶다고 했습니다. "우리를 위해서도 그것이 바람직한 것 같소." 그가 말을 이었습니다. "당신에게 부탁하는데, 앞으로 당신에 대한 그의 태도를 다른 방향으로 돌리도록 하면 좋겠소. 너무 자주 찾아오는 것도 피했으면 합니다. 사람들의 이목을 끌게 되니까요. 벌써 여기저기서 수군대고 있는 모양입니다." 로테는 아무 말도 하지 않았고, 그녀의 침묵이 알베르트의 심기를 건드린 것 같았습니다. 알베르트는 그 이후로 그녀에게 베르테르에 대해 한 마디도 하지 않았을 뿐만 아니라 그녀가 먼저 베르테르의 이야기를 꺼내더라도 말을 끊거나 화제를 다른 데로 돌리곤 했습니다.

베르테르가 그 불쌍한 범인을 구하려 한 헛된 시도는 꺼져 가는 등불의 마지막 불꽃과도 같았습니다. 그럴수록 그는 더욱더 고통과 무위에 빠져 들어갔습니다. 특히 범인이 범행을 부인하고 있어 자신이 증인으로 불려 나갈 수도 있다는 소리를 들었을 때는, 거의 정신을 잃을 지경이었습니다.

지난날 겪은 온갖 못마땅한 일, 공사관에서 있던 불쾌한 일이나 실패로 돌아가 마음의 상처를 받은 모든 일이 마음속에 떠올랐다가 가라앉곤 했습니다. 이러한 일들을 겪었기 때문에 자기가 무위도식하는 생활이 마땅하다고 여겼고, 스스로 모든 희망을 차단해 버리고 자신은 평범한 삶에 맞추어 나갈 가능성조차 잡을 능력이 없다고 생각했습니다. 그는 마침내 뒤로 물러나 자신의 이상야릇한 감정과 생각과 끝없는 열정에 푹 빠져 들어, 그 속에서 자기가 안정을 파괴했다고 하는 사랑스러운 여인과의 슬픈 관계에만 오로지 외골수로 몰두하고, 아무런 목적도 희망도 없이 온 힘을 낭비하며 점점 슬픈 종말로 다가가고 있던 것입니다.

그의 혼란과 열정, 쉴 줄 모르는 충동과 노력, 삶의 피로에 대해서는 우리가 여기에 소개하고자 하는 그가 남긴 편지 몇 통이 더없이 확실한 증거가 될 것입니다.

12월 12일

빌헬름! 나는 지금 사람들이 악령에 쫓기고 있다고 생각하는 그런 불행한 인간의 상태에 놓여 있다. 때때로 나를 엄습하는 그 무언가는 불안도 욕망도 아니다. 알 수 없는 내면의 광란이 가슴을 갈기갈기 찢으며, 목구멍을 꽉 죄어 누른다. 괴롭다! 너무나 괴로워! 나는 지금 인간에게 적의를 띤 이 계절의 끔찍한 밤의 장면 속을 정처 없이 떠돈다.

어젯밤에는 밖으로 나가야만 했다. 갑자기 날씨가 푸근해져 강이 넘치고 개천이 모두 불어나 발하임에 있는 내가 좋아하는 골짜기가 전부 잠겼다는 거다! 밤 열한 시가 넘어 나는 밖으로 뛰쳐나갔다. 달빛 속에 절벽에서 떨어지는 격류가 소용돌이치는 광경은 굉장히 무시무시했다. 넓은 골짜기가 거센 바람에 폭풍이 휘몰아치는 바다가 되어 밭과 목장, 울타리고 뭐고 전부 삼켜 버리며 위아래로 들썩거렸다! 이윽고 검은 구름 뒤로 가려졌던 달이 다시 솟아나자 강물은 공포스러울 정도로 장엄하게 달빛을 반사한 채 무섭게 우르릉거리며 내 앞에서 흘러갔다. 온몸에 전율이 쫙 끼치며 또다시 그리움이 엄습했다! 아, 나는 심연 앞에 두 팔을 활짝 벌리고 마주 서서 깊이깊이 숨을 들이쉬었다! 그리고

밤, 절망의 늪

《젊은 베르테르의 슬픔》에서는 절망과 죽음을 상징하는 달밤의 풍경을 곳곳에서 만날 수 있다. 아침, 저녁, 밤으로의 시간적 변화는 이룰 수 없는 로테와의 사랑 때문에 점점 활기를 잃어 가는 베르테르의 내면을 보여 준다. 소용돌이치는 감정을 주체하지 못하고 점점 절망의 늪으로 가라앉는 베르테르의 영혼을 상징하듯, 암흑의 밤 거센 물결이 그가 좋아하는 발하임의 자연을 삼켜 버린다. 밤의 풍경을 담은 괴테의 그림.

내 고통과 격정이 저 성난 물길과 함께 쓸려 내려가는 환희 속에서 정신을 잃고 있었다!—아! 그런데도 지금 땅에서 발을 떼지 못하는구나. 그러면 이 모든 고통을 끝낼 수 있을 텐데!—내 운명의 모래시계가 아직도 다하지 않았음을 느낀다! 아, 빌헬름! 내가 저 폭풍과 함께 구름을 찢어 버리고 거센 물살을 잡아챌 수 있다면, 나는 기꺼이 인간이기를 포기하고 싶다! 하! 혹시 언젠가는 유폐된 인간에게도 그와 같은 환희가 나누어지지 않을런가?

더운 여름날 산책을 하다가 로테와 함께 쉬던 버드나무 아래를 가슴 아프게 내려다보았다. 그곳도 물에 잠겨 그 버드나무가 어디 있는지조차 분간할 수가 없었다. 빌헬름! 문득 그녀가 사는 초원, 그 사냥별장은 어떻게 되었을까 하는 생각에 미쳤다! 거센 물살에 우리의 정자가 얼마나 망가졌을까! 그러자 과거가 햇살처럼 비쳐 들었다. 마치 감옥에 갇힌 죄수가 가축이나 목장, 고위관직에 대한 꿈을 꾸는 것처럼! 한동안 난 그렇게 서 있었다!—죽을 용기가 있으니 내 자신을 탓할 생각은 없다.—기꺼이 그렇게 하고 싶다.—그런데도 지금 나는 아무 기쁨도 없이 죽어 가는 생명이나마 그저 괴로움의 무게를 덜고 한순간이라도 더 연장하기 위해 남의 집 울타리에서 땔감을 긁어모으며 이집 저집 문전걸식하는 노파처럼 쭈그리고 앉아 있다.

12월 14일

친구야, 이게 대체 무슨 일이지? 나 자신조차 놀랍고 무섭다! 그녀를 향한 내 사랑은 무엇보다도 가장 신성하고 순수하고 형제와 같은 사랑이 아니란 말인가? 이제까지 한 번이라도 죄가 될 만한 소망을 마음속에 품은 적이 있던가? 단언할 수는 없지. 아무튼 꿈이었어! 아, 이토록 모순적인 작용을 알지 못하는 낯선 힘 탓으로 돌린 사람들은 이를 얼마나 진실로 절감하고 있었던가! 오늘 밤이었어! 말하려고만 해도 떨려 온다. 내가 그녀를 품속에 안고 가슴에 꽉 껴안은 채 사랑을 속삭이는 그녀의 입술에 한없이 입맞춤을 퍼부었다. 내 눈동자는 도취된 그녀의 눈동자 속에 떠돌았어! 신이여! 이 불타오르는 기쁨을 지금도 마음 가득히 되새기며 행복을 느끼고 있으니, 저는 벌을 받아야 마땅합니까? 로테! 로테!—나는 이제 끝장이다! 감각은 혼미해서 벌써 일주일 전부터 생각할 능력을 잃어버렸고, 두 눈은 눈물로 넘쳐난다. 나는 어디서도 행복하지 못하고, 동시에 어디서든 행복하다. 나는 바랄 게 아무것도 없고, 요구할 것도 없다. 떠나는 게 더 좋을 것 같다.

이 시기에, 세상을 떠나려는 결심은 이런 베르테르의 정신상태 속에서 점점 확고하게 자리 잡아 갔습니다. 로테에게로 돌아온 뒤부터 줄 곧 그것이 마지막 기대이자 희망이 되었습니다. 하지만 그는 서두를 필요가 없으며 성급한 행동이 되어서는 안 된다고 스스로 타일렀습니다. 그는 최선의 확신과 침착한 결의를 가지고 실행하려 했습니다.

그의 절망과 자기 자신과의 싸움은 이 작은 쪽지에서 엿볼 수 있습니다. 이 쪽지는 아마도 빌헬름에게 보내는 편지의 첫머리인 것 같고, 날짜도 적히지 않은 채 서류 속에서 찾은 것입니다.

그녀의 현존과 운명, 그녀가 내 운명에 대해 보이는 연민이 이미 다 타 버린 내 뇌수腦髓로부터 마지막 눈물까지 짜내고 있다.

장막을 걷어 올리고 그 뒤로 발을 들여놓으면 된다! 그게 다야! 그런데 왜 이렇게 망설이고 주저하고 있는가? 그 장막 뒤의 모습이 어떤지 모르기 때문일까? 한 번 가면 돌아오지 못하기 때문에? 우리 인간 정신의 특성이란, 확실히 알지 못하는 것에 대해서는 암흑과 혼돈만이 있으리라 예감하기 마련인 게다.

마침내 그는 비애에 젖어 익숙해졌으며, 결심도 굳어져 돌이킬 수 없게 되었습니다. 친구에게 쓴 다음과 같은 이중적 의미가 담긴 편지가 그 증거가 될 것입니다.

12월 20일

빌헬름, 그 말을 받아들여 주니, 너의 사랑에 고마움을 전한다. 그래, 네가 옳아. 내가 떠나는 게 좋을 것 같다. 너희들에게 돌아오라는 제안은 썩 내키지 않는구나. 적어도 좀 먼 길로 돌아갔으면 좋겠다. 더구나 서리가 여전하니 길이 좋아지길 바라는 마음이기도 하고 말이다. 나를 데리러 네가 오겠다는 말도 무척 고맙다. 하지만 이주일만 더 미루고,

더 자세한 얘기는 다음 편지에서 하마. 무릇 열매가 익기 전에는 따지 말아야 하는 것이지. 그리고 이주일을 당기고 미루는 차이는 대단한 거다. 어머니에게 좀 전해 줘. 당신의 아들을 위해 기도해 달라고, 그리고 내가 어머니에게 여태까지 저지른 모든 잘못을 용서해 주시길 빈다고 말이야. 내가 기쁨을 주어야 하는 사람들에게 슬픔을 주는 것도 내 운명인 것 같다. 그러면 내가 가장 깊이 신뢰하는 친구야, 잘 지내라! 하늘의 모든 축복이 너와 함께하길 기원한다! 안녕!

그 무렵 로테의 심정은 어떠했는지, 남편이나 불행한 친구에 대한 그녀의 감정이 어떠했는지 우리가 감히 말로 표현할 수는 없습니다. 다만 우리가 그녀의 성격을 알고 있기에 가만히 추측해 볼 수는 있고, 아름다운 영혼을 가진 여성이라면 로테의 영혼에 대해 생각해 볼 수 있고 공감할 수 있겠습니다.

확실한 것은 그녀가 베르테르를 멀리하기 위해 모든 수단을 다해야겠다고 굳게 결심하고 있었다는 것이고, 주저했다면 진심으로 우정 어린 관대함 때문이었습니다. 왜냐하면 그녀는 베르테르가 치러야 할 대가가 얼마나 큰지, 그렇죠, 그에겐 거의 불가능에 가까우리라는 것을 너무나 잘 알고 있었기 때문입니다. 하지만 이즈음에는 그녀도 태도를 고쳐야 하는 상황에 몰렸습니다. 그녀가 베르테르에 대해 침묵을 지켰던 것처럼 남편도 그들 관계에 대해 침묵으로 일관했기 때문입니다. 그럴수록 남편의 믿음에 비추어 그녀의 마음도 그와 같다는 것을 행동으로 증명해야 하는 처지가 되었습니다.

베르테르가 친구에게 보낸 편지를 마지막으로 쓴 날은 바로 크리스마스를 앞둔 일요일이었습니다. 그날 저녁에 베르테르가 로테를 찾아갔을 때 그녀는 혼자 있었는데, 어린 동생들에게 크리스마스 선물로 주려고 마련한 장난감을 정리하고 있던 참이었습니다. 베르테르는 아이들이 무척 기뻐할 것이라고 하면서, 자기도 어렸을 때 예기치 않게 문이 열리면서 촛불이며 사탕과 사과들로 온통 장식된 크리스마스 나무를 보면 하늘나라에라도 온 것처럼 황홀했다는 이야기를 했습니다. "당신에게도," 그녀는 아름다운 미소를 띠어 당황스러운 표정을 숨기며 말했습니다. "당신도 얌전하게 있으면 선물을 받게 될 거예요. 양초라든가 뭐 그런 거 말이에요." "그런데 얌전하게 있어야 한다는 건 뭘 뜻하는 겁니까?" 그가 큰 소리로 물었습니다. "제가 어떻게 하고 있으면 될까요? 어찌할까요? 사랑하는 로테!" "목요일 저녁이," 로테가 말했습니다. "크리스마스잖아요. 그때 어린 동생들이 올 테고 아버님도 오신답니다. 그때 모두 자기 선물을 받게 되니까, 그때 당신도 오세요. 하지만 그 전에는 오지 마세요." 베르테르는 놀라서 멈칫했습니다. "제발 부탁이에요." 그녀가 말을 이었습니다. "이제 그렇게 하기로 했어요. 제 마음을 편하게 해 주셨으면 해요. 이제는 안 되겠어요. 이런 식으로 지낼 수 없어요." 베르테르는 눈길을 다른 데로 돌리고 방 안을 왔다 갔다 하며 이를 악물고 중얼거렸습니다. "이런 식으로 지낼 수 없다!" 자기의 말에 그의 상태가 아주 나쁘게 되었다는 것을 느낀 로테는 이런저런 질문을 하며 그의 생각을 다른 데로 돌리려 했으나 허사였습니다. "알았습니다, 로테!" 그가 외쳤습니다. "앞으로 다시는 당신을 보러 오지 않겠습니다!" "왜 그러시는 거예요?" 그녀가 대답했습니다. "당신은 우리를 다시 볼 수 있고, 또 보러 오셔야 해요. 너무 자주만 아니면요. 아, 당신은 왜 이토록 격렬한 성격과 한번 마음먹은 것이면 뿌리를 뽑고 마는 열정을 가지고 태어나신 건가요!" 그녀는 그의 손을 잡고 계속 말했습니다. "제발 부탁이니, 자제를 좀 하세요! 당신의 정신, 당신의 학식, 당신의 재능이면 얼마든지 다른 여러 가지 즐거움을 줄 거예요. 남자답게 구세요! 당신을 그저 안타깝게 여길 뿐 아무것도 할 수 없는 저 같은 여자에게 쏟는 이 슬픈 집착을, 제발 다른 데로 돌리세요." 그는 이를 깨물고 어두운 표정으로 그녀를 바라보았습니다. 그녀는 그의 손을 잡고 있었습니다. "잠깐만 마음을 가라앉히세요, 베르테르!" 그녀가 말했습니다. "당신이 자신을 속이고, 일부러 파멸로 몰아가고 있다는 걸 모르세요? 베르테르, 왜 저에게 이러세요? 하필 다른 남자의 소유가 된 저에게 말이에요. 당신의 열망을 이렇게 부채질하는 이유가 오직 나를 소유하는 것이 불가능하기 때문이 아닌가 하는 생각도 드네요." 그는 화난 시선으로 그녀를 뚫어지게 응시하면서 그녀가 잡고 있던 손을 뺐습니다. "현명하시군요!" 베르테르가 외쳤습니다. "아주 현명하십니다. 이러라고 알베르트가 지시했겠죠? 정치적이야! 아주 정치적이라고!" "누구라도 그랬을 거예요." 그녀가 대꾸했습니다. "이 넓은 세상에 당신의 마음을 채워 줄 여자가 하나도 없을 것 같아요? 찾겠다고 작정을 하고 한번 찾아보세요. 그러면 반드시 그런 여자를 찾게 된다고 제가 맹세해요. 전 오래전부터 요즈음 당신이 스스로 묶고 있는 이 속박이 당신에게나 우리를 위해 걱정스러웠어요. 마음을 단단히 먹으세요! 여행이라도 하면 기분전환이 될 거예요! 찾아보세요. 당신의 사랑을 받을 가치가 있는 여자를 찾아 돌아오세요. 그래서 우리 다 같이 진정한 우정의 행복을 누리기로 해요."

"그런 말은," 베르테르는 차가운 미소를 띠며 말했습니다. "인쇄해서 온 세상 가정교사들에게 나눠 주는 것으로 추천할 만하군요. 사랑하는 로테! 잠시만 절 가만히 내버려 두십시오. 그러면 다 될 겁니다!" "꼭 그것만은 지켜 주세요. 크리스마스 이브 전에는 오시면 안 돼요!" 그가 막 대답을 하려는데 알베르트가 방으로 들어왔습니다. 그들은 서로 차갑게 인사를 나누고 어색하게 서로 방 안을 왔다 갔다 했습니다. 베르테르가 시시한 이야기를 꺼냈지만 곧 입을 다물었고, 알베르트도 마찬가지였습니다. 그는 아내에게 어떤 일에 대해 물었는데 미처 처리하지 못했다는 말을 듣자 그녀에게 뭐라고 두어 마디 쓴소리를 했습니

시대와 불화한 청년

《젊은 베르테르의 슬픔》은 남녀의 사랑을 다루고 있지만, 사랑만을 말하지 않는다. 그 뒤에는 18세기가 '열정'이라고 부르던 것이 존재한다. 작품은 괴테의 사랑이야기를 담고 있지만, 그 뒤에는 기존 사회체제에 맞섰던 젊은이들의 열정이 어려 있다. 그것은 사랑 · 예술 · 사회 모든 영역을 아우르는 것이었으며, 그렇기 때문에 이 작품이 당대 사회와 불화했던 많은 젊은이들의 마음을 사로잡았던 것이다. 그림은 괴테와 함께 질풍노도운동의 선두에 섰던 실러가 기존 사회의 관습과 고위층의 부패에 대한 저항을 그린 그의 희곡 〈군도〉를 읽어 주는 모습이다.

다. 그 말이 베르테르에게는 차갑다 못해 가혹하게 들렸습니다. 그는 나오려 했지만 선뜻 가지 못하고, 밤 여덟 시가 될 때까지 우물쭈물하고 있었습니다. 그러면서 그의 불만과 불쾌감은 점점 더 커져 저녁식사가 다 준비되었을 때 마침내 모자와 지팡이를 집어 들었습니다. 알베르트가 더 있다 가라고 청했으나 베르테르는 그저 인사치레라 여기고 차갑게 예의를 표하고 그 자리를 나와 버렸습니다.

베르테르는 집으로 돌아와 하인이 불을 밝혀 주려 하자 그의 손에서 등불을 낚아채 혼자 방으로 들어가 버렸습니다. 그러고는 큰 소리로 울고불고 하더니 몹시 흥분해서 혼잣말을 중얼거리며 방 안을 왔다 갔다 하다가 이윽고 옷을 입은 채 침대에 쓰러졌습니다. 밤 열한 시쯤 되서 하인이 조심스럽게 들어와 장화를 벗겨 드려도 되겠냐고 물을 때까지 그는 그러고 있었습니다. 베르테르는 하인이 하는 대로 맡겨 두더니, 내일 아침에 자기가 부르기 전에는 방으로 들어오지 말라고 시켰습니다.

12월 21일, 월요일 이른 아침에 베르테르는 로테에게 다음과 같은 편지를 썼습니다. 이 편지는 그가 죽은 후 봉해진 채로 책상 위에서 발견되었고 그대로 로테에게 전해졌습니다. 나는 이 편지를 일부분씩 나누어 소개하려고 합니다. 그렇게 하는 것이 베르테르가 그 편지를 썼던 상태를 분명히 밝히게 될 것입니다.

로테, 결심했습니다. 나는 죽을 것입니다. 나는 이 편지를 절대로 낭만적인 도취 속에서가 아니라 아주 차분한 가운데, 내가 당신을 마지막으로 보는 날이 될 아침에 쓰고 있습니다. 사랑하는 로테, 당신이 이 글을 읽을 때면 이미, 인생의 마지막 순간까지 당신과 대화를 나누는 것 이외에는 어떤 즐거움도 모르던 이 불안하고 불행한 인간의 뻣뻣하게 굳은 시신 위에 차가운 무덤이 덮여 있을 겁니다. 나는 무시무시한 하룻밤을 보냈습니다. 아! 한편으로는 좋은 밤이기도 했지요. 내가 결심을 굳혀 '죽자!' 라고 굳게 마음먹은 밤이니까요! 어제 내가 극심하게 흥분한 상태로 당신과 헤어져 집으로 돌아와서 온갖 것이 내 마음에 얼마나 사무쳤던지, 당신 곁에 있고 싶다는 모든 희망을 잃고 기쁨을 잃은 내 존재는 처참한 냉기에 휩싸였습니다.—나는 어떻게 왔는지도 모르게 간신히 돌아오자마자 정신없이 무릎을 꿇었습니다. 아, 신이여! 당신은 최후의 청량제로 저에게 더없이 쓰디쓴 눈물을 주셨습니다. 마음속에 수많은 계획과 희망이 소용돌이치고 있었으나 마침내 저에게 단 하나 확고하게 남은 최후의 생각은 바로 '죽어야겠다!' 였습니다.—그대로 드러누워 깨어나던 고요한 아침에도 그 생각은 여전히 마음속에 굳게 자리 잡고 있었습니다. '죽어 버리자!'—절망이 아닙니다. 모든 것을 참고 견디어 온 내가 당신을 위해 희생하겠다는 확신입니다. 그렇습니다, 로테! 무엇 때문에 침묵해야 하겠습니까? 우리 셋 중 하나가 사라져야만 한다면, 그렇다면 제가 사라져야 하겠지요! 아, 나의 진정한 연인이여! 이 갈기갈기 찢어진 가슴속에서 때때로 당신의 남편을 죽여 버릴까! 당신을 죽여 버릴까! 나를 죽여 버릴까! 하는 분노가 치솟기도 했습니다. 나를 죽이면 되겠죠! 아름다운 여름날 저녁에 그 산에 오르면, 나를 기억해 주십시오. 내가 얼마나 자주 이 골짜기에 왔는지를 말입니다. 그리고 당신의 시선을 교회의 묘지 저편에 있는 내 무덤에 보내 주십시오. 지는 해의 노을 속에 무성하게 자란 풀이 바람에 이리저리 흔들리고 있을 것입니다. 이 편지를 쓰기 시작했을 때는 마음이 차분했는데, 지금 나는 어린아이처럼 울고 있습니다. 그 모든 것이 너무나 생생하게 떠오르기 때문입니다.

밤 열 시 무렵 베르테르는 하인을 불러 옷을 입으면서 일렀습니다. 며칠 여행을 떠날 것이니 옷을 손질하고 짐을 꾸려 두라고 말입니다. 지불할 모든 계산서를 받아 오고 빌려 준 책들도 돌려받고, 매주 가난한 사람들에게 얼마씩 주던 돈 이 개월 치를 미리 한꺼번에 주라고 지시 이 했습니다.

그는 식사를 방으로 가져오게 해서 한 다음 법무관에게 갔는데, 마침 법무관은 집에 없었습니다. 베르테르는 깊은 생각에 잠겨 정원을 이리저리 서성거렸는데, 그 모습은 마치 슬픈 추억을 모두 차곡차곡 쌓고 있는 것처럼 보였습니다.

아이들이 그를 조용히 내버려 두지 않고 뒤를 따라다니며 뛰어오르기도 하고 조잘거렸습니다. 내일 모레 그리고 그 다음 날이면 로테의 집에 가서 크리스마스 선물을 받는다고 말입니다. 그러면서 아이들의 상상력이 만들어 내는 기적에 대해서도 떠들어 댔습니다. "내일이라!" 베르테르가 외쳤습니다. "그리고 모레! 그 다음 날이라!" 그가 아이들 모두에게 진심어린 입맞춤을 하고 나서 떠나려 하자 작은아이가 귓속에 대고 뭔가 속삭이려 했습니다. 그 녀석은 큰형이 벌써 새해 인사말을 쓴 연하장을 써 두었다며 아주 커다란 연하장이라고 일러 버렸습니다. 하나는 아버지에게, 하나는 알베르트와 로테 부부에게, 하나는 베르테르 아저씨에게 썼는데 새해 첫날 아침에 드릴 것이라 했습니다. 그는 감격에 싸여 아이들에게 용돈을 조금씩 나누어 주고 법무관에게 안부를 전해 달라는 말을 남기고 눈물을 글썽이며 말을 타고 그 자리를 떠났습니다.

그는 다섯 시 무렵 집에 돌아와 하녀에게 밤에도 난롯불이 꺼지지 않도록 살펴 놓으라고 일렀습니다. 하인에게는 책과 내복을 짐 아래에 잘 싸고 옷가지를 꿰매어 두라고 지시했습니다. 그러고 나서 다음과 같이 로테에게 보내는 마지막 부분을 쓴 것으로 보입니다.

당신은 설마 내가 찾아가리라고 생각지 않겠지요! 내가 당신 말을 고분고분 들어 크리스마스 이브나 되어서야 찾아올 거라고 생각하고 있겠죠. 아, 로테! 오늘이 아니면 영원히 볼 수 없습니다. 크리스마스 날 밤이면 당신은 이 편지를 손에 들고 부들부들 떨면서 당신의 애틋한 눈물로 내 편지를 적실 겁니다. 나는 죽습니다. 죽어야만 합니다. 아, 결심을 하고 나니 얼마나 마음이 편안한지 모릅니다.

그러는 사이에 로테는 이상한 상태에 빠지게 되었습니다. 베르테르와 마지막으로 그런 대화를 하고 난 다음에, 그와 헤어진다면 얼마나 괴로울지, 베르테르가 그녀와 헤어져야 한다면 그는 또 얼마나 고통스러울지 느끼게 되었던 것입니다.

알베르트가 있는 자리에서 로테는 넌지시 베르테르가 크리스마스이브 전에는 오지 않을 것이라 전했습니다. 알베르트는 갑작스레 할 일이 생겨 이웃에 사는 관리에게로 떠나면서 그곳에서 밤을 보내게 될 거라고 했습니다.

그녀는 혼자 앉아 있었습니다. 어린 동생들은 곁에 없었고 그래서 조용히 자신의 처지에 대해 이것저것 생각해 보게 되었습니다. 남편과 자신이 영원히 묶여 있으며, 남편의 사랑과 신뢰를 잘 알고 있고 자기도 남편을 진심으로 대하고 있었습니다. 그의 침착성과 믿음직함은 신실한 아내가 그것을 토대로 인생의 행복을 쌓도록 하늘이 정해 준 것 같았습니다. 그녀는 남편이 그녀와 아이들에게 영원히 그런 존재라고 느꼈습니다. 한편으로는 베르테르도 그녀에게 아주 소중했습니다. 만나자마자 첫눈에 둘의 마음은 그토록 아름답게 공감했고, 그와 관계를 오래 지속해 오며 이제껏 겪은 갖가지 사연이 그녀의 마음에 결코 지울 수 없는 인상을 남긴 것입니다. 그녀가 흥미롭게 생각하거나 느낀 것을 모두 그와 함께 나누는 일에 익숙해졌는데, 그와의 이별은 이제 그녀의 전 존재에 다시는 결코 채울 수 없는 커다란 구멍을 뚫으려는 것처럼 두려웠습니다. 아, 이 순간 베르테르를 오빠로 삼을 수만 있다면 얼마나 행복할까!—그를 자기 친구와 결혼시킬 수만 있다면, 알베르트에 대한 그의 관계도 전처럼 다시 회복될 수 있을 텐데!

로테는 자기 친구들을 하나하나 떠올리며 곰곰이 생각해 보았지만, 저마다 모두 어딘가 부족하다고 느껴져 베르테르에게 어울릴 만한 여자를 찾아낼 수 없었습니다.

이런 생각에 잠겨 있던 그녀는 뭔가 분명치는 않지만, 자기가 진심으로 은밀히 바라는 것은 바로 베르테르를 자기 곁에 붙들어 두는 일임을 처음으로 절실히 느끼게 되었습니다. 그러면서도 그를 붙잡아 둘 수는 없다고, 또 그래서는 안 된다고 스스로 타일렀습니다. 평소에는 순수하고 아름답고 명랑하여 무엇이든 척척 쉽게 해결하던 그녀의 마음이 지금은 행복에 대한 기대가 완전히 막혀 버려 우울함에 짓눌리는 것 같았습니다. 가슴은 답답하게 죄어들고, 검은 먹구름이 눈앞을 캄캄하게 가렸습니다.

그러다 시간이 어느덧 저녁 여섯 시 반이 되었는데, 그때 베르테르가 계단을 올라오는 소리가 들렸습니다. 로테는 발걸음 소리와 그녀를 찾는 목소리로 당장 알아챘습니다. 가슴이 얼마나 두근거렸는지 모릅니다. 그가 왔을 때 그녀의 가슴이 이렇게 심하게 방망이질 친 것은 처음이었습니다. 로테는 그를 만나는 것을 피하고 싶었으나, 막상 그가 들어오자 당황스러운 열정에 휩싸여 이렇게 외치고 말았습니다. "약속을 안 지키셨군요." "전 아무것도 약속한 것이 없습니다" 하고 그가 대답했습니다. "제 청을 조금이라도 들어주셨으면 좋았을 텐데요." 그녀가 대답했습니다. "우리 둘의 안정을 위해 부탁 드린 거였어요."

그녀는 베르테르와 단둘이 있으면 안 되겠다는 생각에 친구 두어 명을 오라고 사람을 보냈을 때도, 자신이 무엇을 하고 있는지 무슨 말을 하고 있는지 정신을 차리지 못했습니다. 베르테르는 가지고 온 책 몇 권을 내려놓으며 다른 책에 대해 물었습니다. 그녀는 친구들이 빨리 와 주기를 바라면서도 한편으로 오지 말았으면 했습니다. 하녀가 돌아와 친구는 둘 다 올 수 없다는 소식을 전했습니다.

그녀는 하녀에게 일감을 가지고 와 옆방에 앉아 있으라고 할까 하다가 곧 생각을 달리 했습니다. 베르테르는 방 안을 이리저리 왔다 갔다 하고 있었고 그녀는 피아노에 앉아 미뉴에트를 치기 시작했는데, 잘 쳐지지 않았습니다. 그녀는 마음을 가다듬고 베르테르에게로 가서 앉았습니다. 베르테르는 자기가 늘 앉던 안락의자에 앉아 있었습니다.

"뭐 읽을 게 없으세요?" 그녀가 물었습니다. 그는 손에 아무것도 들고 있지 않았습니다. "저기 제 서랍 속에," 그녀가 말을 시작했습니다. "당신이 번역해 놓은 〈오시안의 노래〉가 들어 있어요. 제가 아직 그걸 읽지 못했어요. 사실은 당신이 읽어 주기를 바랐는데, 그 이후로 기회가 없었어요. 그럴 기회를 만들려고 하지도 않았고요." 베르테르는 미소를 지으며 노래 원고를 꺼냈습니다. 그 원고를 손에 쥐자 전율이 끼쳤습니다. 원고를 들여다보니 눈물이 솟아올랐습니다. 그는 자리에 앉아 읽기 시작했습니다.

어스름한 밤하늘의 별아, 서편에서 아름답게 빛나고 있구나. 구름 속에서 찬란한 머리를 내밀고 장엄하게 언덕을 넘어가고 있구나. 거친 황야에 무엇을 찾아 눈빛을 던지고 있느냐? 휘몰아치던 사나운 바람은 잔잔해지고, 저 멀리서 시냇물이 속삭거린다. 바위에 부딪치는 물결소리는 멀리서 들려오고, 날벌레 떼들이 들판 위에서 붕붕댄다. 아름다운 별아, 어디를 보고 있는 것이냐? 너는 웃음을 띠며 지나가고, 물결이 기쁜 마음으로 너를 감싸 안고 네 아름다운 머리카락을 적셔 주고 있구나. 잘 가라, 고요한 빛이여. 나타나라, 너 오시안, 영혼의 찬란한 빛이여!

이제 힘찬 빛으로 나타나는구나. 헤어졌던 나의 옛 친구들이 다시 보인다. 그들은 예전처럼 로라 들판으로 모여든다. 영웅 핑갈은 축축한 안개기둥처럼 찾아오고, 용사들이 그를 에워싼다. 보라! 저 노래하는 시인들을. 백발의 울린! 당당한 리노! 사랑스러운 가수 알핀! 그리고 그대, 부드러이 탄식하는 미노나를! — 친구들이여, 셀마 산에서 축제가 있던 이후 그대들은 얼마나 많이 변했는가. 그때 우리는 언덕 위의 봄바람이 가만히 속삭이는 풀잎들을 번갈아 눕히듯 노래를 겨루어 영예를 얻고자 했다.

그때 마침 아름다운 자태로 미노나가 나타났으니, 아래로 내리뜬 두 눈에 눈물을 가득 담고 언덕에서 몰아치는 심술궂은 바람에 머리카락이 세차게 나부꼈다. 그녀의 사랑스런 목소리가 울리자 영웅들의 영혼은 침울해졌다. 그들은 노래에서 때때로 살가르의 무덤과 창백한 콜마의 어두운 집을 보았기 때문이다. 조화로운 목소리를 가진 그녀 콜마는 언덕 위에 홀로 버려졌다. 살가르는 돌아온다고 약속했건만, 어두운 밤이 사방을 에워싸 버리고 말았다. 언덕에 홀로 앉은 콜마의 목소리를 들어 보라.

콜마

캄캄한 밤입니다! 비바람이 휘몰아치는 이 언덕 위에, 나 홀로 길을 잃었습니다. 바람은 산속에서 사납게 울부짖습니다. 물살은 거세게 바위에 부딪쳐 내려갑니다. 비바람이 휘몰아치는 언덕에 버려진 나에게는 비를 피할 오두막조차 없습니다.

오, 달아, 구름을 헤치고 나타나다오! 밤하늘의 별이여, 비추어다오! 한 줄기 빛이라도 비추어 내 사랑하는 사람이 사냥에 지쳐 쉬고 있는 곳으로 나를 데려다다오. 줄을 늦춘 활을 옆에 풀어 놓고, 사냥개들이 헐떡이며 그를 둘러싸고 있는 곳으로! 하지만 나는 여기 물살이 더욱 거세게 흐르는 바위 위에 홀로 앉아 있구나. 물소리와 바람소리는 소란한데, 사랑하는 님의 목소리는 들리지 않는구나.

나의 살가르, 왜 머뭇거리고 있나요? 약속을 잊으셨나요?— 저기에 바위와 나무가 있고 여기에 분명 강물이 흘러요! 밤이 되면 이리로 오겠다고 약속하셨잖아요. 아! 나의 살가르는 어디에서 길을 잃은 것일까? 나는 당신과 같이 도망치려, 아버지와 오빠들을 뿌리쳤어요! 오만한 사람들! 우리 집안은 오랫동안 원수이건만, 우리는 원수가 아니잖아요. 오, 살가르!

아, 바람아, 잠시만 잠잠해져다오, 아, 물결아! 아주 잠시만이라도 조용해다오! 내 목소리가 골짜기에 울려, 길 잃은 내 방랑자가 들을 수 있도록. 살가르! 제가 당신을 애타게 부르고 있어요! 여기에 나무도 있고 바위도 있어요! 살가르! 내 사랑이여! 나 여기 있어요. 왜 당신은 오기를 주저하는 겁니까?

보세요, 달이 나왔어요. 골짜기에 냇물이 반짝이고, 언덕 위에 잿빛 바위가 우뚝 서 있는데, 이 높은 곳에서도 그의 모습은 보이지 않네요. 앞에서 달리던 사냥개들도 그가 왔다는 전갈을 알리지 않으니. 이곳에 홀로 앉아 있어야만 한답니다.

그런데 저 아래 황야에 쓰러져 있는 사람들은 누군가요? 사랑하는 내 님인가요? 내 오빠인가요? 아, 친구들이여, 말 좀 해 주세요! 아무 대답이 없고, 내 마음만 한없이 두렵구나! 아, 그들은 죽어 있구나! 그들의 칼은 결투로 붉게 물들어 있어요! 아, 오빠, 나의 오빠! 왜 내 살가르를 죽였어요? 오, 살가르! 왜 내 오빠를 죽였어요? 둘 다 나에게 너무나 소중한 사람들인데! 아, 당신은 언덕 위의 수많은 사람들 중에서 가장 아름다운 사람이었는데! 오빠는 전쟁터에서 누구보다도 용맹을 떨쳤는데. 대답해 보세요! 사랑하는 사람들이여! 내 목소리를 들어 주세요! 아아! 하지만 그들은 말이 없네! 영원히 침묵하고 있구나! 당신들의 가슴은 흙처럼 차갑군요!

아, 언덕의 바위에서, 폭풍우 치는 산꼭대기에서 말해다오, 죽은 이들의 정령들아! 말해 주세요! 전 무섭지 않아요! ―안식을 구하러 어디로 가 버렸습

오시안의 노래
하프 소리로 로라 들판의 영혼을 깨우는 오시안의 모습을 표현한 제라르의 그림, 1801년.

니까? 산속 어느 동굴에서 당신들을 찾아야만 하나요? 세찬 바람 속에 희미한 목소리조차 들리지 않고, 언덕의 폭풍 속에서 들려오는 대답조차 없구나.

나는 비탄에 잠겨 여기 앉아, 눈물 속에서 아침이 오기를 고대합니다. 죽은 자들의 친구들이여, 무덤을 파 주세요. 하지만 내가 갈 때까지는 흙을 덮지 마세요. 내 삶도 꿈처럼 사라질 것이니, 어찌 나 홀로 남아 있으리오. 우르릉거리는 바위 위에 흐르는 냇가에서, 내 친구들과 나 여기 같이 살리라. 언덕 위에 밤이 깃들고, 황야에 바람이 휘몰아치면, 내 넋은 바람 속에 나부끼며, 내 친구들의 죽음을 슬퍼하리라. 사냥꾼이 오두막에서 내 목소리를 들으면, 두려움에 떨면서도 사랑하게 될 겁니다. 내 목소리는 친구들을 위해 부드럽게 울릴 것이니, 그들은 내 그토록 사랑한 이들이랍니다!

오, 미노나, 살며시 뺨을 붉히는 토르만의 딸이여. 이것이 너의 노래였다. 콜마를 위해 우리의 눈물은 흐르고, 영혼은 침울해진다.

울린은 하프를 들고 나와 알핀의 노래를 들려주었지. —알핀의 목소리는 다정했고, 리노의 영혼은 불꽃과 같았다. 하지만 그들은 이미 좁은 무덤 속에 누워 있고, 그네들의 목소리는 셀마에서 사라져 버렸다. 일찍이 영웅들이 전사하기 전에 울린이 사냥을 마치고 돌아왔을 때, 그는 언덕 위에서 다투어 부르는 용사들의 노래를 들었다. 그 노래는 부드러우면서도 비장했다. 최고의 영웅인 모라르의 죽음을 탄식하는 노래였기에. 그의 영혼은 핑갈의 영혼과 같았고, 그의 칼은 오스카의 칼과 같았다. —그러나 그는 전사했고, 그의 아버지는 탄식했으며 누이의 눈에는 눈물이 가득하여, 훌륭한 용사 모라르의 누이 미노나의 눈에서 눈물이 흘러내렸다. 미노나는 울린의 노래가 울리기 전에 차마 물러섰으니, 서편의 달이 폭풍우가 올 것을 미리 알고 아름다운 얼굴을 구름 속으로 숨기는 것처럼. —나 오시안은 울린이 부르는 비탄의 노래에 맞춰 하프를 탔네.

리노

바람이 잦아들고 비는 멈춰, 한낮이 밝게 개이며 구름이 산산이 흩어진다. 멈추지 않는 태양이 언덕 위로 달아나며 햇빛을 내리고 있다. 골짜기에서는 계곡에 흐르는 물줄기가 붉게 물들어 흐르고 있다. 냇물아, 너의 물소리가 감미롭구나. 하지만 내게 들리는 이 목소리가 더 감미롭단다. 그것은 알핀의 목소리, 그는 죽은 사람들을 애도하고 있다. 그의 고개는 나이가 들어 수그러들고 눈물 어린 두 눈은 빨갛게 물들었다. 알핀, 훌륭한 가수여! 왜 말없는 언덕 위에 홀로 서 있는가? 그대는 왜 숲 속에서 휘몰아치는 돌풍처럼, 먼 기슭에 부서지는 물결처럼 슬퍼하고 있는가?

알핀

리노여, 내 눈물은 죽은 사람들을 위한 것이요, 내 목소리는 무덤 속에서 살고 있는 사람들을 위한 것이로다. 언덕 위에 서 있는 너의 모습은 날렵하고, 황야의 아들들 사이에서도 아름답구나. 그러나 너도 모라르처럼 죽어, 너의 무덤 위에 애도하는 사람이 앉아 있으리라. 언덕은 너를 잊을 것이고, 너의 활은 화살도 없이 덩그러니 홀에 놓여 있을 것이다.

아, 모라르, 너는 언덕을 달리는 노루처럼 민첩했고, 밤하늘의 불꽃처럼 사나웠다. 너의 노여움은 폭풍우와 같았고, 전장에서 싸우는 너의 칼은 황야를 내리치는 번갯불과 같았다. 네 목소리는 비가 온 뒤 숲 속의 급류와 같았고, 먼 언덕 위에 울리는 우레와 같았다. 많은 사람들이 네 손에 쓰러졌으며, 네 분노의 불꽃이 그들을 삼켜 버렸다. 그러나 전쟁터에서 돌아온 후 네 얼굴은 얼마나 평화로웠던가! 네 얼굴은 소나기가 지난 뒤의 태양과 같았고, 고요한 밤의 달과 같았다. 너의 가슴은 사나운 바람이 잦아든 호수처럼 고요했다.

이제 너의 집은 너무나 좁구나! 네 안식처는 너무나 어둡다! 네 무덤은 세 걸음밖에 안 되니, 오, 예전에 그토록 위대하던 그대여! 이제는 이끼 낀 네 개의 망두석만이 너에 대한 유일한 기억으로 남았구나. 잎이 떨어져 앙상한 나무, 바람결에 와삭거리는 무성한 풀만이 용감한 모라르의 무덤을 사냥꾼의 눈에 보여 줄 뿐이다. 너를 위해 울어 줄 어머니도 없고, 사랑의 눈물을 흘려 줄 소녀 하나 없구나. 너를 낳은 어머니는 이미 세상을 떠났고, 모글란의 딸도 전장에서 숨졌다.

지팡이에 몸을 의지하고 있는 저자는 누구인가? 늙어 백발이 성성하고, 눈물로 두 눈이 빨갛게 짓무른 저자는 누구인가? 오, 모라르! 너의 아버지로구나! 너 말고는 아들이라고는 없는 아버지. 아버지는 전장에서의 네 명성을 익히 들었으며, 흩어지는 적군의 이야기를 들었다. 모라르의 명성도 들었지! 아! 그러나 그가 입은 상처에 대해서는 듣지 못했던가? 울어라, 모라르의 아버지여! 울어라! 그러나 아들은 당신의 울음소리를 듣지 못하리니. 죽은 자의 잠은 깊고, 베고 누운 흙베개는 낮으니. 죽은 자에게는 결코 목소리가 들리지 않고, 부르는 소리에 결코 깨어나지도 않으리. 아, 이 무덤에는 언제 아침이 찾아와 잠자는 이에게 '깨어나라!'고 청하게 되려나!

잘 살아라! 인간 중에 가장 고귀한 자여, 그대 전장의 정복자여! 그러나 이제 다시는 너를 전장에서 볼 수 없다! 번득이는 네 칼의 빛이 어두운 숲 속을 밝힐 수도 없다. 너는 아들 하나 남기지 않았으나, 이 노래가 네 이름을 간직하여 길이 너에 대해, 전사한 모라르에 대해 듣게 되리라.

영웅들의 슬픔은 드높았으며, 그 중에서도 아르민의 찢어질 듯한 한숨소리가 가장 컸다. 그는 청춘의 나이에 전장에서 죽은 아들을 생각했기에. 사방에 이름을 떨친 갈말의 군주 카르모르가 영웅들 가까이에 앉아 있었다. '왜 아르민은 저렇게 탄식하며 우는가?' 그가 이렇게 말했다. '여기서 왜 울고 있는가? 넋을 위로하는 즐거운 노래가 울리고 있지 않은가? 노래는 골짜기의 호수에서 피어오르는 부드러운 안개와 같도다. 피어나는 꽃들을 촉촉이 적셔 주지만 태양이 힘차게 떠오르면 안개는 사라져 버리고 만다. 호수로 둘러싸인 고르마의 지배자 아르민이여, 왜 그리도 슬퍼하고 있는가?'

슬프도다! 그래, 나는 지극히 슬프지만 하찮은 이유로 그런 것이 아니라오.

카르모르! 그대는 아들 하나 잃은 적이 없으며, 꽃다운 딸을 잃어 본 적도 없소. 용감한 콜가르도 살아 있고, 가장 아름다운 소녀 아니라도 살아 있다. 오, 카르모르, 네 집의 가지는 번성하리라. 그러나 이 아르민은 가문의 마지막 자손이었다. 오, 내 딸 다우라야, 네 침대는 어둡구나. 무덤 속에서 자는 너의 잠은 답답하겠구나. — 너의 아름다운 목소리로 노래 부르며 깨어날 날은 언제인가? 일어나라! 가을바람이여! 불어라! 어두운 황야 위로 휘몰아쳐라! 숲 속의 거센 물결이여, 마구 쏟아져라! 폭풍아, 떡갈나무 꼭대기에서 울부짖어라! 오, 달아, 갈라진 구름을 헤치고 너의 창백한 얼굴을 보여다오! 내 아이들이 숨진 그 끔찍한 밤을 상기하도록 해다오. 용감한 아린달이 전사하고, 사랑하는 딸 다우라가 죽은 그날 밤을.

내 딸 다우라야, 넌 참 아름다웠다! 푸라 언덕에 떠오르는 달처럼 아름다웠고, 내리는 눈처럼 희고, 숨 쉬는 공기처럼 부드러웠지! 아린달, 내 아들아. 네 활은 강했고, 네 창은 전장에서 빨랐고, 네 시선은 물결 위의 안개와 같았고, 네 방패는 폭풍 속의 불기둥과 같았다!

전장에서 이름을 떨친 아르마가 찾아와 다우라에게 구애를 했고, 다우라는 오래 거절하지는 않았지. 친구들의 희망 또한 아름다웠다.

오드갈의 아들 에라트는 원한을 품고 있었으니, 형제가 아르마르의 칼에 죽었기 때문이었다. 에라트는 뱃사공으로 변장하고 돌아왔소. 그의 배는 파도 위에 아름답기 그지없었고, 귀밑머리는 늙어 하얗게 세어 버렸는데, 진지한 얼굴은 평온했소. '소녀들 중에 가장 아름다운 소녀여,' 그가 말했다. '아르민의 사랑스러운 따님이여, 저기 저 바위 위에, 그리 멀지 않은 저 바다 가운데, 붉은 나무 열매가 반짝이고 있는 곳, 저기서 아르마르가 그대 다우라를 기다리고 있습니다. 나는 아르마르의 연인인 그대를 안내하기 위해 물결치는 거친 바다를 건너왔습니다.'

다우라는 그를 따라가며 아르마르를 불렀지만, 바위에 부딪치는 메아리 외에는 대답이 없었습니다. '아르마르! 내 사랑! 그리운 이여! 왜 이렇게 나를 애

타게 하시나요? 아르나르트의 아들이여, 들어 주세요! 다우라가 와서 당신을 부르고 있어요!'

배신자 에라트는 웃으면서 육지로 달아났도다. 다우라는 목청을 높여 아버지와 오빠를 불렀다. '아린달! 아르민! 다우라를 구해 줄 사람이 아무도 없나요?'

그녀의 목소리는 바다를 넘어 울려 왔다. 그때 내 아들 아린달이 사냥을 하다 언덕을 뛰어 내려갔다. 허리춤에 찬 화살다발이 덜컥이고 손에는 활을 들고 있었다. 짙은 회색 사냥개 다섯 마리가 그를 따랐다. 바닷가에서 뻔뻔한 에라트를 발견하여 붙잡아 떡갈나무에 묶어 놓으니, 허리를 칭칭 동여매인 에라트가 내지르는 신음소리가 바람을 가득 채웠다.

아린달은 다우라를 데려오려고 바다 위에 배를 띄워 파도를 헤치며 나갔다. 그때 격분한 아르마르가 나타나 회색깃털이 달린 화살을 쏘았다. 오, 그 화살이 내 아들 아린달의 심장에 박혀 버렸다! 배신자 에라트 대신 내 아들이 죽다니, 배는 바위에 닿았으나 아린달은 그 속에서 쓰러져 죽었다. 오, 다우라! 네 발밑에 오빠의 피가 흐르니 슬픔이 오죽했겠느냐!

사나운 파도가 배를 부수어 버렸다. 아르마르는 바다로 뛰어들었으니, 다우라를 구하든지 자신이 죽든지 하려던 것이었다. 갑자기 언덕에서 돌풍이 파도를 거세게 몰아쳐 아르마르가 물속으로 가라앉더니, 다시 떠오르지 않았다.

파도가 철썩이는 바위 위에 홀로 서서 나는 내 딸이 울부짖는 비탄의 소리를 듣고 있었다. 딸의 울부짖음은 처절하고 드높았으나, 아버지인 나는 딸을 구할 길이 없었다. 밤새도록 나는 바닷가에 서서 어스름한 달빛 속에 있는 내 딸을 보았소. 밤새도록 딸이 울부짖는 소리를 들었던 것이오. 거센 바람도 요란하게 휘휘 불었고, 세찬 비가 산자락을 때리고 있었다. 아침이 되기 전에 외치던 딸의 목소리가 약해지더니 바위 틈새 풀잎들 사이에 스미는 저녁바람처럼 죽어 사라졌다오. 딸은 애통함에 젖어 죽었고, 이 아르민 혼자 남았구나! 전장에서의 내 패기가 꺾이고, 모든 처녀들 사이에서의 내 자랑도 사라졌다.

산에서 폭풍이 몰아칠 때면, 북풍이 파도를 드높일 때면, 나는 노호하는 바닷가에 앉아 저 끔찍한 바위를 바라본다. 저물어 가는 달 속에 내 아이들의 넋이 가엾게도 조화롭게 어울려 어스름히 돌아다니고 있는 것을 본다.

로테의 눈에서 왈칵 쏟아져 내린 눈물이 답답하게 짓눌린 그녀의 가슴에 얼마쯤 숨통을 트이게 했습니다. 그녀의 흐느낌에 베르테르는 낭송을 중단했습니다. 그도 원고를 내던지고 그녀의 손을 꼭 잡고 쓰디쓴 눈물을 흘렸습니다. 로테는 다른 손으로 손수건을 꺼내 눈을 가렸습니다. 두 사람의 감동은 엄청난 것이었습니다. 고귀한 인물들의 운명 속에서 자신들의 불행을 그대로 느낀 그들은 함께 공감했으며, 눈물이 두 사람을 하나가 되게 했습니다. 로테의 팔에 닿아 있던 베르테르의 입술과 눈이 활활 타올랐습니다. 로테는 전율했습니다. 그녀는 몸을 빼려 했지만, 마음의 고통과 연민이 납덩이처럼 무겁게 짓눌러 꼼짝할 수 없었습니다. 겨우 숨을 내쉬며 정신을 가다듬은 그녀는 흐느끼며 베르테르에게 계속 읽어 달라고 말했습니다. 천사와 같은 목소리로 청했습니다! 베르테르는 몸이 부르르 떨리고, 가슴이 터질 것 같았습니다. 그는 원고를 다시 집어 들고 더듬거리며 읽기 시작했습니다.

봄바람아, 왜 나를 깨웠는가? 너는 다정하게 속살거리는구나. '하늘의 이슬로 적셔 주려 한답니다!' 하지만 내가 시들어 갈 시간이 가까이 다가오고, 내 잎들을 죄다 떨어뜨릴 폭풍도 다가오고 있다! 일찍이 내 아름다운 모습을 보고 간 방랑자가 내일 나를 찾아와 들판을 이리저리 둘러보아도 나를 다시 만나지는 못하리라.

이 노래의 거센 위력이 그만 불행한 베르테르를 압도해 버리고 말았습니다. 그는 절망으로 가득 차 로테 앞에 몸을 던지며 그녀의 두 손을

이루어질 수 없는 사랑
서로의 사랑을 확인한 베르테르와 로테지만 세상이라는 족쇄에서 결코 자유로울 수 없다. 요아노, 〈베르테르〉, 1844년.

부여잡고 자신의 눈과 이마에 갖다 대고 비볐습니다. 그러자 베르테르의 끔찍한 계획에 대한 예감이 불현듯 그녀의 뇌리를 스치는 것 같았습니다. 그녀의 마음은 혼란스러워 갈피를 잡지 못하고, 그의 손을 잡아 자기 가슴에 갖다 대고는 너무 마음이 아픈 나머지 그에게 몸을 기울였습니다. 뜨거운 두 뺨이 서로 맞닿았습니다. 순간 그들에게 온 세상이 사라져 버렸습니다. 베르테르는 두 팔로 그녀를 껴안고 가슴에 꼭 끌어안은 채, 떨며 말을 더듬고 있는 그녀의 입술에 미칠 듯이 격렬한 키스를 퍼부었습니다. "베르테르!" 그녀는 숨 막히는 목소리로 거부하며 외쳤습니다. "베르테르!"-그러고는 힘없는 손으로 그의 가슴을 밀어냈습니다.-"베르테르!" 그녀는 고귀한 감정에서 나오는 결의에 찬 목소리로 외쳤습니다.-그는 반항하지 않고 품속의 그녀를 놓으며 정신을 잃고 그녀 앞에 쓰러졌습니다. 그녀는 얼른 일어나 불안하고 혼란스러운 마음에 애정과 분노로 몸을 부들부들 떨며 말했습니다. "이게 마지막이에요! 베르테르! 이제 두 번 다시 절 보실 수 없을 거예요." 그러고는 가련한 베르테르에게 무한히 애정이 담긴 시선을 던지며 옆방으로 황급히 들어가 문을 잠가 버렸습니다. 베르테르는 그녀를 향해 두 팔을 뻗었지만, 감히 그녀를 붙잡을 수는 없었습니다. 그는 바닥에 쓰러져 소파에 머리를 묻은 채로 무슨 소리에 정신이 들 때까지 반 시간을 넘게 그대로 있었습니다. 식사를 준비하려고 하녀가 들어와 있던 것입니다. 그는 방을 서성거리다가 다시 혼자가 되자 옆방 문께로 가서 나지막한 소리로 불렀습니다. "로테! 로테! 꼭 한 마디만! 작별인사만이라도!" 그녀는 아무 말도 하지 않았습니다. 베르테르는 고대하고 애원하고 또 고대했습니다. 마침내 그는 떠나며 외쳤습니다. "잘 지내요, 로테! 영원히 안녕히!"

베르테르는 시내 성문까지 걸어왔습니다. 문지기가 그를 알아보고 아무 말 없이 내보내 주었습니다. 진눈깨비가 내리는 밤이었습니다. 밤 열한 시 무렵이 되어서야 다시 집으로 돌아와 문을 두드렸습니다. 하인은 돌아온 주인이 모자를 잃어버린 것을 알아챘습니다. 그러나 감히 말을 꺼낼 엄두를 내지 못하고 옷을 벗겼습니다. 온몸이 흠뻑 젖어 있었습니다. 나중에 사람들이 그의 모자를 골짜기 언덕의 비탈진 곳에 솟아 있는 바위 위에서 발견했습니다. 그 깜깜하고 진눈깨비가 내리는 밤에 그가 어떻게 미끄러지지도 않고 거기까지 올라갔는지는 알 수 없는 일이었습니다.

그는 침대에 누워 오랫동안 잠에 빠져 있었습니다. 다음 날 아침, 부르는 소리에 커피를 가지고 간 하인은 베르테르가 뭔가 쓰고 있는 것을 보았습니다. 그는 로테에게 보내는 편지를 쓰고 있던 것입니다.

마지막으로, 이제 마지막으로 나는 눈을 뜹니다. 이 눈은 두 번 다시 햇빛을 보지 못할 것입니다. 아! 오늘은 안개가 짙게 덮인 날이라 태양도 보이지 않습니다. 자연이여, 슬퍼해다오! 당신의 아들, 당신의 친구, 당신의 애인이 종말에 다가가고 있다. 로테, 뭐라 비할 데가 없는 감정이군요. '이게 마지막 아침이다' 라고 혼잣말로 되뇌는 것이 우선 어렴풋한 꿈인 것만 같습니다. 마지막 아침이라! 로테, 그런데 나는 이 마지막이라는 말의 뜻을 잘 모르겠습니다! 지금 나는 기운이 넘쳐나고 있지 않습니까? 그런데 내일이면 축 늘어진 채 바닥에 누워 잠들어 있겠죠. 죽음이라! 그게 무슨 뜻입니까? 보십시오, 우리가 죽음에 대해 얘기할 때, 우리는 한낱 잠꼬대를 하는 것에 지나지 않습니다. 나는 죽은 사람을 몇 번 보았습니다. 그러나 인간은 너무나 협소한 존재이기에 자기 존재의 시작과 끝의 의미를 알지 못합니다. 이 존재는 지금은 나의 것, 아니, 당신의 것입니다! 당신의 베르테르입니다, 오, 사랑하는 사람이여! 그런데 눈 깜짝할 사이에 떨어져 나가 헤어집니다.—아마도 영원히?—아니오, 로테, 그렇지 않습니다.—내가 어떻게 사라질 수 있습니까? 당신이 어떻게 사라질 수 있습니까? 우리가 이렇게 존재하고 있습니다!—소멸!—그것이 무엇입니까? 그저 말뿐일 테죠! 공허한 메아리일 뿐이죠! 내 가슴에는 아무런 느낌도 들지 않습니다.—로테, 죽음이란 차가운 땅속에 묻히는 것, 그토록 답답하게! 그토록 어둡게!—어찌할 바를 모르던 소년시절에 나의 전부이던 여자친구가 하나 있었습니다. 그녀가 죽었을 때 나는 그녀의 시신을 따라 무덤 앞에 서 있었습니다. 그녀의 관이 땅속으로 내려가고, 관 밑에서 풀려 나온 밧줄이 다시 위로 올라왔습니다. 첫 번째 삽질로 흙을 던져 넣자 불안스러운 관에서 둔탁한 소리가 울려나왔고, 그 둔탁한 소리는 점차 엷어지고 엷어지더니 마침내 다 덮여 버리고 말았습니다!—나는 그만 무덤 옆에 쓰러지고 말았습니다.—깊은 충격으로 전율했고, 무서웠고, 마음이 갈기갈기 찢어지면서도 무슨 일이 일어났는지 알 수가 없었습니다.—앞으로 내게 무슨 일이 일어날지도 말입니다.—죽음! 무덤! 나는 이 말뜻을 모릅니다!

오, 용서하십시오! 나를 용서해 주세요! 어제 말입니다! 어제가 내 삶의 마지막 순간이었습니다. 아, 천사인 당신! 처음으로, 진정 처음으로 일말의 의심 없이 가장 깊은 내면으로부터 환희의 감정이 뜨겁게 불타올랐습니다. '그녀가 나를 사랑한다! 나를 사랑해!' 당신의 입술에서 흘러나온 성스러운 불꽃이 내 입술에서 아직도 타오르고 있습니다. 새롭고 뜨거운 환희가 내 가슴속에 살아 있습니다. 날 용서해 주십시오! 용서해 주십시오!

아, 당신이 나를 사랑한다는 사실을 알고 있었습니다. 영혼이 가득 깃든 첫 눈길에서 알았고, 첫 악수를 할 때 곧 알았습니다. 그런데도 내가 다시 떠났을 때나 알베르트가 당신 곁에 나타난 것을 보았을 때, 나는 열에 들뜬 의혹으로 또다시 절망에 빠지곤 했습니다.

당신이 내게 준 꽃을 기억하고 있습니까? 언젠가 불쾌한 모임에서 당신이 내게 한 마디 말도 할 수 없고, 한 마디 손길도 건네지 못하자 내게 준 꽃 말입니다. 아, 나는 그 꽃 앞에 무릎을 꿇고 밤을 지새웠는데, 그 꽃이 내 마음속에 당신의 사랑을 새겨 주었습니다. 그러나 아! 그 감동도 사라지고 말았습니다. 마치 성스러운 징표를 보여 준 신의 은총으로 말미암아 믿음으로 충만해진 신앙인이 그 감동을 서서히 잊어 가듯 말입니다.

모든 게 덧없습니다. 그러나 어떤 영원성도 내가 어제 당신의 입술에서 누렸던 것, 내가 마음으로 느끼는 타오르는 생명만은 끌 수 없습니다! 그녀가 나를 사랑한다! 이 팔로 그녀를 껴안았고, 이 입술이 그녀의 입술에 닿아 떨렸으며, 이 입이 그녀의 입을 더듬었다. 그녀는 내 것이다! 당신은 나의 것이라고요! 그래요, 로테, 영원히 내 것이오.

알베르트가 당신 남편이라는 것이 뭐 어떻단 말입니까? 남편이라! 그건 이 세상에서일 따름이겠지요. 그리고 이 세상에서는 내가 당신을 사랑하고, 당신을 남편의 팔 안에서 내 품안으로 채 가려는 것이 죄가 되겠지요? 죄입니까? 좋습니다, 내가 스스로 벌을 내리겠습니다. 나는 천국과 같은 가득한 환희 속에서 그 죄를 맛보았고, 내 마음속에 생명의 향기와 에너지를 다 빨아들였습니다. 이 순간만큼은 당신은 나의 것입니다! 오, 나의 로테여! 나는 먼저 떠납니다! 나의 아버지 곁으로, 당신의 아버지 곁으로. 나는 아버지에게 호소할 것이고, 아버지께서는 당신이 올 때까지 나를 위로해 줄 것입니다. 당신이 오면 나는 당신을 맞이해 날아가 내 품에 껴안을 것입니다. 그리고 영원한 포옹 속에 무한한 신의 면전에서 당신과 같이 있으렵니다.

꿈을 꾸는 것이 아닙니다, 망상도 아닙니다! 무덤 가까이에 이르니 내 정신은 더 밝아지고 있습니다. 우리는 함께할 것입니다! 우리는 다시 만나게 될 겁니다! 당신의 어머니를 만날 겁니다! 내가 당신의 어머니를 만나서, 아, 어머니 앞에 내 속마음을 전부 털어놓을 겁니다! 당신의 어머니, 당신과 꼭 닮은 그분께.

밤 열한 시 무렵 베르테르는 하인에게 알베르트가 돌아왔냐고 물었습니다. 하인이 대답했습니다. "예, 말을 끌고 저쪽으로 가시는 것을 보았습니다." 그러자 베르테르는 하인에게 다음과 같은 내용이 담긴, 봉하지 않은 쪽지를 주었습니다.

여행을 떠나려는데 권총을 좀 빌려 주시겠습니까? 그럼 안녕히 계십시오!

사랑스러운 여인 로테는 지난밤에 거의 잠을 이루지 못했습니다. 그녀가 두려워하던 일이 마침내 일어나고 말았기 때문입니다. 더구나 예상도 못하고 두려워할 사이도 없이 그런 식으로 일어나 버린 것입니다. 평소에는 순수하고 맑게 흐르던 피가 열에 들떠 솟구치며, 수천 갈래의 감정이 아름다운 그녀의 가슴을 뒤흔들어 놓았습니다. 그녀가 느낀 것은 베르테르의 포옹으로 생긴 불길함이었을까요? 그의 뻔뻔한 행동에 대한 불쾌감이었을까요? 아니면 자유롭고 순진하여 아무 걱정 없이 자기 자신을 믿고 살던 옛날에 비해 현재 그녀가 처한 현실이 불만스러워서였을까요? 이제 남편을 어떻게 대하면 좋단 말입니까? 고백해도 될 일이련만 감히 고백할 용기가 나지 않는 그 장면을 어떻게 털어놓을 수 있을까요? 부부는 벌써 오랫동안 서로 말을 하지 않고 지냈는데, 그녀가 먼저 침묵을 깨고 말을 건네야 하는데, 이렇게 좋지 않은

캐스트너의 권총
《젊은 베르테르의 슬픔》은 괴테와 샤로테 부프의 사랑 이야기에, 결혼한 여인과의 사랑 때문에 자살한 괴테의 친구 예루살렘의 이야기가 더해져 탄생했다. 실제로 예루살렘이 사용했던 권총은 알베르트의 모델인 캐스트너에게 빌린 것으로, 캐스트너는 자신이 빌려 준 총으로 예루살렘이 자살한 것을 알고 경악해서 이 사건을 괴테에게 알렸다고 한다.

시기에 남편에게 예기치 못한 일을 밝혀야만 할까요? 베르테르가 찾아 왔었다는 소식만으로도 남편의 기분이 상할까 두려운데, 더구나 이 상상도 못할 뜻밖의 파국을 전해야 한다니! 그러면 남편이 편견을 앞세우지 않고 옳은 판단으로 그녀를 보아 줄까요? 그녀의 마음을 충분히 읽어 이해해 주길 기대할 수 있을까요? 지금껏 자신의 감정을 하나도 숨긴 적이 없었고, 숨길 수도 없는 투명한 크리스털처럼 그녀는 항상 남편 앞에서 정직하고 솔직하게 털어놓았는데, 지금에 와서 남편을 속일 수 있을까요? 그녀는 이런저런 생각에 걱정만 더욱 커져 갔고, 당황스럽기도 했습니다. 생각이 자꾸만 베르테르에게로 돌아갔기 때문이었습니다. 그녀로서는 잃어버린 베르테르지만, 유감스럽게도 잊어버릴 수는 없었기 때문입니다. 하지만 그녀는 유감스럽게도! 그녀를 잃는다면 아무것도 남은 것이 없는 그를 그냥 내버려 둘 수밖에 없었습니다.

그때만 해도 그녀가 분명히 느끼지 못했으나, 남편과의 사이에 이미 확고히 자리 잡은 정체 상태가 그녀의 마음을 얼마나 무겁게 짓눌렀는지 모릅니다! 그처럼 이해심이 많고 선량한 사람들이 눈에 보이지 않는 차이점으로 인해 서로 침묵을 지키기 시작했고, 각자 자기가 옳고 상대방이 잘못되었다고 생각하게 되었습니다. 그러다 관계는 더욱 엉클어지고 악화되어 모든 것이 걸린 위기의 순간에도 매듭을 풀 수 없는 상태에 이르렀던 것입니다. 그들이 예전에 함께 나누었던 행복한 신뢰감으로 다시 가까워졌다면, 그들 사이에 사랑과 배려가 어울려 살아 있어 서로 마음이 열려 있었다면, 아마 우리의 친구 베르테르는 구원받을 수 있었을지도 모릅니다.

게다가 또 다른 상황이 더해져 엎친 데 덮친 격이 되었습니다. 우리가 편지에서 알 수 있는 것처럼, 베르테르는 이 세상을 떠나겠다는 소망을 비밀로 숨긴 적이 없습니다. 알베르트는 이 때문에 종종 그와 의견을 다투었고, 로테와 남편 사이에서도 그에 관한 이야기를 하기도 했습니다. 알베르트는 자살 행위에 대해 철저한 반감을 가지고 있었기 때문에, 평소 그의 성격에서 찾아볼 수 없는 일종의 과민함을 보이며 주장하기를, 자살을 꾀하는 그 동기의 진의부터가 의심스럽다고 할 정도였습니다. 그는 심지어 야유하는 태도를 보이며 전혀 믿지 않는다고 로테에게 말했습니다. 남편의 이런 말에 로테는 슬픈 장면이 연상될 때면 한편으로는 안심이 되기도 했지만, 다른 한편으로는 그 순간 그녀를 괴롭히고 있는 걱정거리를 남편에게 털어놓기가 더욱 어려웠습니다.

알베르트가 돌아오자 로테는 당황스러워하며 황급히 그를 맞이했습니다. 알베르트는 기분이 좋지 않았는데, 일이 완전히 마무리되지 않은 데다 이웃의 관리가 융통성이라고는 없는 편협한 인간이라는 것을 알게 되었기 때문입니다. 돌아오는 길이 나빴던 것도 그를 아주 불쾌하게 만들었습니다.

알베르트가 별일 없었냐고 묻자, 로테는 경솔하게 어젯밤에 베르테르가 왔었다고 얼른 대답해 버렸습니다. 그는 편지 온 것이 있냐고 물었고, 로테는 편지 한 통과 소포 몇 개를 방에 갖다 놓았다고 답했습니다. 그는 방으로 건너가 버렸고 로테는 혼자 남게 되었습니다. 그녀는 존경하고 사랑하는 남편을 대하자 새로운 감명을 받았습니다. 그의 고귀한 성품과 애정과 선량함을 생각하니 마음이 훨씬 안정되었습니다. 그녀는 남편을 따르고자 하는 가정적인 기분이 들어 일감을 가지고 남편 방으로 들어갔습니다. 남편은 소포를 풀고 편지 읽기에 몰두해 있었습니다. 어떤 편지는 좋지 않은 내용으로 보였습니다. 그녀가 남편에게 몇 가지 물어보아도 그는 그저 짧게 대답하고는 책상으로 가서 뭔가를 쓰기 시작했습니다.

두 사람이 한 시간 동안 이런 식으로 같이 앉아 있자니 로테의 마음은 차츰 어두워졌습니다. 남편의 기분이 아주 좋을 때라 할지라도, 마음속에 품은 말을 그에게 드러내는 일이 얼마나 어려울까 느끼게 되었습니다. 그녀는 슬픔에 빠져 들었고, 기분을 숨기고 눈물을 삼키려 하면 할수록 마음은 더욱 초조해졌습니다.

그때 베르테르의 어린 하인이 찾아오자 로테는 너무나 당황해 어쩔 줄 몰랐습니다. 하인이 알베르트에게 쪽지를 전하자 그는 침착하게 부인을 향해 말했습니다. "이 아이에게 권총을 내줘요." 그러고는 하인에게 말했습니다. "즐거운 여행이 되시길 바란다고 전해라." 이 말에 로테는 벼락을 맞은 듯했습니다. 그녀는 일어서다 말고 비틀거렸는데, 왜 그런지는 알 수 없었습니다. 그녀는 천천히 벽 쪽으로 가서 몸을 떨며 권총을 집어 내리고 먼지를 털어 낸 다음에도 머뭇거리고 있었습니다. 알베르트가 의아한 눈초리로 재촉하지 않았다면 더 오랫동안 머뭇거렸을 것입니다. 그녀는 아무 말도 하지 못하고 하인 아이에게 그 불길한 무기를 건네주었습니다. 아이가 집을 나서자 로테는 일감을 주섬주섬 거두어 자기 방으로 들어왔는데, 말로는 표현할 수 없는 심한 불안감에 빠져 들었습니다. 그녀는 온갖 끔찍한 일이 일어날 것 같은 예감에 사로잡혔습니다. 곧 그녀는 남편의 발치에 엎드려 어젯밤에 일어난 사건과 그녀의 죄와 불안한 예감을 모두 고백하고픈 생각이 들었습니다. 하지만 다시, 그래 봐야 해결책이 없다는 사실을, 적어도 베르테르에게 가 보라고 남편을 설득하기는 어림도 없으리라는 사실을 깨달았습니다. 식사 준비가 끝났습니다. 그때 뭔가 물어보려고 온 여자친구가 바로 가지 않고 남아, 식사하는 동안 대화를 그럭저럭 도와주었습니다. 로테는 억지로 이야기를 꺼내 대화를 하고 자신을 잊으려고 했습니다.

어린 하인이 권총을 가지고 베르테르에게 돌아왔습니다. 베르테르는 로테가 권총을 주었다는 소리를 전해 듣고 감격해서 권총을 받았습니다. 그는 빵과 포도주를 가지고 오라고 시키고 나서 아이에게 먹으

권총을 건네는 로테
불길한 예감 속에서도 권총을 건넬 수밖에 없는 로테의 마음은 얼마나 무거웠을까? 그림은 뒤셀도르프 괴테박물관에 소장되어 있는 호도비에츠키의 작품.

라고 이른 다음, 자기는 앉아 편지를 쓰기 시작했습니다.

권총이 당신 손을 통해 왔습니다. 당신이 먼지를 닦아 냈다니, 나는 권총에 대고 수없이 입을 맞추었습니다. 당신이 이 권총을 어루만졌으니까요. 하늘의 정령이여, 그대는 내 결심을 축복해 주었습니다! 그리고 당신, 로테, 당신이 이 권총을 나에게 건네주었습니다. 당신 손에 죽기를 그렇게 소원했는데, 아, 이제 받은 것입니다. 아, 하인에게 모두 캐물었습니다. 권총에 손을 대며 당신은 떨면서, 작별인사는 한 마디도 하지 않았다면서요! 슬프군요! 슬픕니다! 안녕이라는 말도 없으시다니!—나를 당신에게 영원히 결속시킨 그 순간 때문에 당신은 내게 마음을 굳게 닫아 버려야 했습니까? 로테, 수천 년이 지나도 그 감동은 사라지지 않을 것입니다! 하지만 나는 당신을 향해 이렇게 타오르고 있는 남자를 당신이 미워하지는 않으리라 생각합니다.

식사를 마친 후, 베르테르는 하인 아이에게 모든 짐을 완전히 다 싸라고 이르고, 많은 서류들을 찢어 버리고, 외출해서 자잘한 빚을 다 갚았습니다. 그는 다시 집으로 돌아왔다가 비가 오는데도 다시 성문을 지나 백작의 정원으로 들어가더니 훨씬 더 멀리까지 나가 배회하다가 어둑어둑한 밤이 되어서야 집으로 돌아와 편지를 썼습니다.

빌헬름, 나는 마지막으로 들과 숲과 하늘을 보았다. 너도 잘 지내라! 사랑하는 어머니, 저를 용서해 주세요! 빌헬름, 어머니를 위로해다오! 신께서 모두에게 은총을 내려 주시기를! 내 물건은 전부 정리해 두었다. 그럼 잘 살아! 우리가 저 세상에서 다시 만나게 되면 더욱 기쁠 거야.

알베르트, 내가 당신의 호의를 악으로 답했습니다. 이런 나를 용서해 주리라 믿습니다. 내가 당신 가정의 평화를 깨뜨렸고, 당신 부부 사이에 불신을 불러일으켰습니다. 안녕히 계십시오! 이제 끝내려고 합니다. 내 죽음으로 인해 당신들이 부디 행복해지길 빕니다! 알베르트! 알베르트! 그 천사를 행복하게 해 주십시오! 신의 축복이 당신에게 깃드시기를!

베르테르는 그날 밤에도 여전히 이것저것 서류를 뒤적이며 그 중에서 많은 것을 찢어 난로 속에 던져 버렸고, 몇몇 소포뭉치는 빌헬름에게 보내는 주소로 봉인했습니다. 그 소포 속에는 짧은 글과 단상들이 들어 있었는데, 그 중 여러 가지를 편집자인 저도 볼 수 있었습니다. 베르테르는 밤 열 시 무렵 불을 더 지피라고 하고는 포도주 한 병을 가져오게 하고 나서 하인을 자러 가라고 보냈습니다. 하인의 방은 그 집 사람들의 침실과 마찬가지로 집 안에서 먼 뒤쪽에 있었고, 하인은 다음 날 아침 일찍 채비를 하기 위해 옷을 입은 채로 누웠습니다. 왜냐하면 주인이 새벽 여섯 시 전에 우편마차가 집 앞에 올 거라 말했기 때문입니다.

밤 열한 시가 지나서
사방이 무척이나 고요합니다. 그리고 내 영혼도 매우 고요합니다. 신이여, 이 마지막 순간에 이러한 온기와 힘을 베풀어 주신 당신께 감사드립니다.

사랑하는 로테! 난 창가에 서서 밖을 내다보고 있습니다. 바람에 흩어지며 흘러가는 구름 사이로 영원한 하늘에 떠 있는 별들을 하나하나 바라봅니다! 아니, 너희 별들은 지지 않으리라! 영원하신 분이 너희들과 나를 당신의 가슴에 품어 주시리라. 수많은 별들 중에 내가 가장 좋아하는 큰곰자리의 북두칠성을 봅니다. 밤마다 당신과 헤어져 문을 나서면, 저 북두칠성이 언제나 내 머리 위에서 빛나고 있었습니다. 얼마나 황홀한 기분으로 저 별을 쳐다보곤 했는지요! 얼마나 자주 두 손을 위로 치켜들고 저 별을 내 현재의 행복에 대한 증표로, 성스러운 표지로 삼았는지요! 아, 로테! 당신을 생각나게 하지 않는 것이 뭐가 있겠습니까! 당신은 나를 에워싸고 있지 않습니까! 게다가 나는 꼭 어린아이처럼 성스러운 당신이 손을 댄 것이라면 아무리 사소한 것이라도 무엇이든 탐욕스럽게 끌어 모으지 않았습니까!

당신의 사랑스러운 실루엣 그림! 이것을 당신에게 돌려 드리려 합니다. 그러니 로테, 기념으로 간직해 주길 바랍니다. 그 그림에 나는 수천 번, 수만 번도 넘게 입을 맞추었습니다. 외출하거나 돌아올 때 수천 번이나 인사를 하고 눈길을 보내던 그림입니다.

당신 아버님께 내 시체를 처리해 달라고 편지로 부탁 드렸습니다. 교회 묘지에 서 있는 두 그루의 보리수나무 뒤로 들판에 한 귀퉁이가 있습니다. 그곳에서 쉬고 싶습니다. 아버님은 친구를 위해 그렇게 해 주실 것입니다. 그러니 당신도 청해 주십시오. 나는 독실한 기독교 신자들에게 그들의 몸을 이 가련하고 불행한 자 옆에 눕히라고 감히 요구할 생각은 없습니다. 아, 나는 차라리 그저 길가에나 쓸쓸한 골짜기에 묻혔으면 합니다. 그러면 사제나 레위예루살렘 성전에서 제사장 직분을 맡은 사람을 통틀어 이르는 말들은 묘석 앞에서 축복을 내려 주며 지나가겠고, 사마리아 인들은 눈물 한 방울을 뿌려 주겠지요.

보십시오, 로테! 나는 죽음의 황홀을 들이마실 이 차갑고 끔찍한 잔을 들고서도 전혀 떨지 않습니다! 당신이 나에게 이 잔을 건네주었으니, 나는 주저하지 않겠습니다. 모두! 모두다! 이렇게 내 인생의 모든 소원과 희망이 다 채워지는 겁니다! 이렇듯 냉정하고, 이렇듯 완고하게 죽음의 철문을 두드리렵니다.

당신을 위해 죽는다는 행복과 당신을 위해 이 몸을 바친다는 행복을 누리고 싶습니다! 로테, 당신을 위해 죽겠습니다! 당신의 삶에 다시 안정과 기쁨을 찾을 수만 있다면 나는 기꺼이 기쁜 마음으로, 용감하게 죽을 것입니다. 그러나 아! 자신의 죽음을 통해, 사랑하는 사람을 위해 피를 흘림으로써 친구들에게 몇백 배로 새로운 생명의 불을 피우는 일은 극소수 고귀한 사람들의 몫입니다.

로테, 나는 이 옷을 입은 채로 묻히고 싶습니다. 당신의 손이 닿아 성스러워진 옷이니 말입니다. 이 청도 당신 아버님께 드려 두었습니다. 내 영혼은 이미 관 위를 떠돌고 있습니다. 사람들이 내 주머니를 뒤지지 않게 해 주십시오. 주머니 속에 들어 있는 이 연분홍 리본은 아이들에게 둘러싸여 있는 당신을 처음 보았을 때, 당신이 가슴에 달고 있던 것입니다.—아, 아이들에게 수천 번의 입맞춤을 보냅니다. 아이들에게 불행한 친구의 운명을 이야기해 주십시오. 사랑스러운 아이들! 내게 몰려들곤 했지요. 아, 얼마나 내가 당신에게 결속되어 있습니까! 처음 본 순간부터 당신을 놓을 수 없었습니다!—이 리본을 같이 묻어 주십시오, 내 생일날 당신이 준 것입니다! 그런 것들을 닥치는 대로 모두 모아 두었습니다!—아, 인생의 길이 이렇게 되리라고는 생각지 못했습니다!—걱정하지 마십시오, 제발 걱정 마십시오!

총알은 장전되었습니다.—열두 시를 치고 있습니다! 그러면!—로테! 로테, 안녕! 잘 살아요!

이웃사람이 총탄의 섬광을 보았고 총소리를 들

로테, 안녕!
로테의 연분홍 리본을 간직한 채 스스로 방아쇠를 당기는 베르테르. 죽음을 택할 수밖에 없었던 베르테르의 절실함은 당대 많은 젊은이들의 가슴을 울렸고, 그처럼 생을 마감하는 이들이 뒤따라 한때 이 작품은 금서가 되기도 했다. 1775년 라이프치히에서 출간된 《젊은 베르테르의 슬픔》의 삽화.

었습니다. 하지만 모든 게 다시 잠잠해져 더 주의를 기울이지 않았습니다.

다음 날 아침 여섯 시에 하인이 불을 켜 들고 방 안으로 들어왔습니다. 하인은 쓰러져 있는 주인과 권총, 바닥에 흐른 피를 보았습니다. 그는 비명을 지르며 베르테르의 몸을 일으켰습니다. 그러나 베르테르는 아무런 대답도 하지 못한 채, 가쁜 숨을 그르렁거리고 있었습니다. 하인은 의사에게 달려갔고, 알베르트를 불렀습니다. 로테는 초인종 소리가 들리자 사지가 부들부들 떨렸습니다. 그녀는 서둘러 남편을 깨워 황급히 일어났습니다. 하인이 울부짖으며 떠듬떠듬 소식을 전하자, 로테는 정신을 잃고 알베르트 앞에 쓰러졌습니다.

의사가 불행한 베르테르에게 달려왔을 때, 그는 이미 살아날 가망이 없었습니다. 맥박은 뛰고 있었으나 팔다리는 모두 뻣뻣하게 굳어 있었습니다. 베르테르는 오른쪽 눈 위로 머리를 쏘았고, 뇌가 밖으로 튀어나와 있었습니다. 쓸데없는 일이었지만 사람들이 팔의 혈관을 열자 피가 흘러나왔습니다. 그는 여전히 숨을 쉬고 있었습니다.

의자 등받이에 피가 묻어 있는 것으로 보아, 베르테르는 책상 앞에 앉아 총을 쏘았다는 것을 알 수 있었습니다. 그리고 그는 바닥으로 굴러 떨어져 몸부림을 치며 의자 주변을 뒹군 것 같았습니다. 그러다 탈진해서 창문 쪽을 향해 바닥을 등에 대고 반듯이 누워 있었는데, 푸른색 프록코트와 노란 조끼로 말끔히 옷을 차려입고 장화도 신은 채였습니다.

집 안이나 이웃에서나 할 것 없이 온 시내가 발칵 뒤집혔습니다. 알베르트가 들어왔습니다. 사람들이 베르테르를 침대에 눕혀 놓고 이마를 동여매어 두었습니다만, 얼굴은 이미 죽은 사람과 같았고 사지도 전혀 움직이지 못했습니다. 폐만 계속 지독하게 그르렁거리고 있었는데, 그 소리마저 약해졌다 강해졌다 했습니다. 사람들은 그의 임종을

죽음의 잔을 마시다

죽음을 준비하는 베르테르의 모습은 예수를 떠올리게 한다. 그는 빵과 포도주로 식사를 하고, 비가 오는데도 어두운 밤 이곳저곳을 배회한다. 그리고 '당신을 위해 죽겠습니다'라는 말을 되뇌며 '죽음의 잔'을 받아들인다. 괴테는 자신의 머리에 방아쇠를 당긴 베르테르의 행동을 성서적 용어인 '이루었다(vollbracht)'로 서술했다. 프리드리히가 그린 〈산속의 십자가〉의 부분, 1806년경.

기다릴 뿐이었습니다.

포도주는 한 잔밖에 마시지 않았습니다. 책상 위에는 〈에밀리아 갈로티Emilia Galotti〉가 펼쳐져 있었습니다.

알베르트의 경악이나 로테의 비탄에 대해서는 언급하지 않으려 합니다.

늙은 법무관이 소식을 듣고 뛰어 들어와 뜨거운 눈물을 흘리며 죽어가는 베르테르에게 입을 맞추었습니다. 그의 맏아들도 곧 뛰어와 말할 수 없이 고통스러운 표정으로 침대 밑에 무릎을 꿇고 베르테르의 입이며 손에 입을 맞추었습니다. 베르테르가 가장 사랑했던 첫째아이는 그가 숨을 거두었는데도 그의 입술에 매달려 떨어지지 않으려고 해서 사람들이 억지로 떼어 놓아야 했습니다. 베르테르는 낮 열두 시에 숨을 거두었습니다. 법무관이 자리에 있으면서 모든 일을 처리해 소란은 없었습니다. 밤 열한 시 무렵이 되자 법무관은 베르테르가 정해 둔 장소에 묻으라고 지시했습니다. 법무관과 아들들이 그의 유해를 따랐고, 알베르트는 갈 수 없었습니다. 로테의 생명이 염려되었기 때문입니다. 일꾼들이 관을 날랐습니다. 성직자는 한 사람도 따라가지 않았습니다.

《젊은 베르테르의 슬픔》 세상을 술렁이게 하다

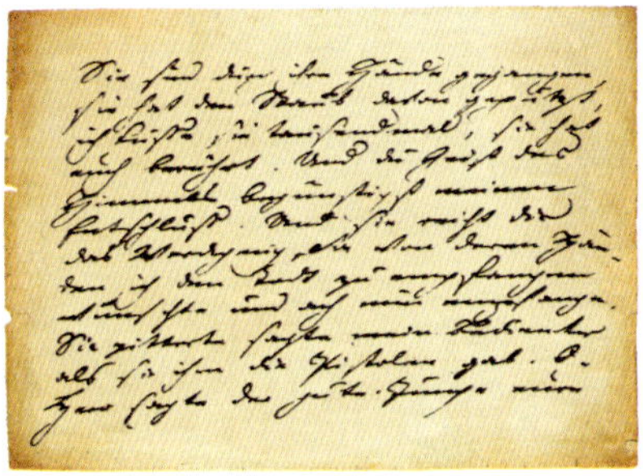

《젊은 베르테르의 슬픔》 구상을 위한 미완성 원고.

1770년대 초반, 헤르더를 비롯해 독일의 젊고 자유분방한 예술가들과 교우하며 비합리적이고 신비적인 세계에 심취한 괴테는, 자유 · 사랑 · 자연을 노래한 서정시를 발표함으로써 이성과 합리를 중요시하는 계몽주의에 반해 일어난 '질풍노도운동'의 선두에 서게 된다. 《젊은 베르테르의 슬픔》은 이 시기에 씌어진 작품으로, 괴테의 재기발랄하고 생명력 넘치는 창작혼이 그 빛을 발하는 작품이다. 자칫 단순한 연애소설로 치부될 수 있지만, 그 속을 한 겹 한 겹 주의 깊게 살펴보면 관습과 규범을 강제하는 사회의 무거운 장벽을 무너뜨리기 위한 청년 괴테의 자유 의지와 순수한 열정이 강렬히 녹아 있는 시대의 걸작이다.

바로 이러한 점이 이 소설이 당시 수많은 젊은이들의 가슴에 커다란 울림을 주었으며, 오늘날까지도 전 세계 사람들에게 사랑받는 이유이다. 영국의 역사가이자 비평가인 토머스 칼라일은 《젊은 베르테르의 슬픔》이 사람들의 마음을 사로잡은 건, '동시대인들이 겪었던 이름 붙일 수 없는 불안과 동경에 찬 불만'을 표출해 냈기 때문이라고 했다.

1772년 법률 사무를 실습하기 위해 베츨러로 간

괴테는 헤르더를 통해 독일 민요, 셰익스피어, 오시안 등에 관심을 갖게 되면서 질풍노도운동의 선두에 서게 됐다. 그림은 1795년 경 그려진 것으로 왼쪽에서 세 번째 사람이 괴테, 오른쪽에 있는 사람이 헤르더다.

괴테는 샤로테 부프라는 아름다운 여인을 만나 사랑에 빠진다. 그러나 그녀는 이미 약혼자가 있는 몸, 괴테는 사랑의 고통을 절감하고 그녀 곁을 떠난다. 이후 그는 자신과 같이 이루어질 수 없는 사랑에 힘들어하다가 결국 자살을 택한 친구 예루살렘의 소식을 접하게 되는데, 자신과 친구의 가슴 아픈 사랑에 영감을 받은 괴테는 격정적 열정에 사로잡혀 2주 만에 한 줄의 수정도 없이 《젊은 베르테르의 슬픔》을 탈고한다.

이 소설이 사람들의 마음을 그토록 사로잡은 이유는 무엇일까? 앞에서도 밝혔듯이 젊은이들의 가슴 속에 맺혀 있던 사랑과 자유, 감정에의 의지를 분출시키는 시대적 흐름과 맞닿아 있었기 때문이다. 주관적 정열과 객관적 세계의 대립, 감정에 솔직한 한 개인과 획일화된 잣대로 그를 재단하는 사회의 치열한 대립은 18세기 말 젊은 지성인들이 겪고 있던 고통이었으며, 감각과 사랑에의 도취 속에 파멸하는 베르테르의 모습은 곧 그들의 모습이었다. 베르테르의 고뇌와 죽음은 한 개인의 비극일 뿐만 아니라 경건주의와 합리주의의 사슬에 묶여 질식해 가던 시대의 병폐이자 비극이었다.

이러한 특성 때문에 《젊은 베르테르의 슬픔》은 발

표 당시 젊은이들에게 커다란 충격을 주고 사람들의 마음을 단숨에 사로잡았다. 온 유럽에 번역본이 출판되고 해적판이 나오면서 괴테는 '세계의 괴테'로 추앙받았다. 베르테르를 예찬한 나머지 이혼이 격증하고 자살자가 속출했으며, 아름다운 연인 베르테르와 로테의 모습은 부채나 도자기에 새겨졌다. 남자들은 베르테르가 입었던 푸른색 프록코트와 노란 조끼를 입고 다녔으며 여자들은 로테와 같은 절대적 사랑을 받기를 원했다. 또 불행한 예루살렘의 묘소는 사람들의 발길이 머무는 순례지가 되었다.

한편 일부 기성세대들은 사회를 뒤흔든 이 소설을 비도덕적이며 저주받을 작품이라고 비난했다. "로테, 당신을 위해 죽겠습니다! 당신의 삶에 다시 안정과 기쁨을 찾을 수만 있다면 나는 기꺼이 기쁜 마음으로, 용감하게 죽을 것입니다. 그러나 아! 자신의 죽음을 통해, 사랑하는 사람을 위해 피를 흘림으로써 친구들에게 몇백 배로 새로운 생명의 불을 피우는 일은 극소수 고귀한 사람들의 몫입니다"라는 베르테르의 편지에 동요된 젊은이들의 자살이 잇따르자 라이프치히 대학교의 신학 교수들은 책의 판매 금지를 요청했다. 이에 《젊은 베르테르의 슬픔》은 한때 '금서'로 지정되었고, 1787년 판에는 독자들이 자살을 범하지 않도록 당부하는

《젊은 베르테르의 슬픔》을 집필한 프랑크푸르트의 괴테 작업실, 1775년.

내용이 첨가되기도 했다.

이처럼 세상을 술렁이게 했던 《젊은 베르테르의 슬픔》은 그 비극적 내용 외에도 뛰어난 구성, 인간심리의 완벽한 해부, 청춘의 싱싱한 표현, 아름다운 자연의 적확한 묘사 등 빼어난 문학적 가치로 인해 근대 이후 독일 소설의 한 원형으로서 높이 평가되고 있다. 문학사적으로 갖는 혁명적 '새로움'에서도 그 의의를 찾을 수 있는데, 서간체 형식은 베르테르의 격정적이고도 주관적인 감정을 독자들에게 전달하는 데 더없이 적절한 방법으로 이전에 씌어졌던 서간체 형식의 그 어떤 작품보다도 뛰어난 서술과 구성을 보여 준다. 괴테는 자유로운 서간체 형식을 빌려 자신이 체험한 절망적인 사랑을 고백했으며, 이는 이 작품의 서정적이고도 극적인 요소를 한층 빛나게 한다. 이러한 서간체 형식의 산문은 당대 독자들에게 매우 새로운 것이었고 자살이라는 주제 역시 기독교적 생활방식이 지배적이고 계몽주의의 합리적 사고가 팽배했던 18세기 사회에 분명 획기적인 것이었다.

앙겔리카 카우푸만이 그린 괴테, 1787년.

괴테는 이 작품이 자신에게 어떤 의미를 갖는지 《시와 진실》에서 다음과 같이 회고하고 있다.

> 나는 인생 전체에 대해 고해성사를 한 것처럼 다시금 기쁨과 자유를 느꼈고, 새로운 삶을 시작할 권리가 있다고 생각되었다. 오래된 가정의 처방이 이번에 나에게 훌륭하게 도움이 되었다. 이제 내가 현실을 문학으로 변화시킴으로써 마음이 가벼워지고 새롭게 깨어났다고 느꼈던 반면, 나의 친구들은 이에 문학을 변화시켜야 한다고 믿는 가운데 그러한 소설을 모방하여 급기야는 자기 자신을 총으로 쏘는 등의 혼란을 겪게 되었다. 그리고 이러한 일이 몇몇 사람에게 일어났던 것이 나중에는 많은 대중에게까지 번져 갔다. 그런 이유로 나에게 그토록 유익했던 이 작은 책은 극도로 해를 끼치는 것으로 내몰리게 되었다.

괴테 연표

1749년 8월 28일	프랑크푸르트 암마인에서 아버지 요한 카스파르 괴테와 어머니 카타리나 엘리자베트 사이에서 태어남.
1757년(8세)	외가 할아버지에게 신년시를 바침. 이 시가 지금까지 보존된 것 중 가장 오래된 것임.
1759년(10세)	1756년 7년전쟁이 발발, 1759년 프랑스군이 프랑크푸르트를 점령함. 군정장관 트란 백작이 괴테 집에 머묾. 그를 통해 미술과 프랑스 연극에 관심을 갖게 되었음. 이 무렵 인형극에서 파우스트를 처음으로 알게 됨.
1765년(16세)	10월부터 1768년까지 라이프치히 대학교 법학과에 입학했으나 법률보다 문학, 의학, 판화 등에 심취함.
1766년(17세)	술집 주인의 딸인 안나 카타리나(애칭 케첸)에게 사랑을 고백함. 친구 베리슈가 괴테의 처녀 시집인 가요집 《아네테》를 정서하여 보존함.
1768년(19세)	사랑으로 시작되었던 케첸과의 교제가 우정으로 끝남. 8월 말, 건강이 악화되어 라이프치히를 떠나 고향으로 돌아옴. 경건파인 클레텐베르크 부인과 교제하면서 신비주의를 연구, 화학과 연금술에까지 도취했는데, 훗날 《파우스트》에 영향을 미치게 됨.
1770년(21세)	슈트라스부르크 대학에서 법률 공부를 다시 시작함. 헤르더를 알게 되어 민요와 문학에 관해서 큰 감화를 받음. 10월, 제젠하임에서 프리데리케 브리온을 만나 사랑에 빠짐. 훗날 그녀와의 사랑과 한적한 전원생활을 담은 서정시 〈환영과 작별〉 〈오월의 노래〉 등을 지음.
1771년(22세)	변호사 사무실을 개업함. 고대 아일랜드의 영웅 시인 오시안의 작품을 번역함.

1772년(23세)	5월부터 9월까지 베츨러 고등법원의 견습원이 됨. 이미 약혼한 몸인 샤로테 부프를 만나 사랑에 빠짐. 삼각관계의 위험을 피하기 위해 9월 21일에 베츨러를 떠남. 후에 친구 예루살렘의 자살 소식을 듣게 됨.
1773년(24세)	희곡 《괴츠 폰 베를리힝겐》을 출판함. 케스트너와 로테가 결혼함.
1774년(25세)	《젊은 베르테르의 슬픔》을 출간함. 《파우스트》와 《에그몬트》 집필을 시작함.
1775년(26세)	1월에 릴리 쇠네만을 알게 되어 4월에 약혼했으나, 9월에 파혼함. 5월부터 7월까지 스위스를 여행함. 11월에 칼 아우구스트 공의 초청을 받아 바이마르에 도착함.
1776년(27세)	추밀원의 일원으로 임명됨. 샤로테 폰 슈타인을 알게 됨. 〈나그네의 밤을 위한 노래〉를 완성함. 일메나우 채광에 착수, 광물학을 연구함.
1779년(30세)	바이마르의 군사위원회와 도로건설위원회 감독관에 취임함. 산문극 《이피게니에》를 완성해 4월에 상연함. 12월에 추밀 고문관으로 임명됨.
1782년(33세)	독일 황제로부터 귀족증서를 받음. 부친이 사망함. 바이마르의 재무국 장관에 위임됨.
1784년(35세)	해부학을 연구, 간악골을 최초로 발견함.
1785년(36세)	식물학을 연구함. 《마이스터의 연극적 사명》을 탈고함.
1786년(37세)	9월부터 1788년 6월까지 이탈리아를 여행함. 《이피게니에》, 시극 《에그몬트》를 완성함.
1788년(39세)	크리스티아네 불피우스를 만나 동거생활을 시작함. 9월 실러와 처음 만남.

1789년(40세)	12월 아들 아우구스트가 태어남. 《타소》를 완성함.
1790년(41세)	8권으로 된 괴테 저작집을 펴냄. 《파우스트》 단편을 발표함. 3월부터 6월까지 베네치아에 체류함. 《베네치아의 경구》를 완성함. 7월부터 10월까지 슐레지엔에 야영하면서 해부학, 식물학, 광학 등의 자연과학을 연구함. 《식물의 변형》을 완성함.
1791년(42세)	바이마르 궁정극장 총감독에 취임함. 《대코프타》, 《광학논집》 2편을 완성함.
1792년(43세)	8월부터 11월까지 프랑스 원정. 《프랑스 종군기》를 완성함.
1793년(44세)	5월부터 7월까지 마인츠 공격에 참가함. 《라이네케 여우》 《시민 장군》 등 혁명에서 취재한 작품을 집필함.
1794년(45세)	예나에 식물원을 만듦. 실러와 본격적인 친교가 시작됨.
1795년(46세)	훔볼트 형제와 사귐. 3차 이탈리아 여행을 떠남. 《호렌》 《독일 망명자의 담화》 《메르헨》을 출간함.
1796년(47세)	실러와 공동으로 《크세니엔》을 저작함. 《빌헬름 마이스터의 수업시대》를 간행함.
1797년(48세)	라이프치히를 여행함. 곤충을 연구함. 《헤르만과 도로테아》를 완성함.
1801년(52세)	안면 단독병에 걸려 한때 중태에 빠짐.
1805년(56세)	실러와 함께 간염을 앓음. 실러가 죽음. 첼터와의 친교가 시작됨.
1806년(57세)	프랑스 군에 의해 바이마르가 점령됨. 10월 19일 크리스티아네 불피우스와 정식으로 결혼함.
1808년(59세)	어머니가 세상을 떠남. 《파우스트》 1부가 출판됨. 에어푸르트 회의에서 나폴레옹과 만남.
1809년(60세)	뒤러 판화와 전기를 연구함.《친화력》을 간행함.

1810년(61세)	《색채론》을 완성함.
1815년(66세)	폰 슈타인 남작과 함께 쾰른을 여행함. 12월에 국무대신이 됨.
1816년(67세)	아내 크리스티아네가 사망함. 《젊은 베르테르의 슬픔》의 모델이 되었던 로테 케스트너를 내방함. 《이탈리아 여행》1부가 간행됨.
1817년(68세)	궁정극장 총감독의 지위에서 물러남. 바이런과 인도문학을 연구함. 《이탈리아 여행》 2부가 간행됨.
1819년(70세)	《서동시집》을 출간함. 베를린에서 《파우스트》의 여러 장면을 처음으로 상연함.
1823년(74세)	이해 초 심막염을 앓음. 마리엔바트에서 18세 소녀 울리케 폰 레베초브를 알게 됨. 그녀에 대한 구혼을 계기로 《마리엔바트의 비가》를 씀.
1824년(75세)	《젊은 베르테르의 슬픔》 출간 50년 기념판을 위해 시를 씀.
1828년(79세)	《파우스트》가 파리에서 상연됨. 《실러와의 편지》를 출판함.
1829년(80세)	《빌헬름 마이스터의 편력시대》를 간행함.
1830년(81세)	아들이 로마에서 죽음. 40권으로 된 《괴테 전집》이 완간됨.
1831년(82세)	1월 유언장을 작성함. 8월 중순에 완성한 《파우스트》 2부를 봉인, 사후 발표를 유언함. 《시와 진실》 4부가 간행됨.
1832년(83세)	3월 17일, 최후의 편지를 훔볼트에게 씀. 3월 22일 11시 30분에 사망함. 3월 26일 아우구스트 공가의 묘소에 실러와 나란히 안치됨.